新 潮 文 庫

ルビンの壺が割れた

宿野かほる著

新 潮 社 版

11246

ルビンの壺《つぼ》が割れた

結城《ゆうき》未帆子《みほこ》様

突然のメッセージで驚かれたことと思います。失礼をお許しください。

仕事終わりに、いつものように何気なくフェイスブックの歌舞伎《かぶき》のページを覗《のぞ》いていると、未帆子という名前を目にしました。

私は最近、歌舞伎に少し興味が湧《わ》き、いくつかのページをチェックするのが習慣になっています。

それはともかく、未帆子という名はありそうで、実際はあまり見ない名前です。同時に、その名は私にとっては忘れられない名前です。すぐに貴女《あなた》を連想しましたが、苗字《みょうじ》が違ったので、最初は貴女であるとは考えませんでした。貴女が結婚されたというのは知っていましたが、その時、聞いた名前とは違う名前でしたから。

貴女のプロフィールページを覗いたことに、特に意味はありません。貴女であってほしいという期待などはありませんでした。いや、それは嘘《うそ》かもしれませんね。どこにもそんな気持ちがないとしたら、わざわざプロフィールのページなどは開かなかったはずですから。もしかしたら、心のどこかに貴女であればいいな、という思いがあったのかもしれません。ただ、それは本気で願っていたわけではないのです。

貴女のプロフィールページには、経歴や住所など、個人を特定できることは何も書かれていませんでした。「結城未帆子」という名前だけです。それでも何か手掛かりになるようなものはないかと思い、お友達のページを見ました。

こうやって書いていると、貴女であってほしいとかなり真剣に思っていたのが明らかですね。「語るに落ちる」というやつです。

お友達の中に見覚えのある名前を見つけました。演劇部で貴女と同学年だった背《せ》山恵美《やまえみ》さんです。背山さんというのは珍しい名前なので、偶然の一致とは思えませんでした。もちろん旧姓のままであれば、ということですが。

それで、もしかしたらと思い、本当に失礼ながら、貴女の過去コメントを辿《たど》らせていただきました。でも、そこには貴女と特定できるようなものはありませんでした。ただ、お友達のコメントを読んでいると、やはりこれは貴女かもしれないと思い始めました。

決定的だったのは、貴女のお友達の一人である方がアップしていた京都旅行の写真でした。写真の中には四人の女性が写っていましたが、写真をアップされている方はプライバシーを考慮されて、自分以外の女性の顔にはぼかしを入れていました。でも、私はその写真に写っている四人の中の一人、青いワンピースを着た女性の胸元に着いているネックレスに目が留まりました。

解像度が今一つだったのではっきりとはわかりませんでしたが、かつて貴女がいつも身に着けていたティファニーのネックレスに似ていると思いました。その瞬間、この女性は貴女だと直感したのです。

三十年近くもお会いしていないのに、なぜそんな直感が、とおっしゃるかもしれませんが、自分でも説明がつきません。写真の女性は私の知っている貴女よりも痩《や》せています。髪の毛も短くなっています。でも指の形は貴女のような気がしました。左手には結婚指輪が見えました。

その写真を何度も眺めているうちに、部屋の横の窓ガラスに四人の女性がうっすらと映っていることに気付きました。友人の方を責めないでください。そんなところに気が付く私がおかしいのです。窓ガラスに映るあのような人の姿など普通は気付きません。しかし窓ガラスに映る顔は小さく、しかもうっすらとしか見えず、顔を判別するのは非常に難しいものでした。

私は写真をパソコンに取り込んで、大きく引き伸ばしました。

笑わないでください。あの時の私はミステリーに夢中になるような気持ちでした。男にはいくつになってもそんな幼稚な一面があるのです。写真の中の窓ガラスに映る謎《なぞ》の女性。その正体を暴《あば》きたい。そんな子供じみた思いからです。拡大した写真を見た瞬間、思わず、あっと声を上げました。

そこには二十八年前に亡《な》くなった貴女の顔があったからです。

私は長い間インターネットなどとは無縁な暮らしをしてきました。フェイスブックを始めたのも半年前です。何かの目的があったわけではありません。自由な時間を持て余して、他に何もすることがなかったからです。長い間、何の趣味もなく暮らしてきた私にとって、インターネットくらいしか時間を潰《つぶ》すものがなかったのです。でも今はフェイスブックを始めたことを心からよかったと思っています。

貴女を驚かせるつもりはありませんでした。

ただ、もう二度とお会いすることがない貴女のお顔を偶然に拝見することができ(偶然とは言いながら、かなり無理やりに見ていますね)、あまりの懐《なつ》かしさについこうして長文のメッセージをお送りした次第です。

お返事はもちろんないものと承知しています。亡くなった方からの返事はあるはずもありませんから。

私の住んでいる町ではもうすぐ桜が咲きます。

貴女の町ではどうでしょう。

水谷一馬《みずたにかずま》

結城未帆子様

前に、返事は不要と書きながら、実際にお返事がないと少し落ち込みました。

いいえ、最初は平気だったのです。むしろ返事が来たりしたら困るな、などと思っていたくらいです。だって、亡くなった人からのメッセージなど届いたら大いに戸惑ってしまいます。

ごめんなさい。勝手に貴女を殺してしまって――。

私の心の中の貴女は、二十九年前のあの日に死んだのです。そう思わなければ、あの時の苦しみから逃れられなかったのです。それで、ついそんな言い方をしてしまいました。

それはともかく、鮮明になった写真の中の貴女の笑顔を見て、私がどれだけ驚いたか想像できるでしょうか。もう一生会うことはないと思っていた貴女に巡り合えたのですから。それで自分でも説明のつかない気持ちのままに、メッセージを差し上げてしまいました。もちろんメッセージに書いたように、お返事などはまったく期待していませんでした。

ところが桜が散り、春が過ぎ、夏が来て、やがて秋を迎えるようになると、なんだか寂しい気持ちがしてきたのです。

貴女のフェイスブックのページはもう見ないようにしようと思っていましたが、先日、その禁を破ってとうとう覗いてしまいました。

そこには貴女の何気ない日常が日記調で簡素に綴《つづ》られていました。中学生のお嬢さんがおられるのですね。驚きです。

今は絵を描いておられるのですね。どれも素敵な絵で、惹《ひ》きこまれます。私が好きなのは、ベンチに座ってビル街を流れる川を見つめている女の子の絵です。おそらくお嬢さんの幼い頃の姿ではないかと想像しています。空の青と白いビルが映る川面《かわも》も美しいですが、それを見つめている可愛《かわい》い女の子の姿は、どこか幻想的な感じさえします。

この絵も貴女に無断でダウンロードして、大きく引き伸ばしてプリントアウトし、部屋に飾っています。昼間でもあまり日が差さない私の暗い部屋の中で、そこだけが不思議な光を放っています。

それにしても、貴女に絵の才能があるとはまったく存じ上げませんでした。いったい私は貴女の何を見ていたのでしょう。そんなことを考えると、私は貴女を本当に愛していたのだろうかと思います。それは自分勝手な愛ではなかったのか、と。

貴女と初めて出会ったときのことはよく覚えています。貴女は大学に入ったばかりの十八歳でした。なぜ覚えているかというと、その年に演劇部に入部してきた女の子の中で最も垢抜《あかぬ》けない子だったからです。正直に言えば、「田舎臭い」という印象でした。ごめんなさい、こんな言い方をして。でも悪い印象は持ちませんでした。むしろ好感を覚えたくらいです。

貴女は髪の毛をショートカットにして、化粧もまったくしていませんでした。一年生とはいえスッピンの女の子というのは意外でした。三年生や四年生の女性と比べると、大人の中に子供が混じっているような感じでした。

新入生歓迎コンパで、ビールをコップ半分飲んだだけで、吐いてしまっていたのも覚えています。本当は未成年にお酒を飲ませたりしてはいけないんですが、当時はそんなことは当たり前でしたね。もしかしたら今もそうなのでしょうか。

まさか、そんな貴女と後に結婚することになるとは夢にも思いませんでした。あ、つい余計なことを言ってしまいました。気を悪くしないでください。

私は今、障碍者《しょうがいしゃ》たちが入っている施設で働いています。一年前からです。それまでそんな施設があることも知りませんでした。

障碍を持っている人たちを見ていると、人生は何と不公平なものだろうと思います。金持ちの家に何不自由のない環境で生まれてくる人もいれば、身体《からだ》を満足に動かせないで生まれてくる人もいるのです。いや、身体の障碍は貧富には関係ないものですね。それに障碍は金では代えられません。

私が働いているところは、わりに重い障碍者の方がいる施設です。それでも障碍の種類は様々です。彼らは大きなハンディキャップを背負いながら、精一杯生きています。私はそんな人たちを懸命にサポートしています。

決して楽な仕事ではありませんが、やりがいもあって楽しいです。私はこの仕事に喜びと誇りを感じています。もっと若い時にこの仕事に出会っていたら、私の人生もまるで違ったものになっていたでしょう。貴女との関係も変わっていたかもしれません。しかし今さらそんなことを言っても何の意味もありませんね。

すみません、ついつい自分の話を書いてしまいました。貴女にはまるで興味もないことでしょうね。

私がただ書きたいことだけを綴ったものなので、返信は不要です。

でもこうして一年ぶりに貴女にメッセージを送るのは、もしかしたら心のどこかに、貴女に対する未練があるのかもしれません。自分で書きながら苦笑しています。

五十二歳にもなって、こんな自分が情けないです。

もうこれで終わりにします。いつまでもお元気で。

季節の変わり目、風邪などを引かれませんように。

水谷一馬

結城未帆子様

お元気ですか。

初めてメッセージを送ってから三回目の春が来ました。お嬢さんも高校生になられたのですね。吹奏楽部に入ってクラリネットを吹いておられるとのこと。音楽は素晴らしいですね。

私は何の楽器も出来ません。実は小学校からピアノを習っていたのですが、中学生の時に両親が亡くなって以来、一度も弾いていません。おそらくは今はツェルニーも弾けないと思います。

もうメッセージはお送りしないと書いたのに、またまた送ってしまいました。でも、二年で三通なので大目に見てください。決してストーカーではありません。だからどうか警察に通報したりはしないでくださいね（笑）。警察は苦手です。

先日、生まれて初めて人間ドックに行きました。そこで胃に小さなガンが見つかりました。でも初期なので、お医者さんには手術をすれば治ると言われています。とはいえショックだったことはたしかです。

私ももう五十三歳です。いつ死んでもおかしくはありません。ガンの宣告を受けた日、それまでの半生を振り返りました。すると急に涙が止まらなくなりました。

愚かな人生だったと思います。やり直せるものならやり直したい、心からそう思いました。そしてやり直すとしたら、貴女と挙げるはずだった結婚式の日からです。

あの日、貴女は式場に現れませんでした。式場のスタッフが焦《あせ》る中、私は貴女のアパートに何度も電話しましたが、呼び出し音が虚《むな》しく鳴るだけでした。貴女の友人たちも心当たりのあるところに片端から連絡を取ってくれましたが、誰一人、貴女と連絡を取れた人はいませんでした。

十年くらいずっと、式場の悪夢に悩まされていました。おかしなことに、夢の中では、私と貴女の立場が入れ替わっているのです。式場に隠れているのは、貴女ではなく、なぜか私なのです。大勢の恐ろしい男たちが私を探している中、私は廊下の隅や机の下に潜り込んで、ひたすら息を詰めて、見つからないようにと念じているのです。もしも見つかったら大変なことになるという恐怖の中、がたがた震えている夢です。あの時の貴女の気持ちもこんなものだったのでしょうか。

目が覚めると、たいてい汗ぐっしょりで、動悸《どうき》がなかなか収まりません。

でも、十年くらい前から、そんな夢も見なくなりました。私の中でようやく古い物語になったのでしょう。

ただ、貴女の失踪《しっそう》の理由だけは今に至るもわかりません。

式の二日前に会ったとき（それが貴女を見た最後の日です）、貴女は何度も「結婚式が待ちきれない！　今夜、挙げたい」と嬉《うれ》しそうに言っていました。あの笑顔が演技だったなどとはとても思えません。式までの二日間に何があったというのでしょう。

三年後、風の噂《うわさ》で、貴女が関西で結婚したと聞きました。ご主人の名前は私の知らないものでした。

思えば、私の人生はすべてがその時からおかしくなったのです。

ごめんなさい。詮《せん》ないことを言っているのはわかっています。今さら何をどうこうしたいというのではありません。ただ、ふと自分の人生を思い返し、ついそんなことを言ってみただけです。

最近は、学生時代のことをよく思い出します。当時の私は演劇に夢中でした。演劇がすべてで、それさえあれば何もいらないと思っていました。楽しい日々でした。もう二度と戻らない日々です。

今度こそ、最後のメッセージにします。

満開の桜に、貴女の人生が幸せであることをお祈りしています。

水谷一馬

追伸　前のアカウント（というのでしょうか）を消して新たなアカウント名で登録しなおしましたが、特に意味はありません。

水谷一馬さま

未帆子です。ご無沙汰《ぶさた》しております。ガン、大丈夫でしょうか。心配です。

幾度もメッセージをいただきながら、ご返信をせず、まことに申し訳ございません。

お返事を差し上げなければいけないと思いつつも、何とお書きすればよいのかと迷っているうちに、送りそびれてしまいました。

昔から何をするのも遅いわたしの至らないところです。

ただ、正直に申し上げますと、送り主が本当に水谷様なのかという気持ちもありました。

もしかすると、誰かが水谷様の名前を騙《かた》っているのではないかと思ったのです。といいますのも、水谷様はPCなどは使われないという勝手な思い込みがあったからです。

ごめんなさい。大変失礼なことを書いております。

ですが、この前のメッセージにて、水谷様ご本人であることを確信しました。式の二日前にお会いした時、わたしが言った言葉は、わたし以外には水谷様しかご存知ないことですから。

手術の日取りはもうお決まりなのでしょうか。

現在は医療が進んでおりますので、初期の胃ガンならまず生還できると、知り合いのお医者様がおっしゃっていました。

ですから、大丈夫です。お気持ちをしっかり持たれて治療にお向かいください。水谷様は強い心をお持ちですから、その点は安心しております。

大学時代……懐かしいですね。わたしにとっても、もう遥《はる》か昔の遠い日々です。

「垢抜けない子」、まさにおっしゃる通りです。わたしは大学ではまったく化粧をしていませんでした。そばかすもありましたし、どう見ても田舎娘です。

あの頃、水谷様は本当に輝いておられました。

演劇部の部長で、とても素晴らしいセンスを持った演出家でしたから。

水谷様の書かれた台本を拝読するとき、わたしは、天才とはこういう人を言うのだと思ったものです。

わたしたち一年生の女子は全員、水谷部長を憧憬《しょうけい》のまなざしで見ておりました。

それは単なる憧《あこが》れというよりも恋に近いものでした。少なくともわたしにとっては……。

でも、演劇もなにもわからない一年生が、五年生の部長に恋しても無駄なのは決まっています。

水谷様が演劇一筋の方というのは、見ていてすぐにわかりました。

ですから、年下の小娘がいくら憧れようが、どうにもならないというのは火を見るよりも明らかです。

それに、水谷様には婚約者がいらっしゃいましたし……。

今は、ご家族はいらっしゃるのでしょうか。

とにかく、一刻も早くお身体が回復されることをお祈りしています。

ところで、水谷様が目に留められたネックレスは、長い間引き出しの奥に眠っていたものでしたが、あの日、友達と京都旅行に出かける直前、何を思ったか、たまたま着けたものです。

でも、それがきっかけでわたしにお気付きになったというのですから、何か不思議な縁を感じます。

P・S 結城という名前は偽名です。今の名前は、水谷様が知らない名前です。別に隠すつもりはありませんが、敢《あ》えて申し上げることもないと思います。

未帆子

田代《たしろ》未帆子様

　ずっとメッセージに気が付かなくてすみません。

　仕事が忙しかったのと、入院しての抗ガン剤投与やら、その後の手術やらで、フェイスブックも長らく開いていませんでした。それにおかしな言い訳になりますが、まさか貴女からメッセージが来るとは思ってもいませんでした。そんなこんなで気が付けば、梅雨が過ぎて夏が来ようとしています。

　私がＰＣを使わないだろうという貴女の推測には思わず苦笑いしました。それは半分以上当たっていたからです。私がＰＣを使いだしたのは三年前からです。そう、貴女にメッセージをお送りした少し前からでした。

　初めてＰＣを触ったとき、世の中にこんな凄《すご》いものがあったのかと驚きました。ははは、今どきこんなことを言っている人間は、どこにもいないですよね。

手術はうまくいきました。胃を半分近く切除しました。もちろん要経過観察ですが、五年間再発しなければ、大丈夫だろうということです。

私の家族は熱帯魚だけです。ネオンテトラとブラックテトラを飼っています。小さいけれど綺麗《きれい》な魚です。それと水槽のコケ取りにヌマエビという小さなエビを入れていますが、これが意外に可愛いのです。ときどきタブレット型のエサをあげるのですが、ヌマエビはそれを見つけると、誰かに取られては大変という具合に、必死でそれを抱え込みます。その様子がとてもユーモラスでいじらしいのです。それを見ていると、人間もエビも似たようなものかもしれないと思います。ただ、私が死んだら、かれらの世話をしてくれる人がいなくなるのだと思うと、とても悲しくなります。

それよりも今は貴女からのお返事があったことが何よりも嬉しいです。

その後の人生で貴女とこうしてやり取りができる日が再び訪れるなんて、夢にも思いませんでした。これは決して大袈裟《おおげさ》に言っているのではありません。本当に心からそう思っています。ガンが再発したとしても思い残すことはありません。

手術の前日の夜、病室のベッドで私の脳裏に浮かんだのは過去のことばかりでした。後悔が次々に湧いてきました。一番の後悔は、貴女と一緒に暮らせなかったことです。私が生涯で最も愛した女性である貴女――。なぜ、ともに暮らせなかったのか。どうして別れてしまうことになったのか。

手術が終わって二ヵ月が経《た》ちますが、今もそのことばかり考えています。

演劇部に入部した頃の貴女が私のことをそんな風に見ていたなんて、全然気付いていませんでした。その後、私と付き合うようになってからも、貴女はそのようなことを一度も私に言ってくれませんでした。いや、別に怒ってはいません。おそらく今だからこそ、おっしゃってくれたのでしょう。三十年経って初めて聞く話だからこそ、すごく新鮮です。

貴女がおっしゃるように、あの頃の私は演劇一筋でした。大袈裟でなく、演劇に命を懸けていました。演劇に夢中になりすぎて、留年までしていたくらいですから。貴女に出会ったときは二度目の四年生でしたが、就職活動なんてまるで頭にありませんでした。頭の中は秋の公演を成功させることでいっぱいでした。

卒業しても、演劇の道に進もうと考えていました。演劇部の仲間たちと劇団を立ち上げて、プロとしてやっていこうと考えていました。今、思うと、本当に世間知らずです。まるで青二才のガキです。

そんなでしたから、新入生のことなんか目に入っていませんでした。それに――貴女が書いておられたように、私には婚約者がいました。

ただ、私は貴女に好意を持っていました。というのは、貴女が毎週土日に横浜の老人ホームなどを回ってボランティア活動をしていると聞いていたからです。そのことを誰にも内緒にしていたのを知って、余計に素晴らしいなと思ったのです。これを教えてくれたのは同じ一年生の高尾《たかお》君です。貴女と高尾君は横浜の高校の同級生だったのですね。

実はそれまで貴女が土日の練習に参加しないというのを快く思っていない部員たちがいたのですが、皆、そのことを知ってからは何も言わなくなりました。ただ、貴女がそれを誰にも知られたくないと思っているということを高尾君が言っていたので、部員たちの間にも、そのことに触れないでおこうという暗黙の了解ができました。だから、誰も貴女を褒めることもしませんでした。ボランティア活動は素晴らしいことですが、わざわざ称賛することでもありませんから。

それにしても十八歳の女子大生が老人ホームに毎週ボランティアに行くなんて、なかなかできることではありません。もっとも、美談でいい話だなとは思いましたが、私がそのことで貴女を素敵な女性と思ったわけではありません。人間的な敬意と愛情とは別だからです。それに何度も言うように、当時の私は演劇しか頭にありませんでした。

演劇に関して、貴女のことで覚えていることがあります。

私が一年生の女子部員の課題演技の拙《つたな》さを指摘したときのことです。ある女の子がセリフをあまり覚えていなくて、私がちょっと怒りました。すると、その子は急に泣き出してしまいました。おそらく可愛がられて育ち、他人に否定されるなんてことがなかったのでしょう。皆の前で自分だけができなかったことが恥ずかしかったのかもしれません。その気持ちは理解できなくもありませんが、私は、こんなダメ出しくらいで泣くようでは話にならないなと内心呆《あき》れていました。

貴女は彼女の次にその課題を演じましたが、呆れたことに彼女以上にひどい出来でした。セリフはとちるし、演技もひどかった。私はちょっといらいらして、「今年の新人の女の子にはろくなのがいない」とつい口走ってしまいました。貴女はすっかりしょげかえっていましたが、泣きはしませんでした。

ところが、後で三年生の男子部員の一人から、貴女はわざとセリフを間違えたんじゃないかと言われました。というのは、彼は前日、貴女に頼まれ、その部分の稽《けい》古《こ》をしていて、その時はセリフ回しも完璧《かんぺき》で、見事な演技だったというのです。

「じゃあ、本番に弱い子ということじゃないのか」

と私が言うと、彼は違うと思うと言いました。

彼女の前に課題を演じて怒られた、一年生部員のことを慮《おもんぱか》ってのことじゃないだろうかというのです。私はまさかと思いましたが、後日、同じ課題を貴女が完璧に演じるのを見て、もしかしたら彼が言っていた通りかもしれないと思ったのです。

同学年の子の心の負担を軽くしてあげたいと思って、咄嗟《とっさ》にそんなことをする貴女の優しさにも驚きましたが、実はそれ以上に感心したのは、貴女の「下手くそな芝居」でした。わざと下手にやっているようには思えなかったからです。貴女の演技は、本当にずぶの素人《しろうと》が必死になってやっているとしか見えませんでした。その点で、一流の芝居だったのです。

モーツァルトの曲の中に「音楽の冗談」というディベルティメントのような曲が

あります。彼が円熟期に書いたものですが、一風変わった曲です。というのは、わざと下手くそに作曲し、同時代の二流の作曲家や演奏家を揶揄《やゆ》した曲だからです。しかしそれは一流の腕を持った作曲家でなければ作れない曲なのです。貴女の下手な芝居から、ふとその曲を思い出しました。

ただ印象には残りましたが、そのことで貴女を強く意識するということはありませんでした。

そんな私が貴女に恋することになるとは運命のいたずらでしょうか。

でも、私は貴女と結ばれることはありませんでした。今となっては、それでよかったと思っています。

梅雨明けの青空が目に痛い今日この頃です。

水谷一馬

追伸　結城という名前が偽名とお聞きしたので、敢えて懐かしいお名前を使わせていただきました。お許しください。

水谷一馬さま

水谷様からのメッセージを拝読するたびに、不思議な気持ちにさせられます。懐かしい映画音楽を耳にするような、なんとも言えない郷愁のようなものを感じます。

メールだからなのでしょうか。

実際に昔の友人や知り合いにお会いしてお話ししても、あるいは電話でお話ししてもこんな風な気持ちになることはございません。

メールには映像も声もありません。

それなのに、拝読していると、三十年も前の当時の大学の様子、部室の光景、演劇部の部員の皆様のお顔やお声が、わたしの脳裏に再現されるのです。

これは本当に不思議なことです。

久しぶりに懐かしい名前で呼ばれたからということもあるのでしょうか。

そういえば、水谷部長には「田代」と呼び捨てにされていましたね。

水谷様のメールによって、遠い過去に引き戻されるような気がいたします。

メールにこんな力があるとは思いもよらないことでした。

それとも、水谷様にそんな力がおありなのでしょうか。

素晴らしい脚本を何作も書かれた方だから、そういう力がメールにも注入されるのかもしれませんね。

演劇部時代は、とても素敵な時でした。

今も忘れられない日々です。

わたしは大好きなお芝居をやれる喜びに夢中でした。

それに、尊敬する水谷部長の演技指導を受けることができて、大いなる喜びを感じていました。

水谷様の指導は厳しいものでした。

自分の拙い演技にダメ出しをされると、本当に悲しくて、思わず涙をこぼしたことも何度もありました。でも、水谷様の指摘は常に正しいものでした。

水谷様が書いてくださったお話は記憶にありません。わたしにそんなお芝居ができようはずもなく、おそらく何か水谷様の勘違いだとは思います。

それは別にして、わたしもひとつ覚えていることをお話しいたします。

あれはわたしが演劇部に入って間もなくの頃でした。たしか四月の終わり頃、ゴールデンウィークの直前だったと記憶しております。

新入生歓迎会の飲み会でのことです。

新宿の居酒屋での出来事でした。

あの時のコンパはとても楽しいものでした。

先輩たちが即興で様々な映画やドラマのワンシーンを演じ、それがまた驚くほど上手《うま》くて、感心するやら、笑い転げるやらで、わたしは、なんという素敵な先輩たちだろうと思っておりました。演劇部に入ってよかったと、心から喜びを味わっていました。部長の水谷様は、あまり喋《しゃべ》らず、ニコニコして部員たちのお芝居を見ておられました。

わたしは、水谷様は普段は物静かな人なんだなと思っていました。

事件が起きたのは、二時間ほど経った頃だったでしょうか。女性の先輩をどこかの大学の学生がからかいました。それを男の先輩たちが注意したことから、口論になりました。水谷様はたまたまトイレに行かれて席を外しておられました。

相手の大学生たちは格闘技のようなクラブの人たちで、大きな体をした男性ばかりでした。あまりガラがよくない人たちで、お酒も入っていたからでしょう、かなり乱暴なことを言っていました。

おそらくケンカ慣れしているとでもいうのでしょうか、男の先輩たちを大きな声で脅しました。

こちらには何の落ち度もないのに、彼らは先輩たちに土下座をしろと言ってきました。

先輩たちがわたしたち女子の手前、そんな屈辱的なことはできないのはわかっておりました。でも、それをしないと、先輩たちは殴られそうな気配でした。

そこに水谷様が現れました。

事情を聞いた水谷様は、即座に相手の学生の前に土下座をしました。

わたしは水谷様がいささかも躊躇《ちゅうちょ》せずそうなされたことに、大変驚きました。

水谷様は他の男子部員たちにも、土下座をするように言いました。

部員たちは部長自らが土下座をしたのを見て、黙って従いました。

意外な成り行きに、相手の大学生たちは拍子抜けしたようですが、そのまま終わりにしてしまうのは癪《しゃく》に障《さわ》ったのでしょう。今度は、わたしたち女子に、お詫《わ》びに酒の酌をしろと言い出しました。

その時です。水谷様は突然立ち上がると、「そんなことは断じてさせん！」と言って、いきなり店の壁を素手で殴ったのです。

大きな音を立てて壁に穴が開きました。

「俺が死ぬか、お前らが死ぬか。命のやりとりしたい奴《やつ》はかかってこい！」

水谷様は店中に響き渡るような大声でそう言うと、壁を殴った右手を突き出しました。

その手からは血がぼたぼたと落ちているのが見えました。

相手の学生たちも、その気合に気圧《けお》されたのか、黙ってしまいました。

それからバツの悪そうな顔をして、何やら言い訳めいたことを小さな声で言いながら店を出て行きました。

わたしは感動で震えが止まりませんでした。

水谷様の右手の血をハンカチで拭《ぬぐ》いたいと切実に思いました。

実際には他の女子がそれをしたのですが、わたしが代わりたい！　と思ったのを今も覚えています。

この話は「水谷部長の伝説」のひとつとして、長く語り継がれた話ですが、あの日、そこにいた部員たちは全員、部長の凄さを目の当《ま》たりにしました。後で、男子部員たちは、あれこそ部長の名演技だと言いましたが、わたしにはそうは思えませんでした。

女子部員の誇りを守るために、本当に命を懸けてもいいというくらいの気迫がひしひしと伝わってきたからです。

もしあの時、相手の学生たちが一斉に水谷様に飛び掛かっていたら、多勢に無勢で負けていたかもしれません。

でも、もしかしたら相手の学生は一人か二人、本当に死んだかもしれないと思います。

あの時の水谷様にはそんな恐ろしさがありました。

すごく矛盾したことを言いますが、だから、もしかして、演技だったのではないかという気もします。さっきは男子部員の説を否定したのに変ですね。

ただ水谷様なら、あの土壇場《どたんば》で、それくらいの鬼気迫るお芝居をするくらいの力はあるのではないだろうかとも思うのです。

あれが水谷様の本当の怒りか、あるいはお芝居だったのか、実はその後もずっと気になっていたことの一つでもあります。

でも、わたしが水谷様とお付き合いをさせていただくようになってからも、それはついに訊《き》くことができませんでした。

なぜだか訊いてはいけないような気がしたのです。

本当の怒りでも素晴らしいし、逆にあの場で咄嗟にあのようなお芝居ができることも、とても素晴らしいと思っているからです。

もし聞けば、どちらかの神秘が失われるような気がして、訊く気にならなかったのです。

今なら、教えていただけますでしょうか？
すみません、今の言葉は忘れてください。やはり神秘のまま置いておくことにします。

未帆子

未帆子様

ああ、そんなことがありましたね。

忘れていたわけではありませんが、何年も思い出すことはありませんでした。あの時の私の行動が演技かどうか、ですか。

さあ、どうだったのでしょうか（笑）。

いや、答えを焦《じ》らして楽しんでいるわけではありません。実は、よく覚えていないのです。部員たちを守らなければならないという気持ちが何より強かったのはたしかです。だから土下座をするのに何の躊躇もありませんでした。しかし女子部員に酌婦をさせるわけにはいきません。

命を懸けても——という気持ちまではなかったとは思いますが、私が袋叩《だた》きになることで女子部員の名誉を守れるなら、と思っていました。相手はおそらく格闘技か何かをやっている学生たちです。まともに闘っても勝てる相手ではありません。しかし、もし相手を怖気《おじけ》づかせることができれば、闘わなくてもいいかもしれないと咄嗟に考えました。それで、壁を力いっぱい殴りつけて、怒鳴りました。それでもケンカになれば、とことんやりあうつもりではいました。つまり、私の「怒り」は本当ですが、壁を殴って一喝したのは実は「芝居」です。ですから、部員たちが想像したことは、どちらにしても半分当たっていたと言えます。

私が貴女《あなた》を本気で意識したのは、「ルビンの壺《つぼ》が割れた」のオーディションのときです。

「ルビンの壺が割れた」は私の台本と演出の作品です。秋の演劇祭での公演に向けて、七月にオーディションを行ないました。

伝統的に私たちの部では新入部員には端役《はやく》しか与えません。それに主役の何人かは既に決まっていました。その時の貴女のオーディションがどうだったか記憶にありません。端役はセリフも少なく、特に印象に残らなかったか、あるいは私が立ち会っていない日に貴女が出たのかもしれません。

「ルビンの壺が割れた」の脇役《わきやく》クラスのオーディションでは、ヒロインと絡《から》むシーンのところをやりました。ところが、その日、たまたまヒロイン役の香山紀子《かやまのりこ》さんが家の都合か何かでいなかったのです。演出補佐の宮脇《みやわき》君が代わりにやってくれたのですが、彼はセリフを棒読みするだけで、シーンとして客観的に観《み》ることができませんでした。

宮脇君は演出に関しては非常に優れたセンスを持っていましたが、貴女も覚えているでしょう、言葉に名古屋なまりが抜けず、標準語を喋ると棒読みになってしまいます。この時もそうでした。いくらオーディションとはいえ、これでは相手役もやりにくいというのはすぐにわかりました。

それで私は、脇役のオーディションは中止にして、後日やろうと言いました。そのとき、貴女が「わたしでよければヒロイン役をやりましょうか」と言ったのです。皆が驚きました。

私が「セリフを覚えている？」と訊くと、貴女は「はい」と言いました。

そのシーンは結構長く、セリフも多かったので、本当かなと思いました。宮脇君は「やってもらったらどうですか」と言いましたが、私は反対しました。仮にセリフを覚えていたとしても、下手な言い回しでやられると共演者がやりにくいし、オーディションにならないからです。

実はオーディションを中止にしようとしたのには、もうひとつ理由がありました。そのシーンは芝居の中では重要なシーンで、ヒロイン役の香山さんの演技も見てみたいというのがあったからです。それで宮脇君の意見を退けたのですが、貴女は「やらせてください」と再度言いましたね。「芝居を壊すようなら、その時点で中止にしてくださってもかまいません」と。

私は、いつも大人しくて目立たない貴女が強く要求することに驚きました。周囲もそうだったと思います。新入部員がこんな風に直訴する様子を好奇心いっぱいに見つめていました。

普段ならそんな要求は撥《は》ねのけるのですが、その時、以前、貴女がわざと下手な演技をしたのではないかと言った後輩の話を思い出したのです。それで、それを確かめる意味でも、貴女にヒロイン役をやらせてみることにしました。

その後のことは敢えて書くまでもないでしょう。

宮脇君をはじめ、部員たちは貴女の演技にびっくりしました。オーディションのトップバッターの部員は、途中でセリフを忘れたくらいです。それが誰であったかは覚えていませんが、彼女がセリフを忘れたことははっきりと覚えています。

私は貴女の演技に完全に魅了されました。

それでオーディションが終わった後、私はクライマックスの場面を貴女にやらせましたね。

その時の貴女の演技——あれを演技と言うなら、まさしく完璧と言えるものでした。ラスト近くでヒロインが嗚咽《おえつ》を漏らすシーンでは、見ている部員の何人かも思わずもらい泣きしたくらいです。

終わった瞬間、私は「ブラボー!」と叫んだそうですね。実はそのことは覚えていないのです。後で部員たちに言われました。私があんなに興奮しているのを初めて見たと、部員たちに笑われました。

でも私をもっと驚かせたのは、その後の貴女のセリフです。貴女はこう言いました。「もう一度演《や》らせてもらえませんか」と。

「演る必要はない。素晴らしい演技だった」

私が言うと、貴女は少し暗い顔をして言いました。

「ひとつ納得いかない演技があったのです。うまくできなくて——」

私が「いや、どの演技も見事だったよ。どの部分が気に入らなかったの？」と訊くと、貴女はすぐに答えませんでした。

私は好奇心から、もう一度そのシーンをやらせることにしました。

貴女はさっきと同じように見事な演技を見せました。そして不思議なことに、共演者たちは前以上の演技を見せました。凄い役者というものは共演者たちをも引き上げる力があるというのは経験で知っていましたが、まさにその時がそうでした。

けれども貴女の演技はさっきと変わらないものでした。私は貴女がなぜもう一度演りたいと言ったのかわかりませんでした。ところが、ヒロインが最後のセリフを言った後の貴女の演技を観た時、椅子《いす》から飛びあがるほど驚きました。

「ごめんなさい。私、そういう女なんです」

台本では、ヒロインは恋人にそう言った後、涙をひとしずく流すということになっていました。

しかし貴女は涙を流さず、その反対に、男から顔を背けて、微《かす》かに笑ったのです。

そう、貴女は脚本家であり演出家でもある私の許しも得ずに、勝手に演技を変えたのです。有り得ないことです。

「最後の演技はト書きには書いてないけど――」

私がそう言うと、貴女は消え入りそうに体をすくめました。

「ごめんなさい。うっかりしました」

「勝手な演技は駄目だよ」

私はそう言いましたが、実は内心は必死で動揺を隠していたのです。

というのは、貴女の最後の笑みに、衝撃を受けていたからです。

その笑みには、それまでのストーリーの雰囲気をがらりと変えてしまうものがありました。運命に翻弄《ほんろう》された悲しい女であったはずのヒロインが、その笑みによって、一転、得体のしれない女に変わったのです。まるでカレイドスコープが一瞬にして別の何かの模様に変化するような感じと言えばいいでしょうか。いや、それだけでなく、それまでの物語をぐるりと回転させてしまうほどの威力を持った笑みでした。

私は、貴女が笑ったのはうっかりではないと確信しました。同時に、この子にはドラマを摑《つか》み取る天性の勘があると思いました。

私は貴女に主役をやらせようと思いました。いや、もう貴女しか考えられませんでした。

しかし何人かの部員たちは反対しました。一番強く反対したのは、演出補佐の宮脇君です。彼はわずか二つのシーンだけで決めるのは危険すぎると言いましたが、私は、貴女の演技力を推し量るに二つのシーンだけで十分だと思いました。だから、宮脇君がそんなことを言うのがむしろ不思議に思えたくらいです。

そのことを宮脇君に言うと、彼は強引な主役の変更は部全体のムードを壊しかねないと言いました。いかにも気配りを大切にする彼らしい考えでした。

演劇部は部の性格上、それまでにも常に衝突がありました。強烈な個性の持ち主が多いので、それはある意味で当然です。貴女が入部する以前にも何度か大きな衝突がありました。一番大きな衝突は、私が部長になる時でした。実はもう一人、部長の有力候補がいたのです。矢沢《やざわ》という男です。私とは演劇に対する考え方が百八十度違うタイプの男でした。同じ芝居でも演出のことでよく揉《も》めました。そのたびに殴り合い寸前の怒鳴り合いを何度もしました。

その時、いつも仲裁に入ってくれたのが、宮脇君でした。宮脇君は穏やかで物腰柔らかく、貴女も知っているように、皆から「仏の宮さん」と言われていたほどの男です。私も矢沢も、宮脇君が間に入れば、それ以上にやり合うことはありませんでした。

部長選挙に私が勝てたのは宮脇君のお陰です。彼は私の知らないところで、部員たちに私の演出がいかに画期的で素晴らしいかを説いて回ってくれていたのです。それを知ったのは選挙が終わった後です。私が礼を言うと、宮脇君は「僕は何もしていませんよ」と笑って答えました。私がさらに言うと、宮脇君は、「雑談の折に水谷さんのことを少しは褒めたことが、そんな風に勘違いされたんじゃないですか」

と言いました。宮脇君というのはそういう男でした。

選挙の後、矢沢は部を辞めましたが、矢沢派と見られていた部員たちの多くは部に残りました。それも宮脇君の根回しのお陰でした。選挙で部が分裂する危機をも救ってくれたのです。

その宮脇君が貴女の主役への抜擢《ばってき》に大反対したのですから、困りました。

それで、ダブルキャストで芝居全部を通してやってみることにしました。ヒロインの座を懸けてのコンペティションです。

貴女は降りると言いましたが、私は部長命令でやらせました。ここまできたら、もうそうするしか方法がありませんでした。部全体が香山紀子派と田代未帆子派の二つに分かれていたからです。

初日は貴女、二日目は香山さんと決めました。香山さんを後にしたのは、そちらのほうが香山さんにとって有利だからです。

私は貴女にさらに過酷な要求をしました。貴女も覚えていると思いますが、通し稽古で、貴女にだけ、台本を持たずにやらせたのです。二時間の芝居、しかも貴女のシーンはすごく多い。いや、全場面、貴女のセリフがあります。まだほとんど稽古らしい稽古をしていない段階で、これは非常に厳しいものです。宮脇君でさえ、それはやりすぎだと言ったほどです。

こうして異様な緊張の中、通し稽古が行なわれました。

貴女は二時間以上の芝居で、一度もセリフをとちることはなく、一瞬でも記憶が飛ぶようなこともありませんでした。いや、セリフを覚えているとかいないとかの次元ではありませんね。記憶力テストとは違うのですから。

大袈裟な表現を許してもらえば、貴女の演技は神がかっていたように思います。前にオーディションの時にやった部分的な場面を演じたとき以上の迫力です。その鬼気迫る演技に、部員たちも引きずられたのか、皆、稽古にもかかわらず素晴らしい演技を見せてくれました。

最後の場面が終わった瞬間、皆、黙っていました。呆然《ぼうぜん》としたという表現がぴったりきます。貴女の芝居の素晴らしさに言葉を失っていたのです。後で後輩たちに聞いたのですが、ずっと芝居を見ていた香山紀子さんの顔は青ざめていたそうです。

翌日、二度目の通し稽古の時間になっても、香山さんは稽古場に現れませんでした。下宿に電話しても連絡がつきませんでした。じりじりしながら待っていると、宮脇君がぼそりと呟《つぶや》きました。

「香山さん、負けを認めたな――」

誰も否定しませんでした。その言葉は、誰もが思っていたことだったからです。

この瞬間、貴女の主役が決まりました。

もう誰も異論を唱えませんでした。全員が貴女を祝福しました。真っ先に貴女に「主役、頑張ってね」と言ったのは、宮脇君でした。私はその時、初めて、この通し稽古を企《たくら》んだのは宮脇君だとわかりました。

彼は一度のオーディションで決めると、絶対に後で揉めることになる——だからこそ、全体を通してやらせて、しかも香山さんと公平な条件で演じさせて、部員全体を納得させるという方向に持っていったのです。

私はまたしても宮脇君に助けられたのです。

香山紀子さんは結局、演劇部を辞めました。三年間以上ともにやってきた仲間を失うのは辛《つら》いことでしたが、仕方がありません。私はこの芝居に懸けていました。これで認められれば、プロへの道が開けると思っていました。それほどの自信作だったのです。

すみません。長々と書いてしまいました。

貴女からメッセージをいただき、嬉《うれ》しさのあまり思い出すままに昔のことを綴《つづ》ってしまいました。このまま書いていたら、止まりそうもありません。このあたりで筆を擱《お》きます。といっても筆ではなくキーボードなのですが。

学生時代には、こんなもので文章を書くというのは想像もできませんでした。なかなか慣れないもので、これだけの文章を打つのに、夏の日曜日を一日潰《つぶ》してしまいました。

それにしてもインターネットというのは不思議なものです。お互いにどこに住んでいるのかもわからないのに、こうしてお互いの気持ちを伝えあうことができるのですから。ちなみに私は千葉に住んでいます。

水谷一馬

水谷一馬さま

水谷様から送られたメッセージを拝読していますと、なんとも言えない心持ちがしてまいります。

水谷様が書かれた話はもう三十年以上も前のことです。

それはたしかにわたしの話ですが、どこかで自分ではない別の人の物語を読んでいるような気がします。

あの時の出来事はわたしにとっても忘れられないものです。

水谷様はわたしのことを褒めてくださいますが、わたしには演技の才能なんかありません。

ただ小さい時からお芝居が好きで、子供の頃から、テレビで観たドラマの登場人物を一生懸命真似《まね》していました。

家族が褒めるものですから、得意になって、余計に頑張りました。

お芝居には相手がいますが、子供の頃のわたしには共演者もおらず、一人で何役もこなしていました。

その頃は家庭用のビデオなどもありません。ですから、テレビを一生懸命に観て、すべての登場人物のセリフを頭に入れました。

三十分くらいのドラマを一人で演じたこともあります。

家族からは「未帆子は天才女優だ」と言われましたが、もちろん本気で言っていたわけではありません。

ただ、自分で言うのもなんですが、ある役になろうと思うと、気持ちだけは全然別人格になりきれるところがありました。でも、それは演技の上手い下手とは違う話です。

自分が女優になんかなれないことはよくわかっていました。顔は十人並だし、背は低く、スタイルだってよくありません。それでも高校時代は演劇部の部長を務めました。

それで大学に入った時にも迷わず演劇部を選びました。

でも、水谷様に出会って、わたしは衝撃を受けました。こういう人が天才というのだと思いました。

わたしが今までやってきた演劇なんて子供の遊びだと思いました。

だから、「ルビンの壺が割れた」のヒロイン役に抜擢された時は、ものすごく怖かったのです。

もし、全然駄目だということになれば、どうしようと。本当に震えていたのです。

わたしのせいで役を降りた香山先輩にもどうやってお詫びすればいいのかと思っていました。

何より他の部員の皆さんにどうして謝ればいいのかと——。

そんなですから、公演までの三ヵ月間は、本当に食事も喉《のど》を通らないくらい緊張の日々が続きました。

たしか五キロくらい痩《や》せてしまって、水谷部長に「痩せすぎだ。イメージが変わる」と怒られ、必死で食べましたが、それでも三キロしか戻りませんでした。

でも、稽古は本当に楽しかったです。

人生であれほど緊張感と喜びに満ちた日々はありません。

芝居の練習の時だけではなく、アパートに一人でいる時も、わたしはいつも芝居の中にいました。

いつも役の中の津山蓉子《つやまようこ》になっていました。

あの頃、クラスのお友達にも、未帆子は何か変よと言われていました。

なぜなら、わたしは私生活でも蓉子になりきって話していたからです。

蓉子は奔放な恋多き女です。

そのせいかわたしはあの頃よくもてました。

笑わないでください。自分でも不思議に思っているからです。

実際にあの頃はよく男性とデートをしました。

別にその男性たちが好きだったわけではありません。蓉子になりきって、蓉子の目で男の人を見て、蓉子の口で喋っていたのです。

でも公演が終わると、元のもてないわたしに戻っていました。つまり、水谷様が作り上げた女性がもてていたのです。

今にして思えば、あらためて水谷様の才能に感服いたします。

わたしが恋していたのは水谷様でした。

演劇部に入った頃は、単なる憧《あこが》れという存在でしたが、直接演技の指導を受け、何度もお芝居の相談をしながら役作りをするうちに、憧れ以上のものになりました。

わたしはよく思ったものです。もし、蓉子なら、水谷様を落とすことができるだろうかと。

でも、水谷様の前では蓉子になりきることはできませんでした。

芝居の練習の上では蓉子を演じることができても、それを離れて水谷様の前に出ると、素のわたしになってしまいました。

実はわたしは自分の恋を諦《あきら》めていました。水谷様に婚約者がいるということを聞いていたからです。

何だか、今日のわたしは少し妙です。

さきほどワインを飲みすぎたせいでしょうか。

手紙なら一晩寝かせてから送るのがいいと言われていますが、メールも同じなのでしょうか。

もし一晩寝かせて、明くる朝にこれを読み直したならば、もしかしたら全部を削除してしまうような気がします。

今夜はせっかく懐《なつ》かしい学生時代に戻ったのですから、思い切ってこのまま送信することにいたします。

未帆子

未帆子様

返信ありがとうございます。

貴女が公演までの三ヵ月をそのように暮らしていたというのは初めて知りました。これも付き合っている時は全然教えてくれなかったことですね。

しかし私は今、少し感動しています。やはり貴女は天性の役者でした。そして、それを見抜いた自分の眼力を褒めてやりたい気もします（笑）。演出家冥利《みょうり》に尽きる気持ちもあります。

体重のことで、私が怒ったのですか。その記憶はまったくありませんが、貴女がおっしゃるなら、そうなのでしょう。今さらですが、すみません。

コンペティションで決まったヒロイン役ですが、部員たちは全員が心から賛成していたわけではありませんでした。はっきり言って何人かは口には出さないまでも不満を持っていました。それくらいわからなければ部長は務まりません。でも、彼らも稽古《けいこ》が進むにつれて、貴女を見る目が変わってきました。それはもうおかしなくらい顕著でした。公演のひと月前には、ほぼ全員が貴女の演技に持っていかれていました。

もうひとつ、皆を驚かせたのは、貴女が舞台のために化粧をすると、まるで別人のように美しくなったことです。普段はまったくのスッピンというギャップもあったのでしょうが、化粧でがらりと印象が変わりました。いつもの貴女からはまったく感じないエロティックな雰囲気さえ漂っていました。皆が舞台上の貴女に魅了されていました。

いや、何よりも私が魅了されていました。

あの頃、私は誰よりも貴女と一緒にいました。全員での稽古が終わった後も、貴女と部室に残り、演技と演出について何時間も語りました。貴女は私の前で、何度も演技を披露してくれました。時には徹夜で稽古することもありました。公演までの三ヵ月、私たちは土日を除いて会わない日はありませんでした。端から見ると、まるで恋人同士みたいに映ったでしょうが、もちろん二人の間にそんな雰囲気はまったくありませんでした。私も貴女も、頭の中は芝居のことしかなかったと思います。

そうして秋の演劇祭を迎えました。

あれは初日の公演でした。幕が開いてしばらくして、いよいよ貴女が登場するという場面の直前、舞台の上手袖《そで》にいる貴女がおろおろしているのがわかりました。

私がどうしたんだと訊くと、いつもお守り代わりに着けているネックレスが見つからないと不安そうに答えました。

「アパートに忘れたのかも」

貴女は泣きそうな声で言いました。

「ネックレスなんかなくたって大丈夫だ」

私が笑ってそう言うと、貴女は急に切羽詰まったようになって、「失敗しそう」と言い出しました。

おそらくその自分の言葉で余計に気持ちが揺らいでしまったのでしょう。突然、貴女はパニックに陥りました。

「駄目！　セリフが思い出せない！」

貴女は声を震わせて言いました。

そんな貴女を見たのは初めてでした。私は落ち着くように言いましたが、貴女は震えるばかりです。舞台は進んでいて、貴女の出番がすぐそこまでやってきています。

私は咄嗟《とっさ》に貴女の顔に平手打ちしました。大きな音がして、舞台で演じていた役者の何人かが袖を見ました。私は呆然としている貴女を舞台へ投げ出すように押しました。

舞台に出た瞬間、貴女は津山蓉子の顔になっていました。艶然《えんぜん》と微笑《ほほえ》んだ口元から、ゆっくりとセリフが出てきます。それは、完璧《かんぺき》なセリフ回しでした。

初日の舞台は大成功でした。

こうして書いていると、あの時の公演が思い出されます。当時はまだ家庭用のビデオは普及していなくて、公演の記録をビデオで残すことはできませんでした。８ミリフィルムで二時間の芝居を撮影するにはお金がかかりすぎました。

あの公演をもう一度見たい！　と心から思います。しかし、目を閉じれば、私の脳裏にあの時の公演の様子がありありと浮かびます。心の中の映像はおそらくビデオの映像よりもはるかに鮮明で強烈です。

「ルビンの壺が割れた」の成功の一番の理由は私の脚本と演出にあった、と言っても許してもらえるでしょうか。あの作品は私が心血を注いだものでした（笑）。他の大学の演劇部の人たちからも絶賛されました。プロの脚本家や演出家からも褒められました。

でも、作品をひときわ輝くものにしてくれたのは、貴女の演技にあったことは間違いありません。いや、本当は貴女の存在こそが、あの芝居を成功に導いたといっても過言ではないでしょう。

稽古の時から、貴女は芝居の中では大変な存在感を示していましたが、稽古を終えると、目立たない女子大生でした。それが当時も非常に不思議でした。いや、その言い方は逆かもしれません。普段は地味な女の子なのに、芝居に入った途端、全身がオーラに包まれ、輝きだすのです。表情や声さえ別人のようでした。私は「天性の女優」というのは、こういう子を言うのかもしれないと思いました。ところが普段の貴女は、自分を前に押し出すというところは、まったくありませんでした。見事な演技で公演を成功に導いても、それを鼻にかけるようなところは微塵《みじん》もありませんでした。貴女のその性格が皆に好かれていたのだと思います。でも正直に言って、その時でさえも私は貴女に恋してはいませんでした。女優としては大いにリスペクトしていましたが、女性としては見ていませんでした。

そう、私には婚約者がいたからです。このことはかなりの部員たちが知っていたので、貴女も聞いていたのですね。

ただ、正確に言うと、婚約者ではなく許嫁《いいなずけ》です。古臭い言い方で驚かれましたか。でも、婚約者というよりも許嫁というほうがしっくりくるのです。

この話は私からは一度もしたことがなかったですね。別に秘密にしておくつもりではありませんでした。付き合っている時に、貴女から一度も訊かれなかったので、私も敢《あ》えてしなかったというのが本当のところです。でも貴女との結婚が決まってからは、いずれは話さなければならないなと思っていました。もっとも、どこまで話せばいいのかとも考えていました。というのは、微妙な話でもあるからです。しかし、今日は少し語りましょう。

私には両親がいないことはご存知ですね。二人が亡《な》くなったのは、私が中学三年生の時です。横断歩道を渡っているところを信号無視の車にはねられたのです。加害者の若者が普通に保険に入っていたなら、保険金もおりたでしょうから、その後の私の人生はかなり変わっていたでしょう。

両親の死は大変なショックでしたが、その悲しみに浸っているわけにはいきませんでした。祖父母は既に他界していましたから、生活の問題があったのです。両親をはねた若者は無免許だったので、保険金は一切おりませんでした。父はしがないサラリーマンで、貯《たくわ》えはほとんどなく、家も借家でした。そう、葬式を終えた翌日から、中学生の私に、これからどうやって生きていけばいいのかという現実が襲いかかってきたのです。

両親には兄弟姉妹がいましたが、私を引き取ろうと言ってくれる家はありませんでした。

親戚《しんせき》などと言っても冷たいものです。それまで私を可愛《かわい》がってくれた叔父や伯母も、葬儀が終わると、私と目を合わそうともしません。仲が良かった従兄弟《いとこ》たちもよそよそしい態度を取りました。私は十五歳にして、世の中の薄情というものを知らされたのです。これは両親の死と同じくらいショックなものでした。

しかし世の中は薄情な人たちばかりではないというのを知ったのもその時です。ずっと疎遠《そえん》だった「浜松の叔父」が、私を引き取ろうと言ってくれたのです。浜松の叔父は両親の兄弟ではありません。父の妹の夫なのですが、叔父は二年前に彼女とは離婚していて、水谷家とは縁が切れていたのです。ですから厳密には元叔父ですが、彼は昔から私のことをずっと可愛がってくれていました。

叔父は義俠心《ぎきょうしん》のある男でした。両親の葬式の後、親戚たちが誰も私を引き取ろうとしないばかりか、そんな話題さえ避けている態度に怒り、「それなら、自分が世話をする」と言ったのです。その時の親戚一同の驚きを装《よそお》った喜びの顔は生涯忘れられません。人間というものは誰でも、いざとなれば、役者でもないのに見事な演技ができるのです。

浜松の叔父――濱田《はまだ》栄次郎《えいじろう》という名ですが、彼は浜松で自動車の部品工場を経営していました。両親の兄弟姉妹たちは、濱田さんのところは裕福だから、とてもいいことだ、というようなことを言いました。たしかに叔父は生活に余裕があるから私を引き取ることができたのかもしれませんが、親戚の中で他にも裕福な者はいました。だから、金の問題ではないのです。

その月の終わり、私は東京の家を出て、浜松の叔父の家に行くことになりました。初めて叔父の家を訪れた私に、叔父は「今日から、お前はこの家の子だ」と言いました。それから私の部屋も与えてくれました。叔母さん――栄次郎の二度目の妻ですが、彼女も気さくな優しい人でした。こうして私は濱田の家で何不自由なく暮らすことができたのです。

叔父さんには子供が一人いました。優子《ゆうこ》という女の子で、私の三つ年下です。実は優子は叔母さんの連れ子です。叔父さんが私を引き取ろうと言ってくれたのは、すでに血のつながらない娘を育てていたからかもしれません。

優子は当時、小学校六年生でした。利発な子で、私に非常になついてくれました。そして「お兄ちゃん」と呼んでくれました。

ここまで話すと、察しがついたと思いますが、私の許嫁というのは優子です。

私と濱田の家族はうまくいきました。叔父も叔母も、私を実の子のように可愛がってくれましたし、私もまた二人と心から打ち解けることができました。二人には、息子ができたようで嬉しいと、ことあるごとに言われました。自慢するようで気が引けるのですが、私は非常に勉強ができ、転校した学校でも成績はずっと一番でした。それが叔父夫婦を喜ばせたのもたしかです。

優子とは血のつながりはありませんが、すぐに親しくなり、一年もすると、本当の兄妹《きょうだい》のように仲良くなりました。いや、一人っ子の私は本当の兄妹というものがどんな仲なのか知らないので、勝手なことは言えませんね。

私が高校に入った年、優子は中学生になりました。優子は可愛い顔立ちをしていて、高校のクラスメイトたちには、優子ちゃんみたいな美人の妹がいて羨《うらや》ましいとよく言われました。それを聞くと、私はなんだか自分が褒められたような気分になりました。

でも、私は優子には恋愛感情は持っていませんでした。当たり前ですが、異性としては見ていなかったからです。

優子は中学二年生になった頃から急速に体も大きくなり、同時に美しくなりました。優子の実の父親はスペイン人と日本人のハーフだったと聞いています。つまり優子はクウォーターというわけです。小学生の頃は白人的な雰囲気はあまりありませんでしたが、思春期になって全体にエキゾチックな部分が色濃くなってきました。肌は白く、目が大きく、体つきも同じ年頃の少女たちとはまるで違ってきました。

家の中で見ていても、時々はっとするようなことがありました。女の子というのは本当に不思議な生き物だと思います。もちろんクラスメイトの女の子の成長と変化も学校で見ているわけですが、家の中で四六時中見ている女性の変化の印象というのは、それとは少し違います。蛹《さなぎ》の中の変化を内側から覗《のぞ》いているという感じでしょうか。

家には優子宛《あ》てのラブレターがよく来ました。その頃はスマートフォンどころか携帯電話もない時代で、男の子が好きな女の子に思いを告げるには手紙を書くしかありませんでした。のどかな時代です。

私がラブレターのことで優子を冷やかすと、彼女はいつも本気で怒りました。優子自身はラブレターを少しも喜んでいませんでした。私は、彼女に見合う素敵なボーイフレンドが見つかればいいなと思っていましたが、優子はボーイフレンドなんかにはまったく興味がなかったようです。

私は高校を卒業すると、東京の大学に進みました。学費も下宿代も叔父が出してくれました。私はそこまでしてもらうことはできないと言ったのですが、叔父夫婦に強引に押し切られました。申し訳ない思いはありましたが、嬉しかったのはたしかです。

私が家を出るとき、優子は「お兄ちゃんと離れるのは悲しい」と言って泣きました。「一緒に連れて行ってほしい」とわがままも言いました。子供らしい感傷ですが、大きな体をして大人びた顔立ちをしているのに、中身はまるで子供なのだなと思ったのを覚えています。

ところが夏休みに帰省したとき、優子は私と目を合わそうとはしませんでした。というか、私とはあまり喋《しゃべ》ろうともしませんでした。私は、おそらく何か悩み事か考え事でもあるのだろうと思い、彼女にかまうことはしませんでした。思春期の少女のことはわからないと思っていたからです。

その年の暮れに帰省した時は、優子は夏とは打って変わって、私にまとわりついてきました。これくらいの年頃の女の子というのは、本当に気分のむらがあるんだなと内心で苦笑していました。

二年生の夏休みは演劇に夢中になり、帰省しませんでした。その年の暮れに家に戻ると、また優子はよそよそしくなっていましたが、私は特に気にも留めていませんでした。

ところが、大学三年生の夏休みに帰省した時、叔父に話があると呼ばれました。あらたまって何だろうと叔父の部屋に行きましたが、そこで驚くような話を聞かされたのです。

優子が私に恋をしていて、何も手につかないというのです。私は信じられない気持ちでしたが、叔父は、優子本人から相談を受けたと言うのです。

「俺も最初は一時的なものだと思っていた。年頃の女の子には誰にでもある、はしかみたいなもんだと」

「はい」

「ところが、そうじゃなかった。優子はもう三年前からお前に恋していると言うんだ」

「そんな――まさか」

叔父は怖い顔で私を睨《にら》んでいます。何か悪いことでもして怒られているような気持ちになりました。

「あの――僕は優子ちゃんには、おかしなことは言ってないですよ」

「わかっている。優子の完全な片思いだ」

それを聞いて少しほっとしました。

しかし優子が私をそんなに真剣に恋しているとは思いもよらないことでした。

「お前、今、付き合っている女がいるのか」

叔父は突然訊《き》きました。

「いません」

「本当か」

「本当です」

叔父はそこで少し顔を歪《ゆが》めました。

それから苦しそうな表情をしながら言いました。

「こんなお願いはしちゃならないことだが――優子を貰《もら》ってやってくれないか」

青天の霹靂《へきれき》とはまさにこのことです。

ちょっと待ってくださいよ、と言おうと思いましたが、叔父の真剣な顔を見ていると言葉を飲み込んでしまいました。

「俺は優子と同じくらいお前が好きだ。お前と暮らし始めて六年になる。今ではお前を本当の息子と思っているくらいだ。で、もしお前が、優子と所帯を持つようになれば、優子とも離れずにすむし、俺としても願ったりかなったりだ」

「叔父さんにそんな風に言ってもらって、光栄です。ぼくも優子ちゃんが好きです。でも、優子ちゃんには僕よりももっとふさわしい男性が現れるはずです」

「優子を嫁にするのは嫌なのか」

「違います。ただ、こんな大事なことを今決めてもいいのかと思うのです。優子ちゃんはまだ十八歳です。大人になれば気が変わります」

「あいつはそんな女じゃない。小さい時から一途《いちず》な性格だ」

それは叔父の言う通りです。優子はこうと決めたら梃子《てこ》でも動かないところがありました。でも、恋は別だろうと思いました。

「お前が優子を嫌でなければ、貰ってやってくれないか。この通りだ」

叔父は私の前に両手をついて、頭を絨毯《じゅうたん》にこすりつけました。

「叔父さん、やめてください」

そう言っても叔父は頭を上げません。

「わかりました。僕みたいな男でよければ、優子ちゃんをください」

「本当か」

叔父は泣いているのか怒っているのかわからないような顔をしました。


これが僕と優子が婚約したいきさつです。

ずいぶん長く書きました。デリケートな話なので、ニュアンスを伝えようと、当時のことを思い出して、一所懸命に書きました。ほぼこの通りの会話です。

私が優子との結婚を了承したのは、実は、これで叔父夫婦に恩返しができる、と思ったからです。このことで二人が喜んでくれるなら容易《たやす》いことだ、と。

こんな言い方は、私が優子をまるで恩返しの道具と見做《みな》しているみたいに聞こえますね。そんなことは決してありません。優子と結婚するということは嫌ではありませんでした。彼女はとても気立てのいい優しい娘です。何より私を慕ってくれています。不満なところは何一つありません。

それに——前にも言ったように優子は非常に美しい女性でした。その頃の優子の美しさは近所でも評判でした。土日などは、どこかで噂《うわさ》を聞いた高校生たちが時たま家の近くにやってくるほどでした。ただ、ずっと妹として見ていただけに、優子の美しさは、私にとっては何かこそばゆい感じがするものでした。それまで異性として見ていなかった優子が、私の将来の妻になるということはまったく実感できませんでした。

叔父との話があってから、優子との関係は、最初はどこかぎくしゃくしたものがありました。それはそうでしょう。それまでまったく恋人として付き合ってもいなかったのに、いずれは結婚するということが決まったわけですから。許嫁になったとはいえ、優子に対して急に恋心が芽生えるということもありませんでした。むしろその反対で、余計に異性としては感じられなくなりました。

許嫁となった後も、お互いに照れくささがあり、同じ家にいながら、二人きりで話をすることはほとんどありませんでした。いや、その夏は親密な会話はまるでしなかったように思います。私は、もしかしたらずっとこんな関係が続くのかなと思いました。

ところが、その年の冬休みに帰省した時、駅まで迎えに来てくれた優子の顔を見た瞬間、私は言いようのない喜びを覚えたのです。ごく自然に手を握り合っていました。子供の頃は別にして、大きくなって優子の手を握ったのは初めてです。

その日、叔父夫婦は会社の会合か何かで帰宅は遅くなると聞いていました。夕食を食べた後、私と優子は初めてのキスを交わしました。それから優子は私を自分の部屋に誘いました。

初めて優子を抱いたのは、彼女のベッドの上です。処女の優子は私がたじろぐほど積極的でした。あれが恋の情熱というものでしょうか、それともラテンの情熱の血が入っているせいなのでしょうか。実は童貞の私の方が怯《ひる》んでいたかもしれません。それと、子供の頃から一緒に遊んだ部屋でそんなことをしてもいいのだろうかという気持ちもありました。

その冬は毎日、優子とセックスしました。夜、叔父夫婦が寝た後、お互いがこっそりと部屋を訪ね、体を重ねました。叔父夫婦が出かけている時は昼間でも愛し合いました。

優子は、私が大学を卒業して叔父の会社に入ったら、すぐに結婚したいと言いました。私はまだ卒業後のことまでは考えていませんでしたが、叔父が私に会社を継いでほしいと思っているのは知っていました。私も叔父への恩返しをするには、それがいいかなとぼんやりとは考えていました。ただ、卒業と同時に結婚はいくらなんでも少し早すぎるような気がしました。叔父夫婦も同じ考えでした。

私が優子に、大学はどうするのと訊くと、主婦をやりながら大学に行くと言いました。叔父は、せめて優子が大学を卒業してから結婚すればいいと言いましたが、優子は聞きませんでした。それで大学は、主婦をしながらでも通える地元の大学に行きたいと言いました。

翌年、優子は地元の国立大学に入学しました。

私が婚約したことは演劇部でもごく親しい友人にしか言いませんでしたが、こういう話は面白いのでしょう、結局かなりの部員に知られていたようです。でも私がそのことを公《おおやけ》にしたくないというのを知っていたからか、皆、私の前ではその話題には触れませんでした。もちろん、直接、訊いてくる部員もいませんでした。

私は部員たちの配慮に感謝していましたが、新入部員の貴女《あなた》まで知っていたとは驚きです。私のいないところではかなり噂になっていたのですね。

すみません。つい優子のことを長々と書いてしまいました。決して優子に未練があるわけではありません。私にとっては、優子は完全に過去の女性です。もはやその面影さえもおぼろです。

でも、貴女は違います。今も、目を閉じれば、貴女の顔が鮮明に浮かび上がってきます。懐かしい日々が渦を描くように脳裏を駆け巡ります。そしてその記憶は、貴女と最後に会話を交わした日で止まります。

式の前日——私と貴女は都内のレストランで食事をするはずでした。ところが職場でちょっとしたトラブルがあり、約束の時間には行けなくなりました。それで貴女に、先に私の部屋に行って休んでいてほしいと電話しましたが、その時の貴女の様子には、何も変わった様子はありませんでした。いつものように優しく、私の仕事を気遣ってくれました。電話の最後には、「早く帰ってきてね」と甘い声で囁《ささや》いてくれました。まさか、それが私の聴いた貴女の最後の声になるとは夢にも思いませんでした。

その夜、私が帰ると、貴女は部屋にはいませんでした。「明日、式場で」という貴女の置き手紙が残されていました。私は貴女に電話しましたが、貴女は出ませんでした。きっと式に備えて早く休んでいるのだろうと思いました。しかし翌日の式場に、貴女は現れませんでした。

それから半年近くの出来事はまるで悪夢のようです。私は懸命に貴女を捜しましたが、貴女がどこにいるかわかりませんでした。驚いたことに、貴女は大学に休学届を出していました。貴女の友人たちも誰も貴女の消息を知っている人はいませんでした。貴女のご両親でさえ、狐《きつね》につままれたようだとおっしゃっていました。その言い方と表情から、お二人が嘘《うそ》をついているとは思えませんでした。

私は警察に届けましたが、貴女の消息は杳《よう》としてわかりませんでした。貴女はまるで煙のように消えてしまったのです。

いや、もうこの話はやめましょう。

貴女がなぜ私の前から姿を消したのか、今さら知ったところで何になるのでしょう。もちろん知りたい気持ちはありますが、逆に知るのが怖いという気持ちもあります。

昔はそのことを知りたい！　と強烈に思っていましたが、三十年という歳月はその思いも流してしまいました。おそらく貴女にはそうしなければならない理由と事情があったのでしょう。そして、それは私が知って楽しいものではないのでしょう。だったら、もう知る意味もありません。

私が知りたいのは、貴女のその後の人生です。

正直に言うと、貴女が去って十年くらいは貴女を恨んでいました。私の中では、貴女は死んだものとなりました。そう考えないと辛くて生きていけませんでした。

でも二十年が過ぎた頃には、その気持ちもなくなりました。それよりも一時は真剣に愛した女性――それも結婚まで考えた貴女が幸せに生きているのだろうか、という思いの方が強くなってきました。

私は様々な想像をしました。最初は何か事件か事故に巻き込まれたのではないかと思いましたが、三年ほど経《た》った頃、友人から貴女が関西で結婚しているらしいということを聞きました。ただ、その男性がどういう人で、貴女がなぜ結婚式に現れなかったのかはわかりません。そのことを知る方法はどこにもなかったのです。

私は想像しました。あの夜、私が電話した後、貴女は運命的な出会いをして、恋に落ちたのではないだろうか、と。そして苦しんだ挙句、その男性と駆け落ちしたのではないだろうか、と――。もちろん無理のある推測ですが、いつのまにか私の想像の世界では、そうであってほしいと願うようになりました。

何気ない日曜日、夫と子供が出かけた後、家事を終えた昼下がり、貴女はリビングのソファーに腰かけて、ふと昔のことを思い出します。私と愛し合った日々を回想して思わず微笑む――そんな想像をしたものです。いつしか、貴女が幸福で楽しい日々を送っていることが私の夢になりました。私は三十年前のあの日、貴女が正しい選択をしたと思いたかったのです。

私はもう長い間、昔の友人や知人とは会っていません。一種の隠棲《いんせい》生活を長らく送ってきたせいです。ですが、それは人生に絶望した私にとってふさわしい暮らしだったかもしれません。

それにしてもインターネットというのは凄《すご》いですね。机を前にして世界中と繋《つな》がっているというのは、こうしてPCを触っているのにまだ信じられない気持ちです。私の隠棲生活にもインターネットがあれば、全然違ったものになっていたでしょう。二年前に偶然、フェイスブックで貴女を見つけた時は、神様が引き合わせてくれたと思ったものです。

あ、余計なご心配はなさらないでください。今さら貴女に会いに行きたいなどとは微塵も思っていません。

私はただ貴女が幸福な暮らしをしていることがわかって、本当に嬉しかったのです。もし貴女が――今も独身で、寂しい生活をしていたら、私は打ちのめされていたことでしょう。

貴女の幸せが長く続くことを祈っています。

とても長いメッセージになってしまってすみません。これを書くのに一週間もかかってしまいました。今は少々、夏バテです。暑い日が続きますが、ご自愛ください。

水谷一馬

追伸

ところで、もしよろしければ、貴女のご住所を教えていただくことは可能でしょうか。もちろん手紙などは出したりしません。ただ、どこに住んでいらっしゃるのかくらいは知りたいなあという単純な気持ちです。

未帆子様

　返信がなくなりましたね。

　この夏は、毎日、フェイスブックを開いては、貴女からのメッセージがないのを見て、がっかりする日が続きました。

　最初は忙しい日々を送っておられるのだろうと思っていました。しかしさすがに一ヵ月以上も返信がないと、鈍感な私でもそうではないのだなと気付きました。住所を訊いたりしたのが悪かったのでしょうか。

　それとも、私が結婚式の話をしたせいでしょうか。でも、別にそのことで貴女を責めたわけでは決してありません。もし、そうだと受け取られたなら、謝ります。前のメッセージでも書きましたが、結果的に貴女は正しい選択をしたということがわかって、素直に嬉《うれ》しかったのです。これは偽らざる本心です。

今さら貴女の出奔の理由を知りたいとは思いません。遠回しに私がそれを尋ねたと感じられたなら、私の文章の至らなさです。

それとも、貴女が不愉快になられたのは、もしかして、私が許嫁の優子との肉体関係の話を長々としたせいでしょうか。たしかにお付き合いしているときに一度も言わずに、今になって、訊かれもしないのにべらべらと喋るというのは、よくなかったです。貴女が気を悪くしたとしても、しかたがありません。しかもずいぶん下世話な話もしました。

貴女にしてみれば、そんな大事なことを黙っていたと、不愉快に思われたのは当然です。親密にお付き合いし、結婚まで決まっていた貴女に、優子とのことを何も言わなかったのは不誠実に見えたことでしょう。もしかしたら、貴女は私と結婚しなかったのはやはり正解だったと思われていたのかもしれませんね。そうであったら、とても悲しいことです。

ただ、前のメッセージでも申し上げたように生涯秘密にしようとしていたわけではありません。いずれは全部打ち明けるつもりでいました。

私は先日、定期検診で胃ガンが再発していることがわかりました。幸い小さなものので、ただちに命にかかわるというものではありませんが、さすがに再発はショックでした。前にガンが見つかった時、バチが当たったと思いましたが、これはやはりバチなのでしょう。私は貴女をはじめ多くの人を不幸せにしてきました。バチが当たって当然の人生でした。

このメッセージでおしまいにします。

わずかな期間でしたが、貴女とのメッセージのやりとりはとても楽しいものでした。貴女のメッセージの文章からは、貴女がとても素敵な女性になっている様子が想像できました。

では、さようなら。

水谷一馬

水谷一馬さま

しばらくお返事を差し上げないで失礼しました。

返信しなかったのは、水谷様のメッセージを不快に感じたからではありません。

ただただ、わたしの事情によるものです。

前回のメッセージを送った後、翌日、メッセンジャーの文章を読み直して、顔から火が出る思いをしました。

いくらワインのせいとはいえ、なんというはしたない文章を送ってしまったことかと思ったのです。

かなり自己嫌悪《けんお》に陥りました。

一晩寝かせるべきだ、というのは手紙もメッセージも同じですね。

かつてはお付き合いさせていただいた関係ですが、現在のわたしは、水谷様とは違う世界に生きております。

ついつい馴《な》れ馴《な》れしいことを書いてしまい、反省しています。

学生時代をいくら懐《なつ》かしがっても、心まで学生に戻っていいはずがありません。

大変申し訳ありませんでした。

でも、この三ヵ月、水谷様のことは常に頭の中にありました。

水谷様がこの三十年、どのような生活を送ってこられたのかということです。

人づてには聞いていましたが、おそらくわたしには想像もつかない厳しいものだったのでしょう。

肉体的というよりも精神的な苦しみがさぞ大きかったと思います。

もちろんその幾分かはわたしのせいです。でも、そのことでどうかわたしを恨まないでください。

わたしにはそうするしかなかったのです。

そのことは、本当は水谷様もおわかりだと思います。

水谷様が三十年前のあの日のことをおっしゃられたので、わたしも書きます。

正直に申し上げて、あの時はわたし自身がどうしてよいのかわからない状態でした。

今思い返すと、あの時、わたしの取った行動は常軌を逸したものだったのかもしれませんが、間違っていなかったと思います。

水谷様を恨んだのは、しばらく経ってからです。

わたしはもう幸福に見放されたと思いました。

水谷様のせいで自分の人生がこなごなにされたと思いました。

でも、それはかなり自分勝手な考え方ですね。

今はもちろん水谷様を恨んでいるようなことはまったくありません。

三十年の月日がそれを消してくれました。

それよりもご自身が選んだ結果とはいえ、水谷様がこの三十年、辛《つら》い人生を送られたことを思うとき、本当に心が痛みます。

こんなことを申し上げるのは不遜《ふそん》ですが、メッセージを拝見して、水谷様はすっかり人間が変わられたのだと思いました。

水谷様は不幸な運命に遭われましたが、しかし敢えて残酷な言い方をいたしますと、不幸な目に遭われたのは水谷様だけではありません。

そうしたことも心に留めておいてくだされればと思います。今は水谷様に幸せな人生を取り返してほしいと願っています。

早くご健康を取り戻されることを祈っております。

最後にひとことだけ申し上げたいことがあります。

病気は単に病気です。バチが当たるという考え方は間違っていると思います。

もし、病気がバチなら、すべての病人はバチが当たったことになります。

ですから、病気に何か意味があるとお考えにはならないでほしいと思います。

未帆子

未帆子様

メッセージに驚きました。まさか、その日のうちに返信をいただけるとは思っていませんでした。でも、これがメッセージのすごいところなのですね。手紙ではこうはいきません。

また誠実なお返事、ありがとうございます。

貴女は、私のあの日からの三十年の人生を不幸と思っておられるようですが、私はそうは考えておりません。これはすべて神様の思し召《おぼしめ》しなのです。

実は私は信仰に帰依《きえ》しています。十年前にキリスト教の洗礼を受けました。意外でしょう。学生時代の私は無神論者でしたし、宗教など頭から馬鹿《ばか》にしていました。でも、人生の苦難というものは人を変えます。洗礼を受けた時に、私は生まれ変わったと思っています。

たしかにバチが当たるという考え方は間違っていますね。貴女のおっしゃるように、病気で苦しんでいる人は決してそうではありませんから。ただ、私は常に贖罪《しょくざい》意識を持っています。それで、ついついそんな考え方になってしまったのです。こんなところで謝っても仕方がないのですが、失言をお詫《わ》びします。

三十年――あらためて文字で見ると、その長さに呆然《ぼうぜん》とします。あれからもう三十年も経ったのですね。

私はもう貴女に見せられない体形になってしまいました。身長は百七十五センチで変わりませんが、体重は十キロ以上も増えて七十キロです。顔も丸くなりました。おまけに頭も薄くなっています。おそらく街ですれ違っても、貴女には気付いてもらえないでしょう。

公演の後、演劇部員たちと打ち上げ旅行で伊豆《いず》に行きましたね。あの夜、海岸でキャンプファイアをしましたね。あの時、貴女は私から少し離れて座っていました。私は何気なく貴女の方に目をやりました。炎に照らされた貴女の顔が見えました。貴女はノースリーブの白いワンピースを着て、いつもは一つに束ねている髪を垂らしていました。貴女のそんな髪形を見るのは初めてでした。

誰かが火の前で踊りながら歌を歌いました。私は手拍子をしながら、貴女の顔を見つめていました。炎の明かりに照らされた貴女の顔からは妖艶《ようえん》な美しさを感じました。その時、綺麗《きれい》な女の子だなと思ったのです。不思議なことに、貴女の美しさに初めて気付いた瞬間です。

皆が声を合わせて歌っている時、貴女がそっと輪を抜けるのが見えました。あなたの姿はすぐに闇《やみ》の中に消えました。あまりにも自然な動きで、周囲の部員たちもわからなかったように思います。

私は貴女が抜けたところをぼんやりと眺めていました。すると、その部分がブラックホールのような不思議な暗黒の穴に見えたのです。なぜか自分がその穴に吸い込まれていくような錯覚に陥りました。

私はゆっくりと輪を抜けました。皆は歌に夢中で、私が抜けたのにも誰も気付いていないようでした。私はキャンプファイアの輪から離れ、貴女の姿を目で追いました。

しかしさきほどまで炎を見つめていたせいか、目が暗闇に慣れず、キャンプファイア以外は真っ暗で何も見えませんでした。

私は暗い海岸を、貴女が消えた方向を目指して歩きました。しばらく歩くと、目が慣れてきて、少し離れた浜辺の藪《やぶ》の方に人影が見えた気がしました。私はその人影目指して早足で歩きました。今思い返してもなぜ自分がそんなことをしたのかわかりません。

人影に近づいていくと、それは白いワンピースを着ていました。私は貴女に追いつこうと足を速めました。波の音が大きく、私の足音は波の音に消されて貴女は気付かないようでした。

貴女の姿が不意に消えました。私は足を緩めて、そっと藪の方に回りました。するど、貴女はしゃがんでいました。その時、隠れていた月が顔を出し、瞬間、貴女の白い尻《しり》を照らしました。月はすぐに隠れ、私は慌《あわ》てて藪から離れました。

それから足早にキャンプファイアの輪に戻りましたが、動悸《どうき》がなかなか収まりませんでした。瞼《まぶた》には貴女の白い肌が鮮明に残っていました。それはまるで幼い女の子のようでした。少し遅れて貴女が戻ってきました。私は貴女の顔を見ることができませんでした。

それからのことはよく覚えていません。気が付けば、キャンプファイアの宴を終えて、私たちは旅館に戻っていました。

私は部屋に帰ってもまったく寝付けず、一人旅館を抜け出して、海岸に行きました。

先ほどと違って月明かりが海岸全体を照らしていました。私はしばらく海岸を歩いていましたが、その時、「部長さん」と声をかけられました。

私がどれほど驚いたか想像がつくでしょうか。

「田代――」

振り返った私はそう言うのが精一杯でした。

貴女はワンピースではなく、宿の浴衣《ゆかた》を着ていました。その時、貴女は少し笑ったような気がします。

「どうして、こんなところに？」

私は訊きました。

貴女は何も言わずに私に近づいてきました。そしてすぐ目の前まで来たとき、少し睨んだような顔で私を見上げました。

「部長さん、見たでしょう」

私は全身が固まりました。「見たって、何を」そう言うのがやっとでした。

「音がしたので、後ろを振り返ったら、去っていく部長さんの背中が見えました」

私は何か言おうとしましたが、言葉が出ませんでした。

「死ぬほど恥ずかしかった――」

貴女は小さな声で言いました。月明かりの下でも、貴女の顔が真っ赤になっているのがわかりました。

気が付けば、私は貴女を抱きしめていました。

すみません。こんなこと、メッセージで書くようなことではないですね。

でも、あの夜のことは今も鮮明な記憶として残っているのです。

貴女と永久に別れた後、何度も思い出しました。あまりにも頭の中で何度も再生したので、もしかしたらいつのまにか細部がずれているかもしれません。

思い出に浸るのはこのへんでやめておきます。

水谷一馬

追伸　最後に、もしよろしければ、今のご苗字《みょうじ》を教えていただくことは叶《かな》わないでしょうか。たとえ、もう二度と会えなくても、私が生涯で一番愛した女性のフルネームを知りたいというのは、あまりにも子供じみた感傷でしょうか。

一馬さま

伊豆の夜、ですか。

とても懐かしいですね。そしてとても恥ずかしい夜でした。

もうそんなことを恥ずかしがる年でもないのですが。

わたしもあなたと同じように、三十年という月日がすっかり容貌《ようぼう》を変えてくれました。

街ですれ違っても、どころか、面と向かって自己紹介しても、すぐにはわかってもらえないほど変わりました（笑）。

でも、こうしてメッセージを読んでいますと、まるで学生時代に戻ったような不思議な心持ちになり、パソコンの前でも思わず顔が赤くなります。

女というものは、いくつになっても心の中は娘なのかもしれません。

責めるつもりはありませんが、あの時、あなたには婚約者がいらっしゃった。婚約者がいるのに、わたしにキスをしたのですよね。

ごめんなさい、今になってそんなことを言うのはルール違反ですね。

というか、あなたに婚約者がいらっしゃるのを知っていながら、あなたのキスを受け入れてしまったわたしの方が問題ですね……。

でも、あの時は、キスを拒否することなどできるはずもありませんでした。

恥ずかしい姿を見られてしまった動揺もありましたが、あなたに抱きしめられた瞬間、頭が真っ白になりました。

ごめんなさい、わたし、またうまく逃げていますね。

頭が真っ白って、まるでわたしが意思を失ったような書き方ですね。

正直に書きます。わたしはあなたに抱きしめられて、喜びに震えていました。キスされて、全身がとろけました。

ああ、もう何を書いているのでしょう！

ただ、もう時効ですね。

三十年前のことは何を書いても許されるはずです。

あなたも書いておられるように、時間というものは偉大です。

でも、もうその話はやめましょう。

大昔の話なので、誰にも迷惑をかけるものではありませんが、よくないことと思います。

あなたのお身体《からだ》が快方に向かいますようにお祈りしています。

未帆子

未帆子様

大変失礼しました。

余計なことを書いてしまいました。私と貴女は、たしかに一時は結婚式直前までいった仲ですが、今はもう完全な他人です。いくら過去のこととはいえ、そういうロマンチックな話はよくありませんね。ごめんなさい。つい懐かしくなって、思い出すままに語ってしまいました。

繰り返しますが、公演は本当に素晴らしいものでした。

それは決して私たち自身の自己満足ではありません。というのも、あの時の演劇祭で、私たちの作品が最優秀賞を受賞したからです。何も賞を取ったからといって、その作品に価値があるというわけではありませんが、客観的な評価の一つではあります。

　ただ、芝居はビジネス的に成り立たないと意味がありません。その意味で、私たちの立ち上げる劇団のスポンサーになろうという人が現れたことは誇れるものだと思います。もし賞がそれを後押ししてくれたとすれば、受賞には大いに意味があったと言えるでしょう。

　その申し出をしてくれた矢代幸三《やしろこうぞう》さんは演劇の専門家ではありませんし、芸能の世界で生きてこられた方でもありません。実業と不動産一筋にやってこられた方です。けれども、若い頃は演劇に興味を持っておられたとのことです。大学時代は演劇部に所属しておられました。

　あの頃はバブル直前でしたが、矢代さんは先見の明があったのか、既にかなりの資産を作られていました。矢代さんはそうして得た資金で、何か社会に還元したいと思われていたのです。そんな折、たまたま私たちの演劇祭を観《み》に来られたというわけです。そして「ルビンの壺《つぼ》が割れた」を観て感激し、私たちが作ろうとしていた劇団のスポンサーになろうと言ってくれたのです。

　矢代さんは私たちがプロの劇団としてやっていける資金を提供しようと申し出て

くれました。

この話を持ってきてくれたのは、演出補佐の宮脇君です。

口幅ったいことを言うようですが、彼はずっと私の才能に惚《ほ》れ込んでくれていました。私を天才と言ってくれ、私の片腕のような存在でした。彼は、私ならプロとしてやっていけると言いました。もし私が演劇の道に進むのなら、ずっとアシストしたいとも。私が本気で演劇の道に進もうと思ったのも、あるいはもしかしたら宮脇君の存在があったからかもしれません。

彼は口先だけの男ではありませんでした。いろいろな資産家にスポンサーになってもらおうと、多くの人に手紙を書いたり、また直接面談を申し込んだりしてくれていたのです。でも私には、そんなことは一言も言いませんでした。それがいかにも彼らしいと言えます。

宮脇君がいろいろと当たった資産家の一人が矢代さんでした。矢代さんは私たちの五回の公演のうち、三度も観に来てくれたそうです。同じ芝居を三度も、です。それで、私の才能と私たちの部員の才能を大いに買ってくれたというわけです。

初めて会ったときに、矢代さんから、「君には才能がある。いずれ、日本の演劇界を背負《しょ》って立つ男になるだろう」と言われました。その時は、私も社交辞令と受け止め、ありがとうございます、と気軽に答えたのですが、矢代さんは次にこう言いました。

「君がもしプロになる気があるなら、援助しよう。とりあえず、五千万円くらいあればいいか」

私はその時、なんと思ったか――実は、これはテレビでお馴染《なじ》みのドッキリか何かなんじゃないのかと思ったのです。演劇部員の誰か、あるいは他の大学の劇団の誰かが、こういう人物をしつらえて、私をからかっているのではないかと思ったのです。矢代幸三さんはその業界では非常に知られた人ですが、私はそういう世界に疎《うと》く、彼の顔さえ知らなかったからです。

それで、私はつとめて冷静に、というか、むしろ淡々と、ありがとうございます、とだけ答えました。そして「私たちは金のためにやっているのではないので」と言いました。

私のそんな態度と答えが矢代さんを喜ばせたのですから、人生というのは面白いものだと思います。後で知ったのですが、矢代さんは、何としてもこの無欲な青年を援助したいと思ったそうです。

矢代さんと会ってから、宮脇君より、矢代氏が大変な人物であるということを聞かされて、私はとんでもないことを言ってしまったと後悔しました。でも、すべてはいい結果になりました。

矢代さんが提示してくれた条件は、これ以上はないというくらいのものでした。まず契約金として劇団に五千万円、私個人へは別に一千万円。劇団員にはきちんとした給料が与えられ、稽古場《けいこば》も矢代さん所有の会社倉庫をリフォームしたものを無料で貸してもらえる。その代わり、劇団名に矢代さんの会社グループの名前を入れるというものでした。他にも細かいもろもろのことがありましたが、大事なところはそんなものでした。

五千万円は、学生の身の私たちにとっては目の玉が飛び出るくらいの大金です。私は夢でも見ているのかと思いました。自分たちの劇団が持てる。そしてプロとしてやっていける。こんなことが現実の世界で起きるとは思ってもみませんでした。

私は早速、部員全員を集めてこの話をしました。皆、驚きましたが、動揺もしました。

部員たちは皆芝居が好きで演劇部に入ってきた人たちですが、芝居を一生の仕事にしようなどと思っているわけではありません。卒業したら、ちゃんとした就職をして普通の社会人として暮らしていくという人生設計を立てていた部員がほとんどです。

仮にプロの劇団としてスタートしても、はたしてそのままうまくいくかどうかはわかりません。全然人気が出ないままに、劇団が自然消滅してしまうことも十分有り得るわけです。「矢代さんはたっぷりとお金を持っているけど、所詮《しょせん》は金持ちの道楽ではないか」と言う部員もいました。「飽きたら、やーめたと、放り出される可能性もあるんじゃないか」という意見もありました。

私はこう言いました。

「矢代さんは十年は身分を保証すると言ってくれている。逆に言えば、十年間で結果を出せ、ということだと思う」

そして部員全員にきっぱりと伝えました。

「これは君たち自身でよく考えて答えを出してほしい。やるからには、大学を辞める覚悟できてほしい。学生のバイト感覚でやるものではない。四年生で就職の内定が出ている者は、それを取り消して来てほしい。自分はプロにはならないと言っても全然怒らないし、むしろその選択は当然だと思う。だから、私は君たちにお願いはしないし、説得したりもしない。ゆっくりと考えてほしい。ただ、この劇団スタート時に、十人未満しか集まらなかったら、この話はなくなる」

貴女《あなた》も覚えていると思いますが、私は部員たちに二週間の猶予《ゆうよ》を与えました。二週間後までに、大学を辞めて劇団に入るか入らないかの決断をしてほしいと言って、解散しました。

本当はこんな大きな決断を二週間ではできません。自分一人の問題ではなく、親の問題もあるからです。大学を辞めるのには大変な決断と勇気が必要です。

宮脇君は、「大学を辞めなくてもいいのではないか」と言いました。「十分両立できるはずだし、卒業して、それでも芝居に打ち込みたいというなら、それから正式入団でもいいのではないか」と。宮脇君は私の強引なやり方で、劇団の立ち上げがつぶれてしまうことを恐れていました。

しかし私は宮脇君の意見を退けました。そういう中途半端《はんぱ》な覚悟では、絶対に本気で打ち込めないと思っていたからです。芝居みたいな、いわばアウトローの仕事に就くには、不退転の覚悟がなければものにならないと思っていました。

今にして思えば、私自身に余裕がなかったと思います。その理由は、貴女です。貴女のために何としても芝居を続けたかったのです。自分自身の可能性と貴女の可能性をとことん追求してみたかったのです。

こんな話はどうでもいいことですね。それよりも貴女とのことです。

私はあの夜以来、貴女に恋しました。いや、本当はその前から——稽古をしている貴女を見つめている時、私は既に貴女に恋をしていたのかもしれません。中年男を誘惑する貴女、笑いながら男を騙《だま》す貴女、そして遠い過去を振り返り、初めて恋を失ったことを思い出して泣く貴女——。私は千変万化する貴女の表情と声に魅了されていました。さらに私が稽古を止めて、芝居のダメ出しをしている時の貴女の真剣なまなざし、稽古が終わって見せる朗らかな笑顔——。ああ、今こうして書いていても、その時の貴女の表情や声が私の脳裏に蘇《よみがえ》ってきます。私はいつしか貴女に恋していたのです。ただ、その気持ちはずっと抑えてきました。優子という許《いい》嫁《なずけ》がいたからです。

しかしあのキャンプファイアの夜、貴女とキスをした瞬間、抑えていた気持ちが奔流のように溢《あふ》れ出ました。いや、それは堰《せき》を切ったとでも言うべきものでした。貴女もまた私に激しく気持ちをぶつけてくれました。泣きながら、ずっとずっと好きだったと言ってくれました。

私は許嫁がいながら、そして貴女は私に許嫁がいることを知りながら、私たちは恋に落ちたのです。

優子の存在は私たちの前に大きく立ちはだかっていました。私は優子を好きでしたが、それは決して愛ではありません。私は悩んだ末に優子とは別れようと決めました。

叔父に受けた恩義はあります。ただ、それとこれとは別です。受けた恩は何年かかっても返していくつもりでした。十年近い間の生活費、それに学費、もちろんそれだけではありません。叔父も叔母も私の身の回りの世話をしてくれ、いつも私のことを気遣ってくれました。これらは金銭には代えられません。それらの善意を一方的に裏切るのはほとんど人非人とも言える行為です。

しかし、たとえ人非人になっても、私は貴女と結ばれたかったのです。たとえ叔父にどれだけ罵《ののし》られても、貴女と一緒になろうと思っていました。叔父夫婦には一生かかっても償いをしていこうと決めました。

さっきから叔父夫婦の話しかしていませんね。二人への恩義よりも、優子への配慮はないのかと言われそうですね。優子には申し訳ないと思わないのか――と。

実は優子には申し訳ないという気持ちはありませんでした。

書こうかどうか、ずっと迷っていたことですが、書きましょう。

これは誰にも言ったことがないことです。ここだけの話にしていただきたいのです。もっとも、貴女と優子には何の縁もないし、共通の知人もいません。一生出会うこともないでしょうが、それでも、優子の名誉にかかわることなので、心の中にだけ留めておいてもらいたいのです。

私が大学の四年生になった時――貴女と出会う一年前です――体の一部に不調を

覚えました。そんな異変は初めてでした。病院に行くと、梅毒と言われました。第一期でした。

そんな馬鹿な！　というのが最初の思いです。

なぜなら、私の性体験は優子以外になかったからです。つまり梅毒は優子から感染したことになります。ということは、優子は私以外の誰かから感染していたということです。優子が私以外の男とセックスしていたという事実は衝撃的でした。

私は優子に問い質《ただ》しました。他のことなら不問にできても、これは避けては通れないことだったからです。

当初、彼女はかたくなに潔白を訴えました。私が診断書を見せると、逆に私の不実を疑うようなことを言いました。

私はそのことにまた衝撃を受けました。もしかしたら不幸な事件という可能性も考えていたし、あるいは一度の浮気なら許そうと思っていたのに、こんな風に私に罪をかぶせるなどということは、浮気以上にひどい仕打ちだと思ったのです。それまで私の中にあった優子のイメージがガラガラと音を立てて崩れていきました。もう真実を追求する気が失《う》せました。もともと「真実」は彼女が言わなくてもわかっています。ただ、それがどういう状況であったのか、彼女の口から弁明を聞きたかっただけでした。しかし彼女から「あなたじゃないの?」と言われた瞬間、それ以上、何も訊《き》く気にはなれませんでした。

私は優子に、「もうわかった」と言いました。

「君が水掛け論にして、双方の責任を対等にしようというつもりなら、僕はこれ以上、話すつもりはない」

優子が「どういうつもりなの」と訊いたので、私は「別れるつもりだ」とはっきり言いました。

優子は「お兄ちゃんが浮気しておいて、私に罪をなすりつけるつもりなの」と激しくなじりましたが、私は何も答えませんでした。私が彼女に弁明することなど何一つなかったからです。彼女が何を言おうが、真実は一つだし、それは彼女もわかっていたはずだからです。

しかし三日後、優子は泣きながら、嘘《うそ》をついていたと言いました。実は一度だけ他の男と肉体関係を持ったと告白しました。

信頼していた先輩と飲みに行ったとき、酔わされて、半ば強引に奪われたと。警察に訴えようかどうしようかと真剣に悩んだが、両親の体面を考え、踏み切れなかったと言いました。何より、私に知られるのが恐ろしくて、できなかったと――。

「私の不注意でした。軽率でした」

と優子は何度も言いました。

「お兄ちゃんと別れたくない！」

と号泣しました。そして、

「私を幸せにしてくれるのは、お兄ちゃんしかいない！」

と言いました。

それは真に迫ったものでしたが、演技です。それが見抜けないようでは、芝居の演出などできません。私は彼女の涙ながらの懺悔《ざんげ》を聞きながら、女というものは誰もが天性の演技力を持っているんだなとぼんやりと思ったものです。

しかしそれは私の驕《おご》りだったのかもしれません。優子が語ったことは真実ではないと誰が確信を持って言えたでしょう。実際のところ、演技と本気を見分けるなんてことは本当はできるわけがありません。私は優子が演技をしていると思い込みたかっただけなのかもしれません。

ただ、優子が語った言葉の中に、一つだけ真実はあると感じました。それは私と別れたくない、というものです。つまり仮に彼女が浮気をしていたとしても、一番好きなのは、その男ではなく、私だったということです。私はその一点で優子を許すことにしたのです。

甘いですか。私も大いに甘いと思っています。でも、これが私の性格なのです。もともと優子を愛していたわけではありません。逆説的な言い方になりますが、私が彼女を真剣に愛していたなら、彼女の行為は決して許せなかったでしょう。強い愛はしばしば寛容ではない。必要以上の怒りを伴うものだからです。

私は優子を許そうと思いました。一度の過《あやま》ちで人を裁けるほど、自分自身が出来た人間ではなかったからです。それに一度こんなことがあったなら、次はないだろうと思いました。

それで私は婚約を解消しませんでした。そのまま一年が過ぎ、私は演劇に熱中したこともあって留年し、四年生をもう一度やることになりました。叔父には申し訳ないことをしましたが、「一年ダブるくらいどうってことはない」と笑って許してくれました。しかし今思えば、卒業して、優子と結婚するのを先延ばしにしたかったというのもあったのかもしれません。幸いにして病気は半年で治癒しました。
ところが、その年の夏、私は貴女と恋に落ちたことで、再び優子とのことを考え直すことになったのです。

　優子に婚約の解消を告げるのは、可哀想《かわいそう》とは思いましたが、心のどこかで、それも仕方ないだろうという気がありました。都合のいい考え方ですが、優子には貸しがありました。その借金をいずれ取り立てようという気はまったくありませんでしたが、もしもいつか——そんな機会が来ることがあれば、返してもらわねばならないという気持ちがあったのかもしれません。

　だから、これでおあいこという気持ちでした。まことに勝手な言い分ですが、これも貴女と一緒になりたかった一心ということです。

　私は何も

水谷さま

驚きました。あなたにそんなことがあったのですね。

わたしは優子さんという方がどういう女性かは存じ上げません。

ですが、なんとなくですが、彼女の言っていることは本当のような気がいたします。

女性というものは、常に危険がすぐ近くにあります。とくに優子さんほど美しい女性であれば。レイプというのは、意外に身近な犯罪なのです。決して、ドラマや小説の中だけのものではないのです。普通に何気ない顔で生活している女性たちの中にも、実はそういう犯罪に遭った人が少なくないと思っています。

もちろん優子さんが本当にそうした目に遭われたのかどうかは、わたしにはわかりません。ですが、その可能性はあったと思いますし、また彼女自身がそうであると語っている以上、真実の可能性が高いと思います。

それと、女性は天性の演技者という言葉が、少し引っかかりました。

その言葉は、まるで、すべての女性は天性の嘘つきと言われているような気がして……。

ごめんなさい。昔のことで、今さら何が真実であるかなど、今のあなたには関係のないことですね。

ただ、同じ女性として、優子さんの弁護をしたいと思ったのです。他意はありません。

第三者が余計なことを申し上げてすみません。お気を悪くされたら、ご容赦ください。

優子さんの話にはたしかに驚きました。

もしその頃に聞かされていたなら、大いに動揺したかもしれませんが、今となっては、そんなこともあったのかという気持ちです。

未帆子

未帆子様
すみません。前のメールは中途半端なところで送ってしまいました。優子の話を書いているうちに動揺したのでしょうか。

優子の話には続きがあります。貴女には何の関係もない話ですが、世間話の一つとして聞いてください。

あれはちょうど矢代幸三さんから劇団立ち上げの話をされた頃です。

私は浜松に帰省し、叔父夫婦に、優子と別れると言いました。

その日は忘れもしません。十月の最後の日——私の誕生日です。たまたま優子は大学の友人たちと旅行に行っていました。もし、その時に優子が家にいたら、私の人生も大いに違ったことになったのだろうなと、その後、何度も考えました。でも、それが私の運命だったのでしょう。世の中に悪魔がいるとしたら、このとき、悪魔がその状況を作ったのだと思います。

二人は私の言葉を聞くと驚いた顔をし、叔父がその理由を尋ねてきました。

好きな女性ができたと言うと、叔父は烈火のごとく怒りました。顔を真っ赤にして、罵詈《ばり》雑言《ぞうごん》を浴びせました。叔母はただただ泣きました。

話し合い——というべきなのでしょうか——は、三時間も続いたでしょうか。

叔父と叔母は執拗《しつよう》に私に翻意を迫りました。私にその気がないとわかると、叔父は、いったん保留にして、半年後にもう一度、話し合おうと言いましたが、私は、それは何の意味もないと言いました。

私の強い決意を知ると、二人とも最後には諦《あきら》めました。叔父は「明日中に家に残っている荷物をまとめて出て行ってほしい。そして二度と戻るな」と言いました。

私は、はいと答えました。こうなった限りは、もうこの家にはいられないと思っていました。叔母はずっと泣いていました。

翌日、朝から叔父夫婦は家を空けました。私と顔を合わすのも嫌だったのでしょう。

私は引っ越し業者に連絡し、無理を言って、その日の内に東京のアパートに荷物を運んでもらうことにしました。

昼過ぎに荷物はあらかた整理できました。タンスやベッド、それに机、椅子《いす》、本棚といった家具類は、置いていくことにしました。服や本、その他の細々とした荷物は全部合わせてもゆうに小型トラック一台で間に合うものでした。

すべての荷物を車に積み込んで、家を出て行こうとした時、優子に貸していた大事な本が何冊かあるのを思い出しました。そこで、運送屋に待ってもらい、優子の部屋に入って、私の本を探していると、本棚の後ろに何冊かの大学ノートがあるのを発見しました。表紙には手書きで「世界史」と書かれていました。私がなぜそのノートを開いてみる気になったのかわかりません。今思うと、不幸な運命を司《つかさど》る神か何かの仕業だと思います。恐ろしい邪悪な何かが、私を優子の部屋に招き入れ、そこであのノートを見るように仕向けたのです。

そのノートは世界史の授業を記したものではなく、優子の日記でした。

私は悪いこととは知りながら、そこに書かれているものを読む誘惑を抑えることができませんでした。優子を抱いた男のことが書かれているかもしれないと思ったのです。そう、優子に梅毒をうつした男です。

はたしてノートには、その男のことが書かれていました。その男とは――叔父でした。

もうすべて書きましょう。

優子が叔父の二度目の奥さんの連れ子という話はしていましたね。つまり叔父にとって優子は血のつながりのない娘です。余計な脚色なしに事実だけを言いましょう。優子は叔父と中学時代から肉体関係にあったのです。これもまた衝撃的でした。優子が私に初めて抱かれたのは高校三年生の冬だというのは前に書きましたね。その時、優子は処女だと言いましたが、実際はその三年も前から叔父に抱かれていたのです。そしてその関係は一時的なものではなく、その後も長く続いていました。

優子と叔父の関係がどういう形で始まったのかはわかりません。優子の日記は高校生になってから始まっていたからです。ただ普通に考えて、義理の関係とはいえ、中学生の娘と父が自然にセックスするとは思えません。私が東京の大学に行くと決まった時、優子が「連れて行ってほしい」と言ったのは、もしかしたら叔父とのことがあったのかもしれませんが、今となってはわかりません。

私が読んだ日記の中には、優子が叔父との関係を嫌悪《けんお》している文章はありませんでした。反対に、叔父との行為はとても素敵だというような記述が何ヵ所かありました。優子の日記は毎日きっちりと書かれたものではなく、気まぐれなものでした。日記には、性病のことは書かれていませんでした。叔父からもらったものか、あるいは彼女自身が言ったように別の誰かに犯されてもらったものか、真実はわかりません。

もう三十年も前のことなのに、こうして書いていても指が震えてきます。つまり優子は私と婚約しながら、叔父に抱かれていたのです。叔父が優子をどこまで本気で愛していたのかはわかりません。しかし、もし本気で愛していたなら、私と優子を婚約などさせなかったのではないでしょうか。いや、本当は私と結婚させたかったのか、それさえも疑問です。ただ、優子の私への気持ちだけは本物だったようです。私への恋心が書かれたページはいくつもありました。私を愛していながら、叔父に抱かれているのはどういうことなのでしょう。

こんな話は信じられないことと思います。私もそうです。最初、これは、優子の妄想ではないかと思いました。いや、そう思いたかったのです。抑圧された性的な欲望が、こういう空想の形をとって現れたのではないかと。しかしそうではなかったのです。

インターホンが鳴ったので、慌《あわ》ててモニターを覗《のぞ》くと、そこには引っ越し業者がいました。「いつ出発するんですか」と少しいらいらした声で訊《き》かれて初めて、現実に引き戻されました。気が付けば一時間以上も日記を読んでいました。

私は引っ越し業者に、東京のアパートの鍵《かぎ》を渡し、先に出発してもらいました。一人になった私は叔父の書斎に入り、部屋を隅から隅まで調べました。そしてついに、机の引き出しの奥に、ミニ金庫を見つけました。私は鍵を金槌《かなづち》とバールで壊し、蓋《ふた》を開けました。金庫の中には、優子の裸のポラロイド写真が何枚もありました。最も古いものはおそらく中学時代のもので、最新のものは大学時代のものでした。

この話は叔父にも優子にもしていません。

私は優子の日記も優子の写真もすべてコピーを取りました。これを二人につきつけるためではありません。ただ、何かの保険のために取っておいたのです。何の保険かまでは具体的には考えていませんでした。もっとも後にこれは警察に押収《おうしゅう》され、今は手元にありません。別に惜しいとは思いません。というか、二度と見たくもないものです。

金庫は元通り机の引き出しの奥に入れておきましたが、壊れた鍵は元通りというわけにはいきません。叔父がそれを見れば、私が何を見つけたのか一目瞭然《りょうぜん》でしょう。でも、それでもいいと思いました。

最初、写真も家中にばらまいてやろうかと考えましたが、それは思い留まりました。もし叔母が何も知らなければ、彼女にショックを与えることになるからです。叔母が夫と娘の関係を知っていたのかどうかは知りません。ただ、その後まもなく二人は離婚したと聞きましたから、あるいは何かを察したのかもしれません。

叔父は七年前に亡《な》くなったそうです。叔父と優子の関係がその後どうなったかは知りません。ただ、二人に今も憎しみの感情がないと言えば嘘になります。

長々と書きましたが、これが当時の私の状況でした。あの時の私はまるで精神的にも本当に危うい状態でした。

いや、でも冷静に考えれば、すべてがうまくいっていると言えたのです。優子と叔父のことは衝撃でしたが、これも見方を変えれば、優子との別れに罪の意識を持たないで済んだとも言えます。許嫁を捨ててしまったという罪悪感を味わわずに済んだのですから、むしろいいことだったのかもしれません。だから言い換えれば、幸運の女神と不幸の神の両方がいっぺんにやってきたような感じでした。しかし、その頃はそんな考え方はできませんでした。ただ、もう自分の壊れそうな精神を保つのに必死でした。

大きなストレスというのは、自制心や抑制力を失わせると聞いたことがあります。普段なら衝動を抑えていることができるのに、ストレスを浴び続けると、その箍《たが》が緩んでしまうというのです。

あの時の私がそうでした。叔父の家を出てから三日ぐらいは自分が何をしていたのか記憶にありません。その頃の言動も普通ではなかったと思います。

実は私の中にはずっと悪魔が棲《す》んでいたのです。その悪魔は以前から私に囁《ささや》くことがありました。しかしいつもはその声に耳をふさぐことができていました。部員たちの多くは私を穏やかな性格の人格者と言いましたが、本当の私は全然そうではないのです。

あの頃、私が部員たちに、「大学を取るか、劇団を取るか」という厳しい二者択一を迫っていたのは、私のサディスティックな一面が噴出したからではないかと思っています。それも普段抑制されているもう一人の私のような気がしています。

二週間後、部員たちは答えを出してくれました。

なんと部員五十二名中、十一名が大学を辞めて劇団に入ると言ってくれました。その中にはもちろん貴女もいました。

私と宮脇君を加えて十三名、つまり劇団をスタートさせることができるというわけです。

劇団に参加できないと言った者の中には、涙を流しながらその選択を告げた者もいました。彼らの悲しみと苦悩はわかります。おそらく両親に反対されて、泣く泣く劇団を諦めたのでしょう。

私たちは矢代さんのところに挨拶《あいさつ》に行きました。矢代さんはとても喜んでくれました。

「演劇は若い時からの夢だった。もうこの年で芝居はやれないが、才能あふれる若者たちの劇団のスポンサーになれて、本当に嬉《うれ》しい」

そう言って私の手を握ってくれました。

私は劇団に参加すると言ってくれた部員たちに、一転して「大学は辞めるな」と言いました。

実はそれは最初から考えていたことです。大学か演劇かの二者択一を迫ったのは、彼らの本当の覚悟が知りたかったからです。本気度を見たかったからです。実際に大学を辞めさせようとは考えていませんでした。なぜなら、人生には何があるかわかりません。一生を演劇に捧《ささ》げようと思っても、何かのきっかけで別の道へ行くこともあるでしょう。あるいは演劇を続けられない状況になるかもしれません。その時、大学卒の肩書があるかないかは小さなことではありません。私たちの大学は偏差値も高く、世間的には「いい大学」と言われているところです。卒業証書は決して軽いものではありません。

私の発言を知った他の部員たちは怒りました。「だました」「卑怯《ひきょう》な試しだ」と言う者もいました。

とはいえ大半の部員たちは表立っては何も言いませんでした。むしろ、大学を辞める覚悟で劇団に身を投じる決断をした仲間たちに敬意を抱いたようです。それに私の行為も、多くの部員はなるほどと認めてくれていたようです。一部では「策士だ」と誉《ほ》め言葉で言ってくれた者もいたようです。

しかし、貴女もご存知のように、劇団の立ち上げは幻に終わりました。宮脇君が契約金を持ち逃げしたからです。

横領を知った矢代さんは激怒しました。

穏便に済ますようなことはなく、警察に訴えました。この事件は新聞にも載り、当時はちょっとしたスキャンダルになりました。最初は私も疑われ、警察に何度も呼ばれました。部員たちの何人かも事情聴取されましたね。でも結局、宮脇君一人の犯行ということが明らかになりました。彼は三年後にフィリピンで自殺しました。彼は金と同時に自分自身の未来と命をも奪ってしまったのです。

ただ、今も気になるのは、宮脇君が最初から計画していたのか、それとも大金を見て、目が眩《くら》んでしまったのかということです。今にして思えば、彼を犯行に向かわせた責任の一端は私にもあったのではないかという気がします。私が宮脇君に全幅の信頼を置いていたばかりに、こうなってしまったのです。私は金銭面やビジネス面に疎く、というよりも、そういう仕事が嫌で、宮脇君に矢代さんとの交渉を一切任せていたからです。

ヨーロッパの古いことわざに、「機会が泥棒を作る」というのがあります。善良な人間でも、「盗める」という機会を与えられると、そういう行ないをしてしまうということです。その意味では、宮脇君を犯罪者にしたのは私かもしれません。私は生まれながらの犯罪者などというものは存在しないと思っています。犯罪には、そこに至る理由がある。決して彼だけが悪いのではないと――。

矢代さんは私たちとの契約もご破算にすると言いましたが、それは当然でしょう。善意で五千万円もの大金を提供したにもかかわらず、それを持ち逃げされたのですから。こうして矢代さんと私たちの信頼関係は完全に壊れました。

私はそれでも劇団を立ち上げる夢を捨ててはいませんでした。しかし事件にショックを受けた部員たちのほとんどに、もうそんな気持ちは残っていませんでした。当たり前のことですが、劇団員がいなければ劇団はできません。私の夢は宮脇君の裏切りによって、無残にも潰《つい》えてしまったのです。

そんな私を支えてくれたのは貴女でした。

貴女は「二人でもやっていこう」と言ってくれました。「あなたの夢を支えたい」と言ってくれましたね。私はその言葉を聞いたとき、この女性のために生きていこうと思いました。

私は矢代さんに去られても演劇の道を歩みたい気持ちはありましたが、叔父の援助を失った以上、生活費を稼がなくてはなりません。

叔父とは決別していましたが、これまでに受けた金銭的な援助の分は返すつもりでした。

私は演劇部の先輩を頼って小さな商社に就職することができました。今なら、卒業間際《まぎわ》に就活なんて考えられないことでしょうが、当時は日本中の景気がよかった時代だったので、就職に苦労することはありませんでした。

しかし当時の私は失意のどん底にありました。何もかも失った、もう自分には何の希望も夢もない——そんな気持ちでした。こんなことを言えば、今の若者たちから、何を甘いことを言ってるんだと言われそうですね。今は一流大学を卒業しても、なかなか就職先がない時代らしいですね。新聞で読んだのですが、二十代の人たちの半数近くが非正規雇用ということです。でも、私は現代の若者ではありません。彼らと比べて自分が幸福であったとは考えません。自分が生きた時代の人と別の時代の人の人生を比べることの意味がわかりませんし、そんなことをする理由もありません。

私は自分の人生が終わったと思っていました。実際、破滅に向かって進んでいたのです。思えば、宮脇君が金を持ち逃げした日から、人生の歯車が狂い始めていました。

そして、いよいよ本当の悲劇がやってきたのです——。

私は今もその悪夢に苦しめられています。あの日の出来事が時折脳裏によみがえり、私を動揺させます。

あの日――そう、二人の結婚式の日です。あの日、貴女が式場に現れなかったことで、私の人生は変わりました。もし、貴女が来てくれていたなら、私は今のような暮らしをしていなかったでしょう。

式の時間になっても貴女が現れないことで、式場が騒然としていたことは言いましたね。ただ、私はその混乱の中で、高尾君の姿がないことには気付いていました。出席予定の友人たちの中で姿を見せていなかったのは彼だけでした。

高尾君が貴女と昔付き合っていたことは知っていました。しかし私と付き合うようになってからは、別れたものと思っていました。そうではなかったのですね。

ごめんなさい。貴女を詰問《きつもん》するつもりはありません。これは私自身の人生についての愚痴です。失われた時間は永久に取り戻せません。五十代も半ばに近づき、そのことを本当に身に染みて感じます。

ただ、この三十年間、そのことがずっと気になっていたのです。

私が本当に夢見たのは、貴女との暮らしです。もし貴女と結婚していたなら、今頃は貴女と、そして二人の間の子供たちと一緒に楽しく暮らしていたことでしょう。もしかしたら孫もいたかもしれませんね。もし貴女と一緒になっていたなら、全然違った人生を歩んでいたのは間違いありません。少なくとも現在のような境遇にはなっていなかったでしょう。

人生とは本当にままならないものだと思います。

一馬

水谷さま

わたしと高尾さんとの仲を邪推しておられるようですが、それは誤解です。
たしかにあの日、わたしは高尾さんと一緒におりました。
でも、それは水谷様が思っているような理由でではありません。
高尾さんとは恋人でも何でもありません。
ただ、今さらその話をしたくはありません。

未帆子

未帆子様

私はまだあなたの口からその理由を聞いていません。

貴女は高尾君の恋人ではないと言いましたが、肉体関係まであったのに、そういうことを言いますか。

あれは卒業を間近に控えた二月の終わりです。忘れもしません。貴女とは、私が卒業した年の五月に結婚することになっていました。

私は既に演劇部を引退していましたが、久しぶりに部の稽古《けいこ》を覗《のぞ》きました。日曜日だったので、貴女はいつものようにボランティアで稽古を休んでいました。

私は後輩たちの稽古を見た後、彼らを誘って食事に行きました。後輩たちは二次会に行こうと言いましたが、私は次の日に内定していた会社の行事があったので、先に帰りました。その時、貴女と同じ二年生の背山恵美さんも帰るということで、地下鉄まで二人で歩いたのです。

駅に着いたとき、背山さんに「部長さん、少しお話ししたいことがあるんですけど、いいですか」と言われました。私は引退した後も部長と呼ばれていました。演劇部のことで何か相談したいことがあるのかなと思い、近くの喫茶店に彼女と入りました。

しかし背山さんの話は演劇部の相談ではありませんでした。彼女は、最初は言いにくそうにしていましたが、やがて意を決したように、貴女《あなた》が高尾君と付き合っていると言いました。私は一笑に付しました。高尾君と貴女は同じ高校の演劇部出身で、入部の時から仲が良かったのを知っていたからです。それでそのことを言うと、背山さんは「二人は単なる同級生の関係ではない」と強い口調で言いました。

私も少しむっとして、「証拠はあるのか」と訊きました。彼女は、「ホテルに二人で入っていったのを見た人がいる」と言いました。でも、私が「それは誰だ」と訊いても答えてくれませんでした。ただ、二人が普通の関係でないのは間違いない、と何度も念を押すように言いました。

「私は水谷部長のことが好きなので、黙っていられなかったのです」

背山さんは嘘をついて他人を陥《おとしい》れたりする人ではありません。芝居も不器用で、なかなか素を捨てきれないタイプです。逆に言えば、嘘をつくのが下手くそな人間です。

「じゃあ、違う話をします」

彼女は話題を変えました。

「前に、香山さんがオーディションに来られなくて田代さんが代役をした時がありましたよね」

「もちろん覚えてるよ」

「その日、香山さんは嘘のオーディション開始時間を伝えられていたのはご存知ですか」

「本人がそう言っているというのは聞いたことがある」

「それは本当です。部員の誰かが嘘の時間を教えたのです。それで、香山さんが来られなくて――」

「そんなことはどうでもいい」

私は彼女の話を遮りました。

「いろいろ噂《うわさ》が飛び交っているのは知っているが、真実はわからない。それに田代さんが主役を演じて芝居は大成功した」

背山さんは黙りました。

でも別れ際に、

「田代さんは、いい人ではありません――と思います」

と言いました。

「思います」という言葉は慌てて付け加えて言ったことです。どうでもいいことなのですが、そんなことが妙に記憶に残っています。彼女の言葉を信じたわけではありませんが、彼女が必死に何かを伝えようとしているのは感じました。

背山さんと別れた後、はたして彼女が言っていることは本当なのかと思いました。しかし調べる方法はありません。まさか貴女に尋ねるわけにもいきません。

それで、私は翌週の日曜日、貴女を尾《つ》けました。そのためにわざわざコートと帽子と眼鏡を買いました。

その日、貴女は横浜の老人ホームにボランティアに行っているということでした。

それは前日の貴女への電話でもたしかめていました。それが嘘とは思えませんでしたし、まさかボランティアを口実に高尾君と会っているとは思いませんでした。というのは、高尾君は土日の稽古にはたいてい顔を出していたからです。

だから、私が貴女を尾ける理由は、本当はないのでした。ただ、何かしないと不安でたまらなかったのです。でもひとつ気になることもありました。貴女がボランティアをやっているということを教えてくれたのは高尾君だったということです。たしか、彼の祖父が入っている老人ホームに貴女が慰安に行っているのを偶然に見た、ということでした。

貴女は昼過ぎにアパートを出ました。私は貴女の二十メートルほど後ろをずっと歩きました。

貴女は渋谷から横浜行きの電車に乗りました。私は同じ車両に乗り、貴女を見ていました。貴女はいつものように地味な格好をしていました。

貴女は横浜駅で乗り換えました。私も同じ電車に乗りました。貴女は桜木町駅で降り、そのまま南に向かって歩いていきます。

私はその後ろを歩きながら、次第に自己嫌悪に陥ってきました。好きな演劇の稽古も休んで、休日を使って老人たちのために慰安のボランティアに向かっている貴女を、証拠もなにもない讒言《ざんげん》で疑い、蛇のように後を尾けている自分がたまらなく嫌になったのです。背山恵美に対する怒りまで湧《わ》いてきました。私は貴女に近づいて声をかけようかと思ったほどです。あの時、そうしていたらと思うことがよくあります。そうすれば、その後の人生は全然変わったものになったかもしれません。

もう尾行なんかやめて帰ろう――そう思ったとき、貴女がある雑居ビルに入っていくのが見えました。私は数分待ってから、貴女が入ったビルの前に行きました。そこはどうやらビルの裏口か通用口のようでした。

私は入るのをやめて、ビルの表側に回りました。そこには今で言うところの「ソープ」の看板がありました。

すみません。

今はここまでしか書けません。この続きを書く勇気が出るかどうかはわからないので、思い切って送信ボタンを押すことにします。

水谷一馬

水谷さま

そうなのですね。水谷様はそのことをご存知だったのですね。
驚きました。まさか水谷様に知られているとは、ついぞ思いませんでした。
三十年ぶりに初めておっしゃられたのですね。
では今さらわたしが隠し事をしても仕方がありませんね。
包み隠さず申し上げましょう。

わたしは裕福な女子大生ではありませんでした。
わたしが高校三年生になった時、父が手を広げすぎた事業で失敗し、会社は倒産、
我が家は破産しました。
それまで住んでいた大きな家から小さなアパートに引っ越したこともショックで

したが、それ以上に悲しかったことは、大学進学を諦めなければならなくなったことです。

わたしは勉強ができたので、周囲は惜しいと言ってくれましたが、どうしようもありません。

もともとが裕福な家だったので、子供の頃から大学へ行くのは当たり前と思っていただけに、その道が閉ざされたことはショックでした。

その時、同級生で同じ演劇部の副部長だった高尾君が、わたしにアルバイトをしないかと言ってきたのです。

それはソープランドで働くことでした。

実は高尾君の家はソープを経営していたのです。

その頃はソープではなく、トルコ風呂《ぶろ》と言っていましたが、その名前はトルコという国に失礼だということで、名前を変えようという話になっていました。

ソープという名称に変わったのはこの少し後ですが、世間ではしばらくトルコと言っていたように思います。

高尾君は口の悪い同級生の男子からは「トルコ高尾」という渾名《あだな》で呼ばれていました。

こんな言い方をするのは失礼かもしれませんが、高尾君は家がそんな商売をしているのに、勉強は非常によくできる優等生でした。

クラスではいつもわたしと高尾君がテストの成績では一位を争っていて、二人ともクラス委員をしていました。

ただ、高尾君はどこか不潔な感じのする人でした。

女の子と遊びまくっているという噂があり、女子たちの間では「気持ち悪い」とも言われていました。

でも、演劇が好きで、クラブ活動には真面目《まじめ》に取り組んでいました。副部長として、わたしを支えてくれていました。

わたしは高尾君から、付き合ってほしいとしつこく言われていましたが、ずっとお断りしてきました。

高尾君だからというわけではなく、男性に対して奥手だったからです。

もちろん、と申し上げるのも変ですが、わたしは処女でした。

その頃は高校生でセックスを体験している方が圧倒的に少数派でした。それにわたしの通っている高校は進学校でもあったので、そういう方面で発展的な女子は滅多にいませんでした。

わたしもそれまで付き合った男性はいませんし、キスさえしたこともありませんでした。

夏休みの少し前、高尾君に高校の中庭に呼び出されました。

「田代、お前、卒業したらどうするんだ」

いきなり訊《き》かれて、少し動揺しました。

「就職するよ」

「どこに?」

「まだわからないけど、市役所に勤めようかなと思ってる」

「お前なら試験は通ると思うけど……。けど、腹立つよなあ」

「何が？」

「お前なら一流大学にも行ける。お前よりもずっと成績が悪い連中が大学に行くのに、お前が大学に行けないというのは、不合理だよ」

高尾君は怒ったように言いました。

わたしは初めて少しだけ高尾君に好意を抱きました。

「だって、仕方がないじゃない」

「うちで働いたら、大学の学費くらい簡単に稼げるぞ」

わたしは最初、高尾君が冗談を言っているのだと思いました。でも彼は本気でした。

高尾君はトルコ風呂の仕事の説明をしてくれました。この仕事はマッサージや整体と同じような仕事だと言いました。単なるサービス業だと。

もちろん、それだけではないことも知っていました。

彼は、わたしが化粧をすれば一番人気を取れるほどの美人になると力説しました。

お前は自分の美しさを知らないとも言われました。

わたしは高校の中庭で、高校生の男女がこんな話をしているのはとてもおかしな状況だと思いながら、高尾君の話に耳を傾けていました。

その日、家に帰ってから、あらためてそのことを考えました。布団《ふとん》の中に入ってからもずっとそのことを考えていました。

次の日、高尾君に、トルコで働くと言いました。高尾君はいやらしそうな笑みを浮かべました。

その週の日曜日、高尾君に付き添われて、店の面接に行きました。

とはいえ、本当にそこで働くと決意していたわけではありません。少しでも嫌と思えば、断るつもりでした。もしかしたら、トルコ風呂で金を稼ぐという誘惑を断ち切りたいために、面接に行ったのかもしれません。

いくらお金を貰《もら》っても、あんなところでは働きたくないと思えれば、何もかもすっきりします。もう大学への未練もなくなります。

面接をしてくれたのは、店長でした。

太った中年男で、身なりはぱりっとしていましたが、口髭《くちひげ》を生やし、サングラスをかけた様は、どう見てもサラリーマンには見えませんでした。わたしは第一印象で、ぞっとしたのを覚えています。

店長の前で、高尾君がわたしの状況を説明しました。家が破産して、大学進学ができなくなったために、学費を稼ぎたがっているという話をしました。

店長はわたしの顔を見ながら黙ってその話を聞いていました。

それからしばらく考え込んでいましたが、静かな声でわたしに言いました。

「君は処女か」

「はい」

店長は小さく頷《うなず》きました。

「ここは君のような清純な女の子が来るところじゃない。たしかに金は稼げるが、失うものもある」

「失うものって何ですか」

とわたしは訊きました。

「正直でありたいという気持ちだよ」

店長の言葉の意味はわかりませんでした。

「つまり未来の旦那《だんな》さんに、過去に関して嘘《うそ》をついてしまうかもしれないということだよ」

わたしにとって結婚なんてはるか先の話と思っていましたが、そんなふうに言われると、いろいろと考えてしまいました。

「ここは人生で本当の覚悟を持った子が働くところだ。一時的な感情で来る場所じゃない」

それから店長は、「とにかく今日は帰りなさい」と言いました。

まさか、そんなことを言われるとは思っていなかったわたしは驚きました。

わたしが椅子から立ち上がると、店長はにっこりと笑って、「君の明るい未来を祈っている」と言いました。

「何年か経《た》って、君がそれでも、この仕事をやってみたいというなら……君のために何ができるか考えてみよう」

その言葉はわたしの胸に深く突き刺さりました。後でわかったのですが、それが店長の手口でした。

わたしは高尾君を残して一人で店を出て、近くの喫茶店に入りました。

そこで一時間ほど考えて、再び店に戻りました。

高尾君は既に帰っていました。わたしは店長に「ここで働きたい」と告げました。

その日、わたしは店長とセックスをして、いろいろなサービスの方法を教え込まれました。

こうしてわたしは土日を利用して、高尾君の父親が経営するトルコ風呂で働くことになりました。

秘密を共有した高尾君と肉体関係を持つようになったのは、それからまもなくのことです。

水谷様にはショックを与えるかもしれませんが、わたしは高尾君と付き合うようになってから、彼の友人たちとも肉体関係を結んでいました。時には複数でプレイしたこともあります。

こんな話、潔癖な水谷様には考えられないでしょうね。今のわたしにも信じられない気持ちです。でも、トルコでの仕事を体験すると、そんなことは何でもないように思えたのです。

店では名前を変え、二十歳ということにしました。わたしは店では田代未帆子という人格を完全に消していました。

両親には高尾君の妹の家庭教師をしていると嘘をつきました。親はもちろん高尾君の父親の仕事は知りません。

仕事は週に二日でしたが、秋にはかなりのお金が貯《た》まりました。このまま続けていけば、大学にも進学できると思いました。

それで親にはバイトしながら大学に行くと言って、進学を認めてもらいました。

親はもしかしたら、わたしの仕事を知っていたのかもしれませんが、何も言いませんでした。

父は破産してから腑抜《ふぬ》けのようになっていましたし、母はパートの仕事や内職で朝から晩まで働いていました。中学生の弟は不良みたいになって、毎晩遅くまで遊んでいました。破産してからは、家族が互いに関心を持たず、もうバラバラになっていたのです。

トルコのお陰で、わたしは大学に進むことができました。高尾君と同じ大学に入ったのはたまたまです。高尾君がどうだったのかは知りませんが、わたしには彼と同じ大学に行きたいという気持ちはありませんでした。

入学してからも仕事は続けました。そうしないと、大学の学費や生活費が稼げなかったからです。

一方で大学生活、演劇部でのクラブ活動も楽しみました。

大学に入ってから、家を出て都内のアパートを借り、一人暮らしを始めました。

こんな話を聞いて、ずいぶん驚かれていることと思います。

でも、わたしは自分の仕事を恥じてはいません。

わたしは親からたっぷりと小遣いをもらって大学に通えるような優雅な身分ではなかったのです。

わたしは大学に通いたかったし、演劇もしたかった。

たまには新しいワンピースも欲しかったし、一年に何度かは美容院にも行きたかった。

「体を売る」という意識はありませんでした。

あれは単なる肉体労働なのです。

高尾君が言ったように、マッサージや整体と同じです。

セックスとも考えていませんでした。

ですから、水谷様とお付き合いするようになっても、水谷様に対して申し訳なさは感じませんでした。

水谷様とのセックスと、店での行為は全然別のものだからです。

わたしの仕事を水谷様に説明しなければならないとは思っていませんでした。それは無用な衝突を生むだけだからです。

ただ、水谷様とお付き合いするようになってからは、高尾君に抱かれるときだけは、少し申し訳ないと思うときがありました。

高尾君との関係は大学に入ってからもずっと続いていました。でもそれは単に体の関係だけです。そこに愛はありません。水谷様とのセックスは違います。それは愛の営みでした。わたしはあなたを愛していたのです。

未帆子

未帆子様

貴女の誠実な答えに感謝しています。

貴女は昔から嘘はつきませんでした。真実を言わないことはあったかもしれませんが、私の知る限り、嘘を言ったことはありませんでした。もし、あの当時、私が貴女にそれを訊いていたら、貴女は素直にすべてを語ってくれたでしょう。

しかし私は貴女に問い質《ただ》すことはしませんでした。理由はともかく、貴女の行ないは訊かずともわかっていたことだからです。

つまり自分が決めなければならないことは、貴女を受け入れるか否《いな》かでした。そして考えた末に、貴女を許すと決めたのです。

水谷一馬

水谷さま

許すという言い方は、はなはだ不愉快です。

わたしは水谷様に許されないといけないようなことをしましたか。わたしの身体《からだ》は水谷様のものですか。

水谷様は、許すと言えば、わたしが喜ぶと思われたのですか。

それよりも、わたしがトルコで働いていることを知っていながら、そのことをわたしに告げないまま、わたしと付き合っていたことを知って驚いています。正直に言えば、信じられません。

水谷様がそのことを知っているとわかったなら、水谷様とは別れたでしょう。恥ずかしいからではありません。

そのことを知っていながら、知らないふりをしてわたしと付き合っているような男性が気味悪いものに思えるからです。

わたしはなじられれば言い返したと思いますが、普通、どんな男性でもなじると思うのです。

それをしないで、わたしの行為を見て見ぬふりをする男性は、わたしの理解を超えています。

今も、水谷様が理解できません。

未帆子

未帆子様

お許しください。口が滑りました。許すというのは不遜《ふそん》な言い方です。

ただ、私が本当に悩み苦しんだことだけは理解してください。

貞操とはいったい何だろうかと真剣に考えました。一般的な社会では、人はなぜ一夫一婦制なのかということも考えました。

動物行動学や文化人類学の本も読みました。そうして得た結論は、貴女の行為は愛にとっては何ほどのものでもないということです。少し結論を急ぎすぎましたか。もちろんその結論に至るまでには、いろいろと考えました。

はっきり言えば、貴女の行為は浮気ではないというものです。もし、貴女が私以外の別の誰かを愛してセックスしていたなら、私は許さなかったでしょう。でも、貴女はそれを「仕事」にしていたのです。かつて売春は尊い職業だったというのを聞いたことがあります。

江戸時代には花魁《おいらん》を身受けして妻にした侍や大店《おおだな》の主《あるじ》は、いくらでもいたそうです。戦争中は慰安婦に惚《ほ》れて結婚した兵隊もいたと聞きます。アルフレードに愛された椿姫《つばきひめ》も高級娼婦《しょうふ》でした。そう言えば、ラスコーリニコフも売春婦のソーニャを愛しました。高校時代に「罪と罰」を読んだとき、私はソーニャに恋したのを思い出しました。

そんなことを考えていると、貴女がソープで仕事をしているくらい、何でもないことだと思えました。優子の裏切りとは全然違います。

私はセックスということを少し重く考えすぎていたようです。もしかしたらそれは、古い価値観に縛られた古色蒼然《そうぜん》としたものだったのかもしれません。

ただ、一番ショックを受けたのは、一部の男子部員も貴女がソープで働いていることを知っていたことです。いや、それどころか、彼らの多くは実際にソープで貴女とセックスしていました。宮脇君もその一人です。矢代幸三さんも貴女の客で、何度も店に通っていたと知った時は、完全に人間不信になりました。

しかし何よりも大きな不信感を抱いたのは、女というものに対して、です。

その後の私の不幸は貴女が原因ではないかという気がします。前に、人はあまりにも強いストレスを受け続けると、精神の箍《たが》が緩むという話を

したかと思います。様々な抑制力が利《き》かなくなるということも――。

私は優子のことと貴女のことで、打ちのめされたのです。わずか半年の間に、愛する女性の思いもよらなかった姿を見て、大人の女というものが信じられなくなりました。いや、それ以前に精神のバランスを取らないと、自分が壊れてしまうと思いました。

私の今日の不幸の原因はすべて、優子と未帆子にあると言えば、言い過ぎでしょうか――。

水谷一馬

水谷一馬様

言い過ぎというよりも、自己欺瞞《ぎまん》と言い訳以外の何ものでもないと存じます。

わたしの男性関係が、水谷様の人生に影響を与えたというのでしょうか。

それとも、あなたは自分の悲劇がわたしのせいだとでも言うのでしょうか。

いや、はたしてあなたの人生を悲劇と呼んでもいいのでしょうか。

本当の悲劇と申すべきは、心ならずもあなたに関わった人たちのほうではありませんか。


はっきり申し上げます。水谷様の行為は誰のせいでもございません。

優子さんも関係なければ、わたしも高尾君も、水谷様の行なったことに、何の関係もありません。

それとも、水谷様はそんな結論を言いたいがために、わたしにメッセージをくださったのでしょうか。

これ以上、こんな話にお付き合いしたくはありません。

わたしがあなたとの結婚式に出なかったのには、たしかに高尾君が絡《から》んではいますが、ただしそれは間接的なものです。

結婚式の前日、水谷様はわたしのアパートに電話してきて、「残業で遅くなるから、食事は無理になった。僕のアパートで待っていて」とおっしゃいました。

水谷様は前に、優子さんの日記を見つけた時、「不幸の神によって導かれた」と書いておられましたね。

もしかしたら、その「不幸の神」は本当にいたのかもしれません。

あの夜、水谷様の部屋にも、その「不幸の神」があらわれたからです。

わたしが水谷様の机の引き出しを開けた理由は、今となっては全然思い出せません。何かを探す目的があったわけではありません。

「不幸の神」にそそのかされたと考えるのがむしろ自然なのではないかと考えます。とにかく、わたしは開けてはならぬ引き出しを開けてしまったのです。そして、水谷様がかつて叔父さんの机の奥に恐ろしい金庫を見つけたように、わたしもまた水谷様の机の引き出しの奥に、見てはならないものを見つけてしまいました。

それが何かはあなたもご存知だと思います。

普通なら、その小さな髪飾りは別に目にも入らなかったでしょう。わたしがそれに目を留めたのは、わたしの家が破産した後、母がしばらく髪飾り作りの内職をしていたからです。

それまで一度も働いたことのない母は、毎日ため息ばかりついて、送られてきた材料で髪飾りを作り続けていました。その光景はわたしにとって胸がつまるものでした。それ以来、わたしは髪飾りを見ると、その頃の光景が脳裏に蘇《よみがえ》るのです。

それなのに、街を歩いていても、女性の髪飾りになぜか目がいってしまうのです。友人の頭に髪飾りがあると、見たくもないのに、見入っている自分がいます。

この時もそうでした。

水谷様の引き出しの奥にあった髪飾りをじっと見ているうちに、これはどこかで見たことがあると思いました。

目を閉じて記憶を探りました。

そして——どこで見たのか、思い出したのです。

それは交番の前の掲示板に貼《は》られていたポスターの中でした。

半年前に行方不明になった幼い女の子の髪についていたものでした。

わたしはその髪飾りをバッグに入れて、アパートを出ると、地下鉄の駅前にあった交番に向かいました。

十一時を回っていましたが、まだ人通りがありました。

わたしはそこに貼り出されている行方不明者のポスターの中に写っている女の子の髪飾りと、バッグの中の髪飾りを何度も見比べました。

二つの髪飾りの違うところを必死で探しました。わたしの勘違いであってほしいと祈りました。しかしポスターの中で笑っているあどけない女の子の頭についていた髪飾りは、水谷様の部屋にあったものとまったく同じでした。

後で知ったのですが、その髪飾りはその子のお母さんの手作りだったのですね。つまり世界で一つしかないものでした。

わたしはもうどうしていいかわからなくなりました。気がどうかなりそうでした。こんなことは親にも相談できないと思いました。

わたしが電話したのは高尾君でした。そしてやってきた高尾君に喫茶店で、わたしの見たものを打ち明けました。

最初は半信半疑だった高尾君も、髪飾りを見せて説明すると、事態の深刻さに気付いたようでした。

彼もまたポスターの写真と同じ髪飾りであることを確認すると、警察に行って話すべきだと言いました。ただし、その前に髪飾りはいったん元通りの場所に戻しておいた方がいいだろうと言いました。

わたしは悩んだ末に、高尾君に言われたとおりにして、彼と一緒に警察に行きました。

そして翌朝、誰にも行き先を告げず、もちろん水谷様にも内緒で、アパートを出たのです。両親にさえ黙って出奔しました。

今ならもっといい方法が取れたと思います。でも、その時はすっかり気が動顛《どうてん》して、どうしていいかわからなかったのです。

それからずっと関西で息をひそめるようにして暮らしていました。仕事はソープ嬢です。

半年後、テレビのニュースで、水谷様が幼女殺人容疑で逮捕されたことを知りました。

その後の報道で、水谷様には、過去にも幼女に対するわいせつ罪が何件かあったことも知りました。わたしも演劇部員たちも水谷様のことを何も知らなかったのです。

もっと驚いたのは、水谷様には別の幼女殺人事件の嫌疑もかけられていたことですが、そちらの方は証拠不十分で不起訴になったと聞きました。

ですが、今、水谷様のメッセージを読み返していて、その事件の起きた日が、水谷様が優子さんの日記を見た日の三日後であったことに気付き、ぞっとしています。

わたしは大学には戻りませんでした。そのまま関西で暮らし、縁あって結婚しましたが、その後、すぐに離婚しました。

それからもう一度結婚と離婚を経験しましたが、今の夫と出会い、現在は幸せに暮らしています。

大学を辞めた後もしばらくは水谷様のことが頭から離れませんでしたが、時が過ぎれば、やがて記憶から遠ざかり、近年はほとんど思い出すことがなくなりました。

二年半ほど前に突然、水谷様からメッセージがあった時は、驚くと同時に恐怖を感じました。

無期懲役とうかがっておりましたが、三十年足らずで仮釈放されて出てこられたのですね。よほど服役態度がよかったのでしょうか。

最初はおそるおそるメッセージのやりとりをしておりましたが、メッセージを拝読するうちに、水谷様はすっかり真人間に生まれ変わったのだと思いました。

でも、そうではありませんでした。

水谷様は刑務所の中で、自分の犯罪は誰かのせいだとずっと思っておられたのですね。ただ、そのことだけを考えて暮らしておられたのですね。

前に水谷様は、宮脇さんの話をしながら、生まれながらの犯罪者などというものは存在しないと思うと書かれていましたね。犯罪には、そこに至る理由がある。決して彼だけが悪いのではない――と。

わたしに沢山のメッセージを送ってきたのも、ただ、そのことをわたしに認めさせたかったからなのですね。もし、わたしが認めれば、水谷様は心の平穏を取り戻せるのでしょうか。

仮にそうだとしても、わたしはそれを認めるわけにはいきません。

水谷様は、自分の心の中にはずっと悪魔が棲《す》んでいたとおっしゃっていましたね。

それはおそらく本当なのでしょう。でも、その悪魔を引きずり出したのは水谷様自身です。他の誰でもございません！

優子さんもわたしも何の関係もありません。水谷様は自分の黒い欲望に負けただけです。

優子さんの名前が出たので、最後にひとつだけ申し上げておきます。

この前のメッセージをいただいてから、知り合いの新聞記者の方に頼んで、濱田優子さんの消息を調べてもらいました。優子さんは一度結婚されましたが、離婚されています。

その後は一人で暮らしておられたようですが、昨年の秋に突然、謎《なぞ》の失踪《しっそう》をしていることがわかりました。水谷様がアカウントを消された頃です。親族から捜索願も出ているということです。

このメッセージを送信した後、これまで水谷様とやり取りした内容をすべてプリントアウトして警察署に行くつもりです。

そしてフェイスブックは閉鎖いたします。

とっとと死にやがれ、変態野郎！

担当編集者による付記

西山奈々子

今、このページをお読みになっている読者の皆さんの多くは、呆然《ぼうぜん》とした気持ちでおられることでしょう。恐怖を感じている方、あるいはモヤモヤした気持ちの方もいるかもしれません。中には、苦々しく思われている方もいらっしゃるでしょう。それらの感想は、この作品を最初に読んだわたしや周りのひとたちの反応と同じです。

この作品が持ち込まれた時、わたしも動揺しました。それは、これまで読んだことのないタイプの小説だったからです。多くの小説を読んできた先輩編集者も、「何とも分類しようのない小説」という感想を口にしていました。

ところで、本文を読むより先にこの解説を読まれている読者の方がいるかもしれないので前もって申し上げておきますが、この作品はいわゆる「ミステリー」ではありません。ミステリー的な雰囲気はありますが、ミステリーというジャンルに区分けされる作品とは言えません。それをまず心に留めておいていただけると幸いです。本作は、ジャンル分け不能な作品です。このような奇妙な小説は他にちょっと思い当たりません。

わたしは当初、古風な男女の恋愛物語だと思って読み始めました。物語は二人のメッセージのみで進行します。「書簡体小説」というジャンルがあります。地の文がなく、手紙文だけで進行する小説です。古くはゲーテの『若きウェルテルの悩み』やラクロの『危険な関係』、ドストエフスキーの『貧しき人びと』など。本邦にも、井上ひさしさんの『十二人の手紙』、宮本輝さんの『錦繡《きんしゅう》』などの名作があります。『ルビンの壺《つぼ》が割れた』ではそれがフェイスブックのメッセージのやりとりになっていて、いかにも現代的です。

最初の頃のメッセージは、いささか感傷的でノスタルジックなものです。かつて愛し合い、別れた女性をフェイスブックで二十数年ぶりに偶然見つけた男が、懐《なつ》かしさを込めて送ったメッセージ。その文面からは、男が現在、孤独な生活をしており、あまり幸せではない様子が窺《うかが》えます。そして、どうやら女性は結婚式を控えて突然、男性の前から姿を消したらしいということ、男性は今も心のどこかで彼女を愛しているだろうこともわかります。しかし男性はそれをなじるつもりも、復縁を迫るつもりもないようです。彼はただ、過去の思い出を淡々と綴《つづ》り、自分の日常を穏やかに語るのみです。

とはいえいつまでこの一方通行が続くのだろうか、とこちらが思いはじめた矢先、三通目のメッセージに、初めて女性から返信があります。物語はここから動き始めます。

ちなみに「ルビンの壺」とはデンマークの心理学者エドガー・ルビンが考案した図形で、見方によって「壺」に見えたり「向き合った二人の顔」に見えたりするという不思議な絵です。人間の認知能力の特徴（もしくは盲点というべきでしょうか）を衝《つ》いた、有名な多義図形です。『ルビンの壺が割れた』は、それを文字で表現した小説と言えます。どんでん返しで物語や登場人物の印象ががらりと変わる小説はよくありますが、この作品ほど目まぐるしく印象が変化する小説は滅多にありません。後半、新しいメッセージのたびに、読者の頭の中に描かれていた世界が一変します。

先輩編集者は「万華鏡《まんげきょう》のような作品だ」と評していましたが、言いえて妙だと思いました。万華鏡は、筒をわずかに回転させただけで模様が一変します。もう元の模様には戻りません。そして回転を重ねるたびに、模様はどんどん変化していきます。

わたしは読みながら、不思議な屋敷の中を歩いているような感覚に陥りました。清々《すがすが》しい朝、古風な趣のある屋敷にいざなわれます。深い絨毯《じゅうたん》が敷き詰められた優雅な応接室で出された紅茶の香りに鼻をくすぐられ、うっとりとした気持ちに誘われます。でも素敵な気分はそこまでです。窓辺に出て外を眺めると、空は血のような夕焼けに染まっています。気が付くと、応接間はいつのまにか地下の廊下に変わっています。暗い回廊を手探りで歩いていくと、蠟燭《ろうそく》が灯った大広間に出ます。大理石のテーブルの上に置かれている美味《おい》しそうな果物に手を伸ばすと、裏側が全部腐っています。驚いて部屋を出ると、そこは荒涼たる夜の原野。振り返ると屋敷はどこにもなくなっていて――と、とりとめもない文章を綴りましたが、読者の皆様ならわたしの印象を理解してくださるのではないかと思います。

ただ、読み手によってこれほど受け取り方が違う作品も珍しいかもしれません。この驚きの本をとにかくたくさんの人に読んでもらいたいと思い、先にネット上で全文公開したときも、その後、単行本で出版した際も、読者の感想は賛否両論、真っ二つに割れました。人を食った小説と言った人もいます。まったく新しい文学だと言った人もいます。言葉の持つあやふやさを知らしめた小説と言った人もいます。小説全体が悪夢のようだと言った人もいます。しかし、誰もが「自分にはこう見えた」と語りたくなり、「あなたはどう見える？」と訊《き》いてまわりたくなる小説であることは確かなようです。編集部には六千通を超える反響が寄せられました。

まさにこの小説そのものが「ルビンの壺」のようです。だからこそ、安易なジャンル分けはもったいないのだとも言えます。冒頭にも申し上げましたが、この作品をいったんミステリーの絵として眺めれば、もう別の絵は見えないでしょうから。

読者の皆さんがはたしてこの小説をどのようにご覧になるか、興味が尽きません。

（二〇一九年十二月、編集者）

この作品は二〇一七年八月新潮社より刊行された。

ルビンの壺《つぼ》が割《わ》れた

新潮文庫　や-81-1

令和二年二月一日発行
令和五年五月三十日十八刷

著者　宿《やど》野《の》かほる
発行者　佐藤隆信
発行所　株式会社新潮社
郵便番号　一六二―八七一一
東京都新宿区矢来町七一
電話　編集部(〇三)三二六六―五四四〇
読者係(〇三)三二六六―五一一一
https://www.shinchosha.co.jp

価格はカバーに表示してあります。
乱丁・落丁本は、ご面倒ですが小社読者係宛ご送付ください。送料小社負担にてお取替えいたします。

印刷・錦明印刷株式会社　製本・錦明印刷株式会社

ISBN978-4-10-101761-7 C0193

午後の曳《えい》航《こう》

第一部　夏

第一章

おやすみ、を言うと、母は登《のぼる》の部屋のドアに外側から鍵《かぎ》をかけた。火事でも起ったらどうするつもりだろう。もちろんそのときは一等先にこのドアをあけると母は誓っているけれど。もしそのとき木材が火でふやけ、塗料が鍵穴をふさいだら、どうするつもりだろう。窓から逃げるか。しかし窓の下は石のたたきで、この妙にノッポの家の二階は絶望的に高かった。

すべては登の自業自得《じごうじとく》なのだ。彼が一度、「首領」に誘われて夜中に脱け出してからのことだ。どんなに問い詰められても、登は首領の名を明かしはしなかったけれども。

死んだ父が建てた横浜中区山手町の、谷戸坂上のこの家は、占領中接収されている間に改造され、二階の各室にトイレットがとりつけられていたので、閉じこめられても不自由はないが、十三歳としてはずいぶん屈辱的なことだ。

一人で留守番をしていた或《あ》る朝のこと、口惜《くや》しまぎれに登は部屋中を丹念に調べた。母の寝室に接した部分は、造りつけの大抽斗《おおひきだし》になっている。そのすべてを引張り出して、中に一杯詰っていた衣類を床にぶちまけて、腹癒《はらい》せをしていたとき、一つの抽斗の跡に一条の光りがさし入っているのを認めた。

彼は首をつっこんで、光りの源をたしかめた。それは母の留守の部屋を充《み》たしている海の反映の、初夏の午前の強い日光である。彼の体は、折り曲げれば大抽斗のあとにゆっくり入る。大人でさえ、伏せれば腹のあたりまで入るだろう。

登は覗《のぞ》き穴から眺《なが》める母の部屋を新鮮なものに感じた。

左の壁際《かべぎわ》に、父の好みでアメリカから取り寄せたニュー・オルリーンズ風の輝やかしい真鍮《しんちゅう》のトゥイン・ベッドが、父の死後もそのままに据《す》えてある。パイルで大きな頭文字のK——登の姓は黒田というのだ——を浮き出させた白いベッド・スプレッドがきちんと掛けてある。その上に長い水いろのリボンがついた紺の麦藁《むぎわら》の散歩帽が置いてある。ナイト・テエブルの上の青い扇風機。

右側の窓ぎわには楕円形《だえんけい》の三面鏡があり、それが少しぞんざいに閉めてあるので、隙間《すきま》からのぞく鏡の稜角《りょうかく》が氷のようだ。鏡の前に林立するオー・デ・コロンの瓶《びん》、香水吹き、紫いろのアストリンゼントの瓶、それからカットの各面が煌《きら》めいているボヘミアン硝子《ガラス》のパフ入れ。……焦茶《こげちゃ》のレエスの手袋が、枯れた杉《すぎ》の葉を束ねたように丸めてある。

鏡台のむこうには、窓に寄せて長椅子《ながいす》と、フロア・スタンドと、二脚の椅子と、華奢《きゃしゃ》な小卓がある。その長椅子に、やりかけの絽刺《ろざし》の枠《わく》が立てかけてある。そんなものは今どき流行《はや》らないのだが、母は何でもそういう手芸が好きなのだ。ここからは模様がはっきり見えないが、銀灰色の地に、何だかけばけばしい鸚鵡《おうむ》のような鳥の翼の半ばまでができ上っている。そのそばに、靴下《ストッキング》が一足、乱暴に投げかけられている。その乱れた肌《はだ》いろの薄布《うすぎぬ》が、ダマスク織まがいの長椅子にまつわりついているだけで、部屋全体の気分が、妙に落着かないものになっている。きっと母は出がけに靴下の伝線病を発見して、あわてて穿《は》き代えて出て行ったのであろう。

窓にはまぶしい空と、海の反映で琺瑯質《ほうろうしつ》のように固くつややかに見える雲の数片があるきりだ。

登にはこうして眺める部屋が、とてもいつもの母の部屋とは思えなかった。それはあたかも、一寸留守《ちょっと》にしている見知らぬ女の部屋を覗くかのようだ。そしてそこは確実に女の部屋だ。完全な女らしさが、部屋のすみずみにまで息づいている。しめやかな残り香が漂っている。

……突然、登は妙なことに気づいた。

この覗き穴は自然にあいていた穴だろうか。それとも、この家には、占領軍の家族が一時は幾組か一緒に住んでいて、そして……

登は自分が身を折り曲げているこの埃《ほこり》くさい抽斗の跡に、もっとむりやりに身を折り曲げた金髪の毛むくじゃらの躰《からだ》があったような気が急にした。するとせまい場所の空気が、俄《にわ》かに甘酸《あまず》っぱく、耐えがたくなった。

彼は身をくねらして、尻《しり》から這《は》い出し、いそいで隣りの部屋へ飛んで行った。あのときの奇妙な印象も、登は忘れることができない。

飛び込んだ母の部屋は、今しがたまで見ていた神秘的な部屋とは似ても似つかぬ、見馴《みな》れた、平板な、母親の部屋になっていた。それは夜、母が紹刺をやめて生あくびをしながら宿題を教えてくれる部屋、ぶつくさと愚痴を言う部屋、あんたのネクタイはいつ見てもまっすぐだったためしがない、と叱言《こごと》を言う部屋、あるいは、「船を見に来るという口実で、しょっちゅうママの部屋へ来るもんじゃないわ。もう子供じゃないんだから」

と言う部屋、店から持ってかえった帳簿をしらべたり、税金の申告書を前に永いこと頬杖《ほおづえ》をついたりしている部屋に戻《もど》っていた。

登は覗き穴をこちらから調べた。なかなか見つからない。

よく見ると、それは腰板の上辺に、昔風のこまかい木彫の枠が走っている、その木彫の波形のくりかえしの一つに、波がかぶさる具合に実に上手に隠された穴であった。——彼は又あわてて自分の部屋へ駈《か》け戻り、散らかした衣類を大わらわで畳んで元どおりに納め、さて抽斗を悉《ことごと》くきちんと閉めると、今後決して大人の注意をこの抽斗へ惹《ひ》くようなまねはすまいと心に誓った。

これを発見してから、登は母ががみがみ言ったりした晩は殊《こと》に、部屋に閉じこめられるや否《いな》や、音一つ立てずに抽斗を抜き、就寝前の母の姿を飽かず眺めた。母がやさしかった晩は決して見なかった。

登は母が眠る前に、まだ寝苦しいほどの暑さではないのに、一度すっかり裸かになる癖があるのを知った。姿見は部屋の見えない一隅《いちぐう》にあったので、裸かの母があまり姿見に近寄りすぎると、覗くのにひどく難儀をした。

まだ三十三歳の母の躰は、テニス・クラブに通っているので、華奢ながらよく均整がとれて美しかった。その体のあちこちにオー・デ・コロンをこすりつけてから、床に入るのが母の習慣だったが、時には鏡の前に横坐《よこずわ》りに坐って、熱に犯されたようなうつろな目を鏡に向けて、登の鼻にまで匂《にお》う香りの高い指を、あちこちへ動かさずにいることもあった。こんなとき母の朱《あか》いマニキュアの束《つか》ねた爪《つめ》を、血とまちがえて登はひやりとした。

登は生れてはじめて女の体をこんなに詳《つぶ》さに眺めたのである。

彼女の肩は海岸線のようになだらかに左右へ下り、頸筋《くびすじ》や腕はほのかに日灼《ひや》けがしていたが、胸もとからは、内側から灯《ひとも》したように温かい白さの、薄く膏《あぶら》の乗った、無染の領域がはじまっていた。彼女の乳房にいたるなだらかな勾配《こうばい》は、急に傲《おご》った形になって、双の手がそれを揉《も》むと、葡萄《ぶどう》いろの乳首がそむき合った。ひそかに息づいている腹。その妊娠線。登はこれを、父の書斎の手の届かない高い棚《たな》に、「四季の草花の栽培法」だの「ポケット会社要覧」だのに故意にまぜ合わされて、頁《ページ》の小口のほうを見せて納まっていた埃だらけのあの赤い本で研究していた。

それから登は見た、あの黒い領域を。それはどうしてもよく見えず、こんな努力のために登の眼尻《まなじり》は痛んできた。……彼はあらゆる猥褻《わいせつ》な言葉を考え出したが、言葉はどうしてもその叢《くさむら》の中へ分け入ることができなかった。

友だちの言うように、あれは可哀《かわい》そうな空家《あきや》なんだろう。あれが空家であることと、彼自身の世界の空虚とは、どんな関係があるのだろう。

十三歳で登は、自分が天才であること、（これは彼の仲間うちみんなの確信だった）、世界はいくつかの単純な記号と決定で出来上っていること、人間が生れるとから、死がしっかりと根を張っていて、われわれはそれに水をやって育てるほかに術《すべ》を知らぬこと、生殖は虚構であり、従って社会も虚構であること、父親や教師は、父親や教師であるというだけで大罪を犯していること、などを確信していた。だから彼が八歳のときに父親が死んだのは、むしろ喜ばしい出来事であり、誇るべき事件だった。

月夜には裸かの母は、灯《ひ》を消して姿見の前に立った！　この虚《むな》しさの印象は、その晩、登の眠りを奪った。そのやさしい影と光りの中に、世界的ないやらしさが開顕していた。

僕《ぼく》がアメーバだったら、と彼は考えていた。極小の肉体で、このいやらしさに打ち克《か》つことができるだろう。人間の中途半端《はんぱ》な肉体は、何ものにも打ち克つことができない。

夜、開け放した窓からは、しばしば汽笛が夢魔のように入ってきた。母親がやさしかった夜は、彼はあれを見ないで眠ることができた。その代りあれは夢の中に現われた。

登は硬い心を自慢にしていたから、夢の中でさえ泣いたことがなかった。海の腐蝕《ふしょく》に抗し、船底をあのように悩ます富士壺《ふじつぼ》や牡蠣《かき》とも無縁に、いつも磨《みが》かれた身を冷然と、港の泥土《でいど》の、空瓶やゴム製品や古靴《ふるぐつ》や歯の欠けた赤い櫛《くし》やビールの口金などの堆《たい》積《せき》の中へ沈める、大きな鉄の錨《アンカー》のように硬い心。……彼はいつか自分の心臓の上に、錨《いかり》の刺青《いれずみ》をしたいと望んでいた。

⁂

……夏休みのおわり近く、母がもっともやさしくない夜がやって来た。

その夜は、予感もなしに、突然来た。

母は夕方から留守だった。きのう船の中を登のためにあんなに親切に案内してくれた二等航海士の塚崎《つかざき》を、お礼の夕食に招《よ》んであるのだと母は言った。出かけるときの母は臙脂《えんじ》の下着に黒絹のレエスの着物を着て、白の絽つづれの帯を〆《し》めて、たとえようもないほど美しかった。

夜の十時ごろ、母は塚崎を連れて帰ってきた。登はこれを迎え、少し酔っている航海士から、客間で船の話をきいた。十時半に、母はもう眠るように、と登に言った。そして登を部屋へ追い上げ、外側から鍵をかけた。

それはひどくむしあつい夜であった。殊に抽斗の中は息もできないほどだったので、登はいつでもそこへもぐり込める態勢で、ひたすらに時を待った。十二時を大分まわったころ、忍びやかな足音が階段を昇ってきた。今までにないことだが、登の部屋のドアがロックされているのをもう一度たしかめるために、ノッブが闇《やみ》の中で不気味に廻《まわ》された。やがて、母の部屋のドアがあく音がした。登は汗だらけの体を、抽斗の跡へもぐり込ませた。

母の部屋の開け放たれた窓硝子の一つが、南へ移った月の光りを反射させているのがありありと見えた。二等航海士は、金筋の肩章《けんしょう》のついたシャツの胸をはだけてその窓に凭《もた》れていた。母のうしろ姿がこれに近づき、二人は窓辺で長い接吻《せっぷん》をした。母はやがて男のシャツの釦《ボタン》に触れて何か低声《こごえ》で言い、フロア・スタンドのにぶいあかりをつけて、前景へしりぞいた。覗き穴から見えぬ部屋の角の、衣裳《いしょう》戸棚の前で、母の脱衣がはじまった。帯の解かれる丁度蛇《へび》の威嚇《いかく》のような鋭い音と、やわらかな着物の崩れ落ちる音が近くでした。覗き穴の周辺には、俄かに母のいつも身につけているアルページュの香りが漂った。むしあつい夜を歩いてきて、ほのかに酔って、汗ばんだあとで、脱衣のときに放たれるその香りが、こんなにも強く熟《きつ》れているのを登ははじめて知った。

窓辺の二等航海士は、こちらをじっと見詰めていた。フロア・スタンドのあかりで、日に灼けた顔のなかから目ばかりがかがやいていた。

登はいつも自分の背丈と比べてみるフロア・スタンドから、彼の背丈のあらましを読むことができた。一七〇センチはとてもない筈《はず》だ。一六五センチか、もう一寸《ちょっと》上ぐらいだろう。彼はそんなに大きな男ではなかった。

塚崎はゆっくりとシャツの釦を外し、それから無造作に着ているものを脱ぎ捨てた。塚崎は母と同い年ぐらいだったろうが、陸の男よりもずっと若々しい堅固な躰、海の鋳型《いがた》から造られたような躰を持っていた。ひろい肩は寺院の屋根のように怒《いか》り、夥《おびただ》しい毛に包まれた胸はくっきりと迫《せ》り出し、いたるところにサイザル・ロープの固い撚《よ》りのような筋肉の縄目《なわめ》があらわれて、彼はいつでもするりと脱ぐことのできる肉の鎧《よろい》を身に着けているように見えた。そして登はおどろきを以《もっ》て眺めた、彼の腹の深い毛をつんざいて誇らしげに聳《そび》え立つつややかな仏塔を。

仄《ほの》かな光りを横からうけた彼の厚い胸板は、繊細な影を散らす胸毛の息づきをはっきりと見せ、危険な目のかがやきは、たえまなく母の脱衣へ向けられていた。背後の月の反映は、彼の怒《いか》った肩に、一筋の金いろの稜線《りょうせん》を与え、彼の太い頸筋の動脈は、金いろにふくらんでいた。それは本当の肉の黄金、月の光りと汗の光りとが作った黄金だ。

母の脱衣は手間取った。わざと手間取らせていたのかもしれない。

突然、あけひろげた窓いっぱいに、幅広の汽笛がひびいてきて、薄暗い部屋に充《み》ちた。大きな、野放図もない、暗い、押しつけがましい悲哀でいっぱいの、よるべのない、鯨の背のように真黒で滑らかな、海の潮《うしお》の情念のあらゆるもの、百千の航海の記憶、歓喜と屈辱のすべてを満載した、あの海そのものの叫び声がひびいてきた。遠い沖や大洋の只中《ただなか》から、この小さな部屋の暗い花蜜《かみつ》への憧《あこが》れを運んでくる、夜のかがやかしさと狂気でいっぱいな、あの汽笛が侵入して来たのである。

二等航海士は、きっと肩をめぐらして、海のほうへ目を向けた。……

——このとき登は、生れてから心に畳んでいたものが、完全に展開され、名残なく成就《じょうじゅ》された、奇蹟《きせき》の瞬間に立ち会っているような気がした。

汽笛がひびいてくるまで、まだそれは定《さだ》かならぬ絵図だった。すべては用意され、この世ならぬ一瞬へ向ってはいたが、そして、えりぬきの素材は整えられ、何一つ欠けるものはなかったが、これらの雑駁《ざっぱく》な現実の材料置場を、忽然《こつぜん》として、一つの宮殿に変える力がまだ足りなかった。

かくて汽笛のひびきが、突然、すべてを完璧《かんぺき》な姿に変える決め手の一筆《ひとふで》を揮《ふる》ったのだ！

それまでそこには、月、海の熱風、汗、香水、熟し切った男と女のあらわな肉体、航海の痕跡《こんせき》、世界の港々の記憶の痕跡、その世界へ向けられた小さな息苦しい覗き穴、少年の硬い心、……これらのものがたしかに揃《そろ》っていた。しかしこの散らばった歌留多《かるた》の札《ふだ》は、なお、何の意味もあらわしていなかった。汽笛のおかげで、突然それらの札は宇宙的な聯関《れんかん》を獲得し、彼と母、母と男、男と海、海と彼をつなぐ、のっぴきならない存在の環《わ》を垣間《かいま》見せたのだ。

……登は、息苦しさと、汗と、恍惚《こうこつ》のために、気を失わんばかりだった。自分は今、たしかに目の前に、一連の糸が結ぼおれて、神聖なかたちを描くところを見たと思った。それを壊してはならない。もしかするとそれは、十三歳の少年の自分が創《つく》り出したものかもしれないから。

『これを壊しちゃいけないぞ。これが壊されるようなら、世界はもうおしまいだ。そうならないために、僕はどんなひどいことでもするだろう』

と登は夢うつつのあいだに思った。

第二章

塚崎竜二《りゅうじ》は、見馴《みな》れぬ真鍮《しんちゅう》のベッドの上で目ざめた自分におどろいた。隣りのベッドは空《から》だった。それから、彼は徐々に、女が、朝は鎌倉《かまくら》の友達の家へ泳ぎにゆく子供を起すために早起きをすること、子供が出かけたらすぐ寝室へ戻《もど》ってくるから、それまで静かにしていてほしいこと、などを言い置いて眠ったのを思い出した。

彼はナイト・テエブルを手さぐりして腕時計を探し、遮光《しゃこう》の完全でない窓のカーテンの光りに透かして、時を読んだ。八時十分前だった。まだ登は出かけていないにちがいない。

眠ったのは四時間ほどである。彼がいつもなら夜のワッチをすませて眠る時刻に、たまたま眠りに落ちたのだ。

短かい眠りであるのに目はいきいきとして、体の中で夜すがらの快楽がなお発条《バネ》のように強靭《きょうじん》にたわんでいた。伸びをして、目の前で腕を交叉《こうさ》させて、逞《たく》ましい腕の毛が、カーテンを透かす光りに金いろに渦巻《うずま》いて見えるのに満足した。

朝ながら、ひどく暑かった。開け放ったまま眠った窓の、カーテンには少しの揺れもなかった。竜二は、もう一度伸びをした指先で、ナイト・テエブルの上の扇風機のスイッチを押した。

「セカンド・オフィサー、ワッチの時間十五分前です」

という操舵手《そうだしゅ》の呼び声を、さっき夢の中で彼ははっきりきいた。来る日も来る日も、昼は正午から四時まで、深夜は十二時から四時まで、二等航海士はワッチに携わった。海と星とが彼の前にあるすべてだった。

貨物船洛陽丸《らくようまる》では、竜二は附合《つきあ》いにくい変り者で通っていた。彼は船乗りの唯一《ゆいいつ》のたのしみといわれるあのお喋《しゃべ》り、船乗り用語のいわゆる「肩振り」が苦手だった。女の話や、陸の話や、さまざまな法螺《ほら》や、……要するにあの孤独を温ため合うための世俗的なお喋り、人間同士の絆《きずな》を確かめ合うための儀式がきらいだった。

多くの船員は海が好きだから船員になるのだが、竜二は陸がきらいだから船員になったと言うほうが当っている。彼が商船高校を出て船に乗ったころ、それまで外航船を許可しなかった占領軍の禁令が解かれ、戦後はじめての外航船で台湾や香港《ホンコン》へゆき、ついで印度《インド》やパキスタンへ行った。

熱帯の風物は、彼の心を喜びでいっぱいにした。着岸すると、土人子《どじんこ》たちが、ナイロン靴下《くつした》や時計と交換するために、手に手に携えてくるバナナ、パパイヤ、パイナップル、極彩色の小鳥や小猿《こざる》。彼は泥土《でいど》の河に影を落す孔雀椰子《くじやくやし》の林を愛した。こんなに椰子に心を惹《ひ》かれるのは、前世の故郷の植物であるためではないかと思われた。

しかし数年たつうちに、異郷の風物はまるで心をそそることがなくなった。彼には陸にも海にも本質的に属さない船乗りのふしぎな性格ができあがっていた。陸がきらいな人間はもしかすると、永久に陸にとどまるべきなのだ。なぜなら陸への離反と永い航海は、否応《いやおう》なしに、ふたたび陸を夢みさせることになり、彼はきらいな対象を夢みるという背理を犯すことになるからだ。

竜二は陸の持っている不動の特質、恒久的な外見を憎んでいた。しかるに船は又別の牢屋《ろうや》だった。

二十歳の彼は熱烈に思ったものだ。

『光栄を！　光栄を！　光栄を！　俺《おれ》はそいつにだけふさわしく生れついている』

どんな種類の光栄がほしいのか、又、どんな種類の光栄が自分にふさわしいのか、彼にはまるでわかっていなかった。ただ世界の闇《やみ》の奥底に一点の光りがあって、それが彼のためにだけ用意されており、彼を照らすためにだけ近寄ってくることを信じていた。

考えれば考えるほど、彼が光栄を獲《え》るためには、世界のひっくりかえることが必要だった。世界の顚倒《てんとう》か、光栄か、二つに一つなのだ。彼は嵐《あらし》をのぞんだ。しかるに船の生活は、整然たる自然の法則と、ゆれうごく世界の復原力とを教えてくれたにすぎなかった。

船室のカレンダーの数字を毎日毎日鉛筆の×で消してゆく船乗りの習性に従って、彼は自分の希望や夢をひとつひとつ点検し、日毎《ひごと》に一つずつ抹消《まっしょう》してゆくようになった。

しかし深夜のワッチに、暗い波浪の彼方《かなた》、闇にふくらむつややかな海水の堆積《たいせき》の只《ただ》中《なか》に、竜二はなお時折、自分の光栄が夜光虫のように群がり光り、ただ人間世界の絶壁の突端に彼の英姿をあかあかと照らし出すために、ひそかに押し寄せて来るのを感じることがあった。

そのとき白い操舵室の、操舵輪や、レーダアや、伝声管や、磁気コンパスや、天井から下った金いろの号鐘にかこまれて、彼はなおこう信じることができた。

『俺には何か、特別の運命がそなわっている筈だ。きらきらした、別誂《べつあつら》えの、そこらの並の男には決して許されないような運命が』

一方、竜二は流行歌が好きで、新曲のレコードを積み込んでゆき、航海のあいだにそれをみんな憶《おぼ》え、仕事の合間に口吟《くちずさ》み、人が近づくとやめてしまった。彼はマドロスの歌、(誇り高い船員たちは、この種の歌を毛嫌《けぎら》いしていたが、)なかんずく「マドロス稼業《かぎょう》はやめられぬ」が好きだった。

「汽笛鳴らして　テープを切って
船は離れる　岸壁を
海の男と　きめてる俺も
遠くなってく　港の街に
そっとそっと　手を振りゃ　じんと来る」

昼のワッチを終って夕食までのあいだ、夕日のさしこむ船室に一人閉じこもって、竜二はこのレコードを音量を小さくして何度もかけた。音を小さくするのは人にきかせたくないためであるし、こんな音をききつけて同僚の士官が「肩振り」に来るのを防ぐためでもある。誰《だれ》もそれを知っていて、入って来なかった。

この歌をきき、この歌を口吟むと、歌の文句どおりに、竜二は涙ぐむことがあった。何の係累《けいるい》もない彼が、「遠くなってく港の街」に感傷をそそられるなどとは奇怪なことだが、涙は彼の制禦《せいぎょ》しがたい場所、又、この年になっても彼が放置したままにしている遠い暗い柔弱な部分から、直《じか》に流れ出てくるのだった。

その彼の涙は、現実に陸地が遠ざかってゆくときには、ついぞ流れることがなかった。侮《あなど》るような眼差《まなざし》を投げて、桟橋《さんばし》やドックや幾多のデリックや倉庫の屋根々々が、しずしずと退《しりぞ》いてゆくのを眺《なが》めた。あの燃えるような出発の感情は、十数年の航海歴のあいだに褪《あ》せてしまった。獲たのは、日灼《ひや》けと鋭い目だけである。

彼はワッチをし、眠り、目ざめ、ワッチをし、又眠った。なるたけ孤《ひと》りでいるように力《つと》めたから、感情がだぶつき、貯金がたまった。彼が天測に長じ、星々に親しみ、ロープの保管や甲板《かんぱん》部内の雑用に習熟し、さて、夜の潮《うしお》の高鳴りに耳をすまし、海の鼓動と蠕動《ぜんどう》を聴き分け、熱帯のかがやかしい積雲や、珊瑚礁《さんごしょう》の七彩の海の色に馴れれば馴れるほど、彼の貯金通帳の預り高は次第にふえ、今では二等航海士には例外的な二百万円の貯金を持っていた。

むかしは竜二も、浪費のよろこびを知っていた。彼が童貞を捨てたのは、最初の航海の香港寄港の折で、先輩が彼を蛋民《たんみん》の女のところへ連れて行ったのである。……――真鍮のベッドの上で吹かしている煙草《たばこ》の灰が、扇風機に吹き散らかされるのに委《まか》せたまま、竜二は、ゆうべの快楽の質と量とを、自分の最初の快楽のいじらしい質と量と、秤《はかり》にかけて比べて見るように、ゆっくりと目を細めた。

すると目の裡《うち》に、香港の暗い岸壁と、その岸壁を舐《な》める水の濁った重さと、多くのサンパンのひそかな灯明《ほあか》りが浮んできた。

蛋民部落の夜泊りの無数の檣《ほばしら》と、畳まれた筵《むしろ》の帆のかなたに、香港市街のビルの窓々や可口可楽《コカコーラ》のネオンが高くかがやき、手前の乏しい燈火《とうか》を圧して、黒い水は遠いネオンの反映に色づいている。

竜二と先輩を乗せた中年女のサンパンは、艫櫂《ともがい》の音をひそめて、せまい水域を滑ってゆく。やがて水にまたたく灯《ひ》が集まっているところへ出ると、彼の目に、明るく連ねたいくつかの女の部屋が迫って来た。

一列横隊の舫《もや》い舟《ぶね》が、水の中庭を三方から囲んでいる。それらのサンパンのこちらへ向けた船尾の板には、地祇《ちぎ》を祭る赤や緑の紙の旗を立て、線香をくゆらしている。蒲鉾《かまぼこ》形の雨覆《あまおおい》の内部には花もようの布が貼《は》ってある。奥に同じ布でしつらえた壇があって、そこに必ず立てかけられた鏡の奥を、竜二たちのサンパンの船影は、一つの部屋から一つの部屋へと、ゆらゆらと遠く映って過ぎた。

女たちはわざとそしらぬふりをしていた。寒さにようやく蒲団《ふとん》から首をもたげて、その首が人形の首のように粉っぽく平らに見えるのもあれば、膝《ひざ》まで蒲団に入れて、トランプのひとり占いをしている女もある。女の黄ばんだ細い指のあいだに、トランプの裏の赤や金の豪奢《ごうしゃ》な図柄《ずがら》がひらめく。

「どれにする？　みんな若いぞ」

と先輩が言った。竜二は黙っていた。

自分が人生で最初に選ぶ女のそれが、香港の澱《よど》んだ海水の、ひそかな灯の反映のなかに漂っており、この小さな汚れた赤い海藻《かいそう》へ向って、彼がこうして千六百浬《かいり》の船路を辿《たど》ってきたということには、へんな疲労と困惑があった。しかし女たちはたしかに若く、愛らしかった。彼は先輩に言われるより先に選んでいた。

彼が一つの舟に乗り移ると、寒さにそそけ立った頬《ほお》をして、黄いろく押し黙っていた娼婦《しょうふ》は、ふいに仕合せそうに笑った。仕方なしに竜二も自分が運んできた仕合せを信じた。女は花もようのカーテンを閉めて入口をふさいだ。

すべては無言で行われた。彼は虚栄心のためにちょっと慄《ふる》えた、はじめてのマスト昇りのように。……女の下半身は蒲団の中で冬ごもりの半ば眠っている小動物のように緩慢に動き、竜二は夜のマストの頂きで危険に揺れている星を感じていた。星はマストの南へ来る。北へ来る。極端に東へ来る。ついにはマストに刺し貫ぬかれそうになる。……竜二は、それが女だと鮮明に思うときに、もう終っていた。

＊＊＊

ドアがノックされて、黒田房子は、大きな朝食の盆を、手ずから捧《ささ》げて入って来た。

「ごめんなさい。遅くなって。登が今やっと出かけたところ」

房子は盆を窓ぎわの華奢《きゃしゃ》な卓に置き、カーテンと窓をすっかりあけた。

「風一つ入って来ないわ。今日も暑くなるでしょう」

窓の手前の影までが、瀝青《チャン》のように燃えていた。塚崎竜二はベッドの上に身を起こし、皺《しわ》だらけのシーツを腰に巻いた。房子はすでにきちんと身じまいをし、あらわな腕が、まといつくためでなくて、なめらかに動いて朝の珈琲《コーヒー》を茶碗《ちゃわん》に注《そそ》ぐのがふしぎに見えた。それはすでに、夜の腕ではなかった。

竜二は房子を招き寄せて接吻《せっぷん》した。瞼《まぶた》のうすい敏感な皮膚が、房子の眼球のうごきを詳《つぶ》さに見せて、こうして目を閉じているあいだも、今朝は女が落着きのない気持でいるのを、竜二は察した。

「店へは何時ごろ行くんですか」

「十一時までに行けばいいんだけれど、あなたは？」

「一寸《ちょっと》船へ顔を出してみるかな」

二人は一夜で作られた新らしい状況に、多少戸惑いしている様子を見せた。今のところ、この戸惑いだけが二人の礼節だった。どこまで踏み込んで行っていいのか、竜二は彼のいわゆる「つまらない人間の底知れない傲慢《ごうまん》さ」で測っていた。

房子の晴れやかな顔はいろいろに見えた。蘇《よみがえ》ったようにも。又、忘れ去ったようにも。あるいは又、どんな意味でも「過失」ではなかったと自他へ不断に証明してみせるためのようにも。

「こっちで召上る？」

と房子は長椅子《ながいす》のほうへ行った。竜二ははね起きて、乱雑に身に着けるものを着けた。

そのとき房子は窓に倚《よ》って、港を眺めていた。

「あなたの船がここから見えたらいいのに」

「あんな町外れの埠頭《フェリー》じゃね」

彼は女の体をうしろから抱いて港を眺めた。

眼下には古い倉庫街が赤い屋根を並べ、北のほうの山下埠頭《ふとう》には、鉄筋アパートのような新式の倉庫がいくつか建ちかけていた。運河は伝馬船《てんません》や艀《はしけ》の往来に埋もれ、倉庫街のかなたには、こまかい寄木細工《よせぎざいく》のような貯木場が、その外辺から海へ長い突堤を伸ばしていた。

港の風景の巨大な鉄敷《かなしき》の上に、夏の朝の日光が、いちめんに板金《ばんきん》のように打ち延ばされて輝やいていた。

竜二は女の双の乳首に、青い麻の服地の上から指を触れた。女は軽く顎《あご》をのけぞらせたので、その髪が彼の鼻尖《はなさき》をくすぐった。彼はいつでも思うように、自分が非常に遠いところから、時には地球の裏側から、はるばるとやって来て、やっとこの微細な一点の感覚、或《あ》る晴れた朝の窓辺のこの指さきの触覚へ、到達したと感じた。

部屋には珈琲とママレエドの香りが充《み》ちていた。

「登は何となく感づいてる風だったわ。あの子は、でも、あなたのことを好きらしいから、いいけれど。……それにしてもどうしてこんな、信じられないようなことが起ったんでしょう」

と房子はわざと鈍感そうに喋《しゃべ》った。

第　三　章

舶来洋品店レックスは、元町でも名高い老舗《しにせ》で、良人《おっと》の死後は房子が取りしきっている。その小体《こてい》なスペイン風の二階建はよく目立ち、厚い白壁には西洋花頭窓《かとうまど》を穿《うが》って、地味で趣味のいいディスプレイをしている。小さな中庭《パチオ》と、吹抜けの中二階があり、中庭《パチオ》にはスペイン渡りのタイルを敷きつめ、中央に噴泉を置いている。無造作にヴィヴァックスのネクタイを数本腕にかけた青銅のバッカスなどが、実は非売品の値打物で、この店には商品のほかに、主人の集めた西洋骨董《こっとう》がいっぱいあった。

房子は老いた支配人と、四人の店員を使っている。客は山手町の外人たちをはじめ、東京からも、洒落者《しゃれもの》や映画俳優などが沢山来る。銀座の小売屋もここへあさりに来る。品物の鑑識と選択に、古い信用があるからである。扱うのは男物が多いが、良人の趣味をうけついでいる老支配人と一緒に、房子は仕入れに念を入れている。

船が入るたびに、良人の代から懇意の輸入商社の代理人、すなわち乙種海運仲立人の手蔓《てづる》で、荷役がおわると匆々《そうそう》、保税倉庫へ品物を見に行って、手を打って来る。彼女の店の商法ではレッテルが何より大切なので、たとえば、同じイエーガアのスウェータアでも、極上品半分に徳用品《ユーティリティー》半分の注文をして、売値に幅を持たせるのである。イタリーの革製品でも、コン・ドッチ通りの高級品ばかりでなく、フィレンツェのサンタ・クローチェ寺院の皮革学校とも特約を結んでいる。

息子を置いて外国へ行くことも出来かねて、去年房子は、老支配人にヨーロッパの旅をさせた。その結果、諸国に糸口ができた。彼は一生を男のお洒落に捧《ささ》げたような男だった。レックスでは銀座のどこにも売っていないイギリス製のスパッツまで売っていた。

房子はいつもの通りの時間に店へ出た。支配人や店員たちが朝の挨拶《あいさつ》をした。房子は二三の事務的な質問をしてから、中二階の事務室に入って商用の手紙をしらべた。窓の冷房装置が森厳な音を立てていた。

いつもの通りの時間に、この事務机の前に坐《すわ》ることができて、房子はほっとした。どうしてもこうあらねばならなかった。今日このままに店も休んでしまうようだったら、自分はどうなるだろう。

彼女は手提から婦人用の煙草《たばこ》を出して火をつけながら、デスク・ダイアリーの今日の予定をしらべた。映画女優の春日依子《かすがよりこ》が横浜ロケの午休《ひるやす》みに、盛沢山の買物に来る筈《はず》だった。彼女は映画祭に外遊して、むこうでお土産を買う分の金を遣って来てしまったので、帰国してからレックスで買った品物でごまかすために、フランス製の男物を何でもいいから二十人分揃えておいてくれと電話をかけて来ていた。それから横浜倉庫の社長秘書が、社長のゴルフ用のイタリー製ポロ・シャツを何着か買いに来る筈だった。これらはみんないわば盲《めく》らのお華客《とくい》だった。

目隠しの細い鎧扉《よろいど》の下からのぞける階下の中庭《パチオ》はしんとしていた。そこに置かれたゴムの樹《き》の葉の片はじの光沢《つや》がみえた。客は来ていないらしかった。

房子はまだ目もとの火照《ほて》っている感じを、渋谷支配人に見抜かれはしなかったかと気にしていた。あの老人は、織物を手にとって調べる目つきで女を見た。たとえそれが主人であろうと。

良人が死んでから五年たった、と今朝はじめて房子はその月日を数えた。すぎている間は別に永い月日ではなかったが、今朝から、その五年が急に、めまいのするほどに永い、手繰《たぐ》りきれない白い帯のように永い年月《としつき》に思われた。

房子は煙草を灰皿《はいざら》へなぶるように押しつけて消した。男はなお、彼女の体のあらゆる隈々《くまぐま》に巣喰《すく》っていた。たえてない感覚だが、きものの下の肌《はだ》がどこも一ト《ト》つづきに感じられ、胸もとの肌も腿《もも》の肌もこまやかに照応して、今も男の汗の匂《にお》いは鼻さきを去らなかった。房子はハイヒールの中で、思案するように、足の指という指をじっとたわめた。

——竜二にはじめて会ったのが一昨日である。船きちがいの登にねだられて、房子は店の華客《とくい》の船会社の重役から紹介状をもらい、丁度高島埠頭《ふとう》のE岸壁に碇泊《ていはく》している、一万トンの貨物船洛陽丸の見学に行った。母子は、緑とクリームに染め分けられた洛陽丸が夏の日にまぶしくかがやく姿を、しばらく遠くから眺《なが》めやった。白い蛇革《へびがわ》の長柄《ながえ》のパラソルを房子はひらいた。

「沖のほうも船がいっぱいだな。あれ、みんな、岸壁《バース》の順番を待ってるんだよ」

と登が通ぶって言った。

「おかげで荷がおそくて困るわ」

と房子は、船を見上げただけで暑くなって、倦《だる》そうに言った。

夏雲の湧《わ》き起る空は、船と船との纜《ともづな》の交叉《こうさ》に区切られていた。船首は限りなく高く、恍惚《こうこつ》とした薄い顎《あご》のような形に仰向《あおむ》き、その頂きに緑地の社旗がひらめいていた。錨《いかり》は高く引き揚げられ、錨穴のところに大きな黒い鉄いろの蟹《かに》のようにとりついていた。

「うれしいな」と登は無邪気にはしゃいだ。「あの船の隅《すみ》から隅まで見られるんだな」

「あんまり期待しないで。紹介状がどれだけ利《き》き目があるか、まだわからないわ」

あとで思うと、貨物船洛陽丸の全貌《ぜんぼう》をこうして眺めていたときから、房子はいつになく、心の躍るようなものを感じていた。『何だろう、私までが、子供みたいに』。その感情は、見上げるさえ暑く思われた物憂《ものう》さの只中《ただなか》に、突然、理由もなく襲って来たのである。

「平甲板《フラッシュ・デック》型なんだね。ふうん、いい船だな」

登は頭に詰め込んだ知識を、蔵《しま》っておけずに、そんなことに興味のない母親にいちいち告げ、母子は次第に洛陽丸に近づいて、船は見る見る、巨大な音楽のようにふくれ上った。登は母に先立って、銀いろにかがやく舷梯《げんてい》を駈《か》け昇った。

しかし船長宛《あて》の紹介状を持って、房子はむなしく士官室の前の廊下をさまよわねばならなかった。艙口《ハッチ》のほうは荷役のために騒がしいのに、むしあつい船室の廊下は不気味なほどしんとしていた。

そのとき二等航海士《セカンド・オフィサー》という名札のついた船室から、白い半袖《はんそで》シャツに制帽をかぶった塚崎があらわれたのである。

「船長はいらっしゃいまして？」

「留守です。何の御用ですか」

房子は紹介状をさし出し、登は目を輝やかせて塚崎を見上げていた。

「わかりました。見学ですね。私が代りに御案内しましょう」

と塚崎はじっと房子を見つめながら、ぶっきら棒な口調で言った。

これが二人の最初の出会だった。房子はこのときの竜二の目をよく憶《おぼ》えている。どこか鬱積《うっせき》したように不機嫌《ふきげん》なその浅黒い顔から、目だけは、房子を遠い水平線上の一点の船影のように見つめていた。少くとも房子はそう感じた。それは目の前の人の顔を見る目にしては、あんまり鋭く、あんまり収斂《しゅうれん》されすぎていて、二人の間には海のひろい水域が介在していなければ不自然だった。海をしじゅう見ている目はこうなのだろうか。思いがけない一点の船影の発見と、その不安と喜びと、警戒と期待と、……見られた船にとっても、海の距離だけが辛うじてその無礼を恕《ゆる》すに足る破壊的な眼差《まなざし》。房子はこんな風に見られて、軽く身ぶるいをした。

塚崎は二人をまず船橋《ブリッジ》へ案内した。ボート甲板《デッキ》から航海甲板へ昇ってゆくとき、夏の強い午後の日光は、鉄の階段を斜めに区切っていた。登は沖いっぱいの貨物船を眺めて、さっきの知ったかぶりを繰り返した。

「ねえ、あのたくさんの船、岸壁《バース》の順を待ってるんでしょう」

「よく知ってるな、坊や。沖で四、五日待たされることもあるよ」

「岸壁《バース》があいたら、無線で知らせるの？」

「そうだ。会社から電報が来るんだ。会社じゃ毎日、岸壁会議というのをひらいてる」

房子は塚崎の逞《たくま》しい背中の汗が、白いシャツのところどころに、肉を透かす斑《ふ》をえがくのを気にしながら、彼が子供をちゃんと一人前に扱う応対をしてくれるのに感謝した。しかし塚崎が首をめぐらして、こうまともな尋ね方をしたときには、困った。

「坊ちゃんは何でも知ってますね。船乗りになりたいんですか」

房子はもう一度まともに見られた。

彼女はこの、朴訥《ぼくとつ》そうにも、又、投げやりな性格にも見える男の、職業的な矜《ほこ》りのありなしを量りかねたのである。畳んだパラソルをかざして、日をよけて、目を細めながら、房子はその量ろうとした一瞬に、男の眉《まゆ》の翳《かげ》りの中に、思いがけないものを発見したような気がした。それは昼間の日光の中では見たこともないようなものだった。

「よしたほうがいいです。こんなつまらん商売はないですよ。……さあ、坊や、これが天測機だ」

と彼は房子の返事を待たずに、白ペンキを塗った丈の高い茸《きのこ》のような器械を叩《たた》いてみせた。

操舵室《そうだしつ》へ入ると登は何にでも触りたがった。機関室伝令器《エンジン・テレグラフ》、ジャイロ・パイロット・テレモータア、レーダア指示器、航路自画器。登は機関室伝令器の、ストップ、スタン・バイ、アヘッド、などの表示の数々に、航海のいろんな危難を夢みているらしく見えた。これに隣る海図室でも、航海表、天測暦、天測計算表、日本港湾港則表、燈台表《とうだいひょう》、潮汐表《ちょうせきひょう》、水路誌などを並べた本棚《ほんだな》や、消しゴムの消しあとの乱れた使用中の海図に目をみはっていた。それは海の中に、多くの戯《たわむ》れの線を自在に描いては消してゆく、ふしぎな作業のように見えた。さらに登は航海日誌の、日の出をあらわす小さな半円の太陽と、その逆の形の日没、小さい金いろの角《つの》の出現をえがく月の出と、その逆様の姿、高潮や低潮のゆるやかな波形などに魅せられていた。

登がそうして夢中になっているあいだ、房子のすぐわきに塚崎がいて、むしあつい海図室の中で、房子は彼の存在の暑さに息苦しくなっていたので、机に立てかけておいた白い蛇革の柄《え》のパラソルが床に倒れたときは、自分が失神して倒れたような感じがした。

房子は小さな叫びをあげた。傘《かさ》は彼女の足の甲を打って倒れたのである。航海士はすぐさま身をかがめて傘を拾った。房子はその拾い方が、潜水夫の仕草を思わせるほど遅いと思った。彼の白い制帽は、この息づまるような時間の海底から、傘をつかんで、ゆっくりと浮び上ってきた。……

――渋谷支配人が、目隠しの鎧扉《よろいど》を排して、皺《しわ》の深い気取った顔を斜めにさし入れて、こう言った。

「春日依子さんがお出《い》でになりました」

「はい。すぐ行くわ」

唐突に呼びさまされて、房子は、あんまり打てばひびくという応答をしてしまったことを悔んだ。

房子は壁鏡の前に立って顔をしらべた。自分がまだあの海図室にいるままのような気がした。

中庭《パチオ》に附け人《びと》の女の子と一緒に立っている依子は、向日葵《ひまわり》のような大仰な帽子をかぶっていた。

「ママさんに見立ててもらうわ。そうしなくちゃ……」

房子は酒場の女主人みたいなこんな呼ばれ方をすることは本意でなかった。彼女はゆっくりと階段を下りて、依子の前に立った。

「いらっしゃいまし。今日もお暑くて」

依子は埠頭のロケの殺人的な暑さと人出をこぼした。房子はすぐさまその人垣《ひとがき》の中に、竜二の姿を想像して気を悪くした。

「午前中に三十カットよ。呆《あき》れるじゃない、木田さんの早撮りったら」

「いい写真になりそう?」

「だめよ。どうせ演技賞なんかとれる写真じゃないんです」

ここ数年依子の頭には演技賞への執念が凝り固まり、今日のお土産も審査委員たちへの、彼女流の「運動」なのであった。依子は自分のを除いてあらゆるスキャンダルを信じる性質《たち》なので、もしそうすることが本当に効果的なら、委員の全部に身を委《まか》せてもいいとまじめに考えている形跡があった。

十人の扶養家族を抱えて生活と戦っている依子は、同時に、だまされやすい大柄《おおがら》な美人で、房子はこの女の孤独をよく知っていた。それでいながら、客ということを除けば、房子にとって、彼女はかなり我慢ならない女であった。

今日の房子は、しかし麻痺《まひ》的なやさしさの中にいた。依子の欠点も品のわるさもありありと目に見えるのに、それが鉢《はち》の中の金魚を見るように、涼しげな、恕し得るものに見えるのだ。

「もう秋が近いから、スウェータアのほうがいいかとも思ったけれど、何しろ夏の映画祭のお買物という建前でしょう。カルダンのヴェルヴェット・タイだの、ジフの四色ボール・ペンだの、ポロ・シャツ類だの、奥様向きなら、やっぱり香水ね。そういうものを揃えておきましたわ。とにかくお目にかけましょう」

「そんな暇はないの。これからいそいでお午《ひる》を掻《か》っ込むさわぎでしょ。お任せします。大事なのはむしろ箱か包紙。お土産のリアリティーはそれだものね」

「それは抜かりはございません」

――春日依子がかえったあと、入れかわりに横浜倉庫の社長秘書が来たが、それがすむとあとはフリの客ばかりになった。

房子はいつもながらの軽い午食、すぐ目の前の独乙《ドイツ》菓子屋からとるサンドウィッチと紅茶を事務室へ運ばせ、その皿《さら》を前に又一人になった。

中断された夢のつづきを、又寝床にもぐり込んで見ようとする人のように、房子は椅子《いす》の上で何度か体をよじって、またらくらくと一昨日《おととい》の洛陽丸のブリッジへ立戻《たちもど》った。……

……母子は塚崎の案内で荷役を見た。ボート・デッキへ下りて、そこから第四船艙《ホールド》の荷揚げを見下ろした。艙口《ハッチ》は、丁度、足もとの地面が左右へ割れたような、大きな暗い口をひらいていた。すぐ眼《め》の下に、黄いろいヘルメットをかぶった男が、わずかにせり出したハッチ・ボードの上で、彼方《かなた》のウィンチの操作を手で指揮していた。ほの暗い船艙《せんそう》の底には、仲仕たちの半裸が、そこかしこに小さくおぼろげに光っていた。荷が日ざしを浴びるのは、デリックの腕にそこから引き揚げられて、ゆらゆらと艙口《ハッチ》高く浮き上ってからはじめてだった。しかも日光は縞《しま》をなして、中空を移行する荷の上に、思いがけない速度で影を辷《すべ》らせ、その影の縞が軽快に辷るにつれて、荷ははや、船外の艀《はしけ》の上空へさしかかっていた。

おそろしく緩慢な準備と、一つ一つの巨大な荷の突如の飛翔《ひしょう》。すりきれた鋼索の一部分の危険な新鮮な銀のかがやき。……これらのすべてを、房子はひらいたパラソルを肩に眺めていた。

房子は自分の中から、つぎつぎと、しかし一つ一つが永い熟慮と準備の果てに、デリックの強い腕で、急にふわりと引き揚げられ、運び去られる重い貨物の数々を感じていた。今まで動かしようのないと思われた荷が、突如、空中に浮游《ふゆう》する感覚は、房子にはよくわかって、見飽かなかった。それはその荷の当然の運命だろうが、又一面、侮辱的な奇蹟《きせき》でもある。……どんどん空っぽになってゆく、と房子は思った。すべては仮借なく進行し、それでいて、十分逡巡《しゅんじゅん》も怠惰もゆるされる、気の遠くなるほど暑くて永い、渋滞した時間があった。

たしかそのとき房子は言った筈《はず》だ。

「今日は本当にお忙しいところをありがとう。お礼と申しては何ですけれど、あしたの晩、もしお暇だったら、どこかへ食事におよびしたいわ」

彼女は大そう冷静に社交的に言った筈だが、塚崎の耳には、暑さに汐垂《しおた》れた女の譫《うわ》言《ごと》ときこえたのにちがいない。彼は実に正直な、怪訝《けげん》そうな目で房子を見た。

『昨夜のニュー・グランド・ホテルでの夕食は』と、房子は考えた。『まだ、あれはただのお礼の夕食だった。あの人は士官らしく、きちんとした作法で、夕食を喰《た》べた。

食後の永い散歩。あの人は家まで送ってきてくれると言い出して、山手町の丘の新らしい公園のところまで来て、まだ別れる決心がつかないで、港を見下ろす丘の公園のベンチに腰を下ろした。それから二人で永いこと話をした。いろいろととりとめのない話をした。良人《おっと》が亡《な》くなってから、私はあんなに男の人と長い会話をしたことがない。……』

第四章

仕事に出かける房子と別れてから、店じまいのあとに会う今夜の約束まで、竜二は一度は本船に帰ったけれども、又夏のはげしい日ざしのがらんとした町中《まちなか》をタクシーを飛ばし、山手町の丘へ登って、昨夜と同じ公園で時をすごすことの他《ほか》は思いつかなかった。

日ざかりの公園には人影も少なく、水呑場《みずのみば》の小さな噴水は溢《あふ》れて敷石を黒く染め、真新らしい支柱をつけた糸杉《いとすぎ》に蟬《せみ》が啼《な》き、目の前には鈍い唸《うな》りを立てている港がひろがっていたが、その真昼の港のけしきを、彼は夜の思い出で塗り潰《つぶ》してしまった。

彼の心は昨夜のままを辿《たど》った。それを何度でも繰り返して味わった。

唇《くちびる》の端に熱く乾く煙草《たばこ》の紙片を爪《つめ》で掻《か》き取りながら、汗も拭《ぬぐ》わずに、竜二は何度となくこう思った。

『昨夜《ゆうべ》俺《おれ》は何と拙《まず》く語ったものだろう』

彼は自分の栄光や死の観念、自分の厚い胸にひそむ憧《あこが》れや憂鬱《ゆううつ》、彼に与えられた大洋のうねりに充《み》ちた暗い巨《おお》きな感情については、何一つ女に語ることができなかった。それを語ろうと思うところで、いつも失敗した。たとえば竜二は、自分でもだめな男だと思う折ふしに、一方、壮麗なマニラ湾の夕日のようなものが胸のうちをあかあかと染めるときには、自分が無比の選ばれたものになるという確信を持っていたが、そんな確信については、何一つ語ることができなかった。

彼は房子が、

「なぜ結婚なさらなかったの？」

と訊《き》いたのを思い出す。彼はあいまいに笑って答えた。

「船乗りのところなんか、なかなか来手がないですよ」

実はそのとき、彼が答えようとしたのは、次のような言葉だった。

「同僚には、みんなもう二、三人の子供がいます。家族からの手紙を、何十ぺんもくりかえして読んでいます。子供の描いた家だの太陽だの花だのの絵のある手紙を。

……奴《やつ》らは機会を放棄した人間です。私は何もしないで、しかし、自分だけは男だ、と思って生きて来たんです。何故《なぜ》って、男なら、いつか暁闇《ぎょうあん》をついて孤独な澄んだ喇叭《らっぱ》が鳴りひびき、光りを孕《はら》んだ分厚い雲が低く垂れ、栄光の遠い鋭い声が私の名を呼び求めているときには、寝床を蹴《け》って、一人で出て行かなければならないからです。……そんなことを思い暮しているうちに、いつのまにか三十を越したんです」

しかし彼はそれを言わなかった。半ばは、女にはわからないと思ったからだ。

又、彼は、人生でただ一度だけ会う無上の女との間には必ず死が介在して、二人ともそれと知らずに、それによって宿命的に惹《ひ》きつけられる、という彼の甘美な観念、彼の脳裡《のうり》にわけもなく育《はぐ》くまれてきた理想的な愛の形式についても語らなかった。こういうパセティックな夢は、おそらく流行歌の誇張だったろう。が、いつしかこの夢は鞏固《きょうこ》なものになり、彼の頭の中で、海の潮《うしお》の暗い情念や、沖から寄せる海嘯《つなみ》の叫び声や、高まって高まって砕ける波の挫折《ざせつ》や、どこまでも追いかけてくる満潮《みちしお》の暗い力や、……そういうものすべてと絡《から》まり合い、融《と》け合わされた。

竜二は目の前にいる女がたしかにそれだと思った。しかし口に出して言うことはできなかった。

彼が久しく誰《だれ》にも言わずに夢みてきたこの大がかりな夢想のうちでは、彼が男らしさの極致におり、女は女らしさの極致にいて、お互に世界の果てから来て偶然にめぐり合い、死が彼らを結びつけるのだった。蛍《ほたる》の光りや銅鑼《どら》などの安っぽい別離や、薄なさけの船員の恋なんぞから遠く離れて、彼らは人間のまだ誰も行ったことのない心の大海溝《かいこう》の奥底へ下りてゆく筈だった。

……が、こんなきちがいじみた考えの片鱗《へんりん》をも、彼は房子に語ることができなかった。その代りに、こんなことを言った。

「永い航海の間には、賄《まかな》い部屋へ一寸《ちょっと》寄って、そこに大根や蕪《かぶ》の葉がちらと見えるでしょう。そういう緑が、ひどく心にしみるものなんです。実際、そんなちっぽけな緑を礼讃《らいさん》したくなるんです」

「そうでしょうね。わかるような気がするわ」

と房子は気持よく応じた。そのときの房子の声には、女の慰藉《いしゃ》のよろこびがにじみ出ていた。

竜二が房子の扇を借りて、足もとの蚊を払ってやっていた。かなたには碇泊《ていはく》中の船の檣燈《しょうとう》が明滅し、すぐ眼下には、一つ一つの倉庫の軒燈が規則正しく並んでいた。

彼は又、ふいに人間の頸筋《くびすじ》をつかみ、死をも怖《おそ》れないほどの境地へまで駆り立ててゆく、ふしぎな情熱について語ろうとしたが、そうするどころか、却《かえ》って問わず語りに自分の生い立ちの貧しさを語ってしまって、舌打ちしていた。

東京の区役所の吏員であった父が、母亡きあと、男手一つで彼と妹を育てたこと。彼の学資は、悉《ことごと》く、体の弱い父親のむりな残業手当に依《よ》っていたこと。それでも彼はこんなに逞《たくま》しく生い立ったこと。家は空襲で焼かれ、妹も戦争末期に発疹《はっしん》チフスで死に、戦後竜二が商船高校を出て、一本立ちになるやならずに、父も亦《また》急死したこと。竜二の陸の生活の記憶とては、貧しさと病気と死と、はてしもなくひろがる焼野原しかなかったこと。かくして彼は陸から完全に解き放たれた人間であること。……こういうことを、女に縷々《るる》と話したのはこれがはじめてだった。

自分のみじめさについて話すとき、竜二はやや不必要に昂然《こうぜん》として、かたがた現在の貯金額を心の隅《すみ》に呼び返しながら、あれほどまで彼が語りたいと望んでいた海の力と恩恵をすこし外して、月並な男が自力《じりき》を誇るように語らずにはいられなかった。それは彼の見栄坊《みえぼう》な心の別のあらわれだった。

竜二は海の話をしようと思った。たとえばこんな風に。

「私がこっそりと心の中で、死に値いする恋とか、身を灼《や》きつくす恋とか、そういう観念ばかり大切にするようになったのは、明らかに海のおかげなんです。鉄の船に閉じこめられたわれわれにとって、まわりの海は女に似すぎている。その凪《なぎ》、その嵐《あらし》、その気まぐれ、夕日を映した海の胸の美しさは勿論《もちろん》のこと。しかし船はそれに乗って進みながら、不断にそれに拒まれており、無量の水でありながら、渇きを癒《い》やすには役立たない。こうまで女を思わせる自然の諸要素にとりかこまれながら、しかも女の実体からはいつも遠ざけられている。……それが原因《もと》なんです。私にはわかっている」

が、こんな詳細な説明の代りに、実際に彼の口から出たのは、いつも歌っている歌の一節にすぎなかった。

「海の男と　きめてる俺も
遠くなってく　港の街に
……………………。

可笑《おか》しいですか。これが私の一等好きな唄《うた》ですよ」

「いい唄だわ」

と房子は言ったが、『この女は俺の自尊心を庇《かば》ってくれている』と竜二は思った。

女は明らかにはじめて聴く唄を、いつも親しんでいる唄のように装っていた。

『彼女はこんな流行歌の奥底にある俺の感情、俺がときどき涙をこぼす痛切な情緒、俺の男の心の暗がりの底までも見とおすことはできない。よし、そんなら俺は、彼女をただの肉として眺《なが》めてやるぞ』

見れば、こんなに繊巧な、匂《にお》いやかな肉はなかった。

房子は臙脂《えんじ》の下着に黒絹のレエスの着物を着て、白の絽《ろ》つづれの帯を〆《し》めて、その白い顔は涼しげに薄闇《うすやみ》の中に泛《うか》んでいた。黒絹のレエスを透かす臙脂はなまめかしく、彼女は女であることの柔らかさで、まわりの空気までも浸蝕《しんしょく》してしまう存在だった。今まで竜二が見たこともない、贅沢《ぜいたく》で、優雅な女。

かすかに身じろぎするたびに、遠い水銀燈の光りの角度が移って、臙脂にも又濃い紫いろにも変幻する下着の中、その深い翳《かげ》りの中で、女の襞《ひだ》がしずかに呼吸しているのが感じられる。微風が伝えてくるすぐ近くの肉の汗ばんだ香水の薫《かお》りは、彼に不断に、死ね！ 死ね！ 死ね！ と言っているかのようだ。繊細な指さきが、実にしのびやかな不本意な動きをしているのが、急に火の指のようになるときを竜二は想像した。

何という形のいい鼻、何という形のいい唇、彼は碁をやる人が長考のあげくに置く石のように、房子の美しさの細部の一つ一つを、おぼろげな闇の中へ置いて眺めた。

そしてそのひどく冷たくて、冷たさが淫蕩《いんとう》そのものであるような落着き払った目。世界への無関心が、そのまま裏返しに、捨身の好き心を語っているような目。……この目が、きのう食事の約束をしたときから竜二にとりついて、彼を眠れなくさせたのだ。

それに何という色っぽい肩だろう。海岸線のように頸の岬《みさき》から、いつはじまるともなくなだらかにはじまり、しかも威があって、絹ものがその上を、つつと辷《すべ》り落ちるように造られた肩。

『こいつの乳房は手にとったときに』と竜二は考えた。『どんなに汗ばんだ重たさで、俺の掌《てのひら》にしなだれかかってくるだろう。俺はこの女の肉のすべてに責任を感じる。そのすべてが俺の管理する物品の、やさしい、押しつけがましい甘えに充ちているからだ。女がここにいるということのすばらしい甘さで、俺は慄《ふる》えてくる。風が木々の葉裏を返すように、俺の戦慄《せんりつ》が伝わって、女はやがて、白い眼《め》の裏までも見せるだろう』

奇妙な莫迦《ばか》げた観念が、突然彼の心に割り込んだ。いつか船長が話してくれたことがある。船長が一度ヴェニスへ行った日のことを。満潮時に、船長が訪れて愕《おどろ》いた、一階の大理石の床《ゆか》が水びたしになっている美しい小さな宮殿を。

彼は思わず口に出して言いそうになった。小さな美しい水びたしの宮殿。……

「何かもっと話して」

と房子が言った。

竜二はそう言われたときには、何も言わずに、女の唇に触れればいいことを知っていた。二人は唇を一旦《いったん》触れると、その唇のなめらかな熱い動きの中に、その一触毎《ごと》、その一擦過毎に、さまざまな微妙なちがいをこめ、さまざまな角度からお互の内部を照らし出し、やわらかい甘いもののありたけを紡《つむ》ぎ込む緒《いとぐち》にしてしまった。竜二の粗い掌はさっき夢みていた肩をそのままに撫《な》ぜ、夢よりもたしかなものに触った。

房子は昆虫《こんちゅう》が翅《はね》を畳むように、長いよく揃《そろ》った睫《まつげ》を伏せた。狂おしいほど幸福だと竜二は思った。どうしていいかわからないほど幸福だ。唇のところへ昇ってくる房子の息は、さっきは胸のあたりから出ていた息のように思われたのが、次第にその熱さその匂いが、房子の体のはかりしれないほど奥のほうから昇ってきた息のように思わせた。その息の燃料は、もうさっきのとは明らかにちがっていた。

二人は体をまさぐり合い、火に包まれた獣が、そこら中に体をすりつけて火を消そうとあせるように、焦慮の不器用な動きでぶつかり合った。房子の唇はますます滑らかになり、竜二はこのまま死んでしまってもいいと思った。そしてやや冷たい鼻尖《はなさき》をすり合せる時だけ、別々の肉の硬い存在のユーモラスな味わいを彼はやっと思い起した。……

「今夜は家《うち》へお泊りになったら？　あの屋根が家なのよ」

と房子が公園のはずれの木立のむこうに聳《そび》えるスレートの屋根を指さしたのは、それからどれほど経《た》ってのことか、竜二には憶《おぼ》えがない。

二人は立上って、背後を見廻《みまわ》した。竜二は船員帽をぞんざいに冠《かぶ》って、女の肩に手をかけた。公園には人影がなく、マリン・タワーの赤と緑の旋回燈の光芒《こうぼう》が、広場のからっぽの石のベンチや、水呑場や、花壇や、白い石階の上を経廻《へめぐ》っていた。

彼は習慣的に腕時計を見た。外燈のあかりが仄《ほの》かに届く文字板に、十時をややすぎた針を見た。いつもなら、深夜のワッチまであと二時間だ。

＊＊＊

……竜二は日ざしの暑さに耐えられなくなった。日は西へ廻って、彼の後頭部を灼いていた。

きょうは船で着換えて、半袖《はんそで》のシャツに、制帽も持たずに出て来ていた。彼のワッチを二日間免じてくれた一等航海士は、竜二の代りに三等航海士をワッチに立てていたが、この次の港では、今度は竜二が代りをつとめる交換条件がついていた。夜の房子との約束にそなえて竜二は平服の上着とネクタイは持って来ていたが、すでにシャツは汗のためにしとどになった。

彼は時計を見た。まだ四時だった。約束までは二時間もあった。約束の場所は元町通りの喫茶店だが、そこには色彩《カラー》テレビが置いてあると房子が言っていた。今時分の番組では二時間の暇を潰《つぶ》すに足りない。

彼は立上って公園の欄に凭《よ》って、港を眺めた。ここへ来たときに比べて、倉庫街は彼方《かなた》の埋立地へその三角屋根の影を大分延ばしていた。ヨット・ハーバアへの二三の白い帰帆が見えた。

沖の積乱雲は夕立を呼ぶほどに嵩高《かさだか》ではなかったが、折からの西日を受けて、純白の筋肉の精緻な緊張のさまをくっきりと彫《え》り出していた。

竜二は思い立って、背後の広場の片隅《かたすみ》にある水呑場へ下りてゆき、ダリヤや夏白菊やカンナの暑さにうなだれている姿へ、子供のころよくやった悪戯《いたずら》をそのままに、噴水口を指で押えて扇なりの繁吹《しぶき》を飛ばした。葉はそよめいて、小さな虹《にじ》が立ち、強い水の一撃を受けた花々はのけぞった。

彼はシャツが濡《ぬ》れるのもかまわず、今度は向うから手を廻して、自分の髪から顔から咽喉元《のどもと》から、その繁吹を吹きつけて愉《たの》しんだ。水は咽喉から胸や腹に伝わり、胸の上を水の簾《すだれ》が垂れる涼しさは言いようがなかった。竜二は犬のように、荒々しく体を慄わせて水を払うと、濡れた斑《まだら》の黒々としたシャツをそのままに、上着を抱えて公園の出口のほうへ歩き出した。歩いているうちに、それはすぐ乾くだろう。

公園を出た。家々がそんなにも堅固な屋根を支え、塀《へい》をめぐらし、そんなにも平静な姿で居並んでいるのが彼にはふしぎだった。あいかわらず陸の生活のすべては、彼にはひどく抽象的な、非現実的なものに見えた。時折、厨《くりや》の入口がのぞかれ、磨《みが》かれた鍋《なべ》のかがやきが瞥見《べっけん》されても、すべてがひどく具体性を欠いていた。……従って、彼の情欲《じょうよく》も、肉体的であればあるほどおそろしく抽象的に感じられ、一刻一刻の移るにつれて思い出に変る部分には、夏のはげしい日に照らされておもてに結晶する塩分のように、純粋な成分ばかりがきらめいていた。

『俺《おれ》は又、今夜房子と寝るだろう。おそらく休暇のこの最後の一夜は、一睡もしないだろう。明日の夕方にはもう出帆だ。俺はこのとんでもない二夜《ふたよ》のために、思い出よりももっと早く、揮発してしまうだろう』

暑さが彼に睡気《ねむけ》を与えず、歩きながらも、一つのことを思うたびに情欲を湧《わ》かせ、坂を上ってきた大きな外車を、危く除《よ》けそこねるところだった。

そのとき竜二は、坂の下りがけの小路から駈《か》けだしてきた少年たちの一団を見た。その中の一人が竜二の姿を見ると凝然と立止った。それは登だった。

ショーツの下の少年らしい膝頭《ひざがしら》が、急激に立止って引きしまり、竜二を見上げた顔が、緊張にひきつっているのを見て、今朝、房子が言った、

「登は何となく感づいている風だったわ」

という言葉を思い出した竜二は、咄嗟《とっさ》の間《ま》にこんな子供の前でぎこちなくなりかかる自分と戦って、大仰に笑った。

「やあ、奇遇だな。泳ぎはどうだった？」

少年は答えずに、澄んだ、感情のない目で竜二の水だらけのシャツをじっと検《あらた》め見た。

「そんな……びしょ濡れになって、どうしたの？」

「ああ、これかい？」と竜二は又不必要に笑った。「そこの公園の噴水を浴びて来たんだよ」

第五章

登はここで竜二と会ったのはまずかった。ここで会ってしまったことを、竜二の口から母に言わせぬようにするには、どうすればよいかと考えた。彼は今日鎌倉へ泳ぎ

になんか行かなかったのだ。そして竜二が見てしまった少年の一団の中には「首領」もいたのだ。それはまだいい。誰《だれ》が見たって、誰が首領だか、見分けのつきっこはないのだから。

今朝彼らは弁当を持って、神奈川区の山内埠頭《ふとう》まで出かけ、倉庫裏の引込線のあたりをぶらついて、いつものとおりの会議をひらき、人間の無用性や、生きることの全くの無意味などについて討議した。彼らはこういう不安定な、すぐ邪魔の入るような会議場が好きなのだ。

首領も、一号も、二号も、三号すなわち登も、四号も、五号も、六人が六人とも、みんな概して小柄《こがら》で繊弱な少年たちで、学校もよくできた。先生たちはこんな優秀なグループをむしろ推賞し、できない生徒をはげます種にさえ使ったのである。

ここの会議場は二号が探して来たものだが、首領はじめみんなの気に入った。山内市営一号の上屋《うわや》の裏、丈の高い荒地野菊のあいだに赤く錆《さ》びた線路が走っており、転《てん》轍器《てつき》も錆び、野ざらしの古タイヤも横たわり、そこは久しく使われていない路線らしかった。

倉庫事務所の小さい前庭の、カンナの花が日に燃えているのが遠くに見える。もう夏もおわりの、尽きかけた焔《ほのお》である。少年たちは、この焔が見えるかぎり、事務所の番人の目ものがれられぬ心地がして、この焰に背を向けて引込線の奥深く進んで行った。線路は固くとざした一つの倉庫の黒い扉《とびら》のところで終っていた。そのかたわらに積み上げられている夥《おびただ》しいドラム缶《かん》、あざやかな赤や黄や焦茶《こげちゃ》のペンキに塗られたドラム缶のかげに、登たちはとうとう人目をさえぎるせまい草地を見つけて、腰を下ろした。倉庫の屋根の頂きには、どぎつい陽光が躙《にじ》り寄っていたが、まだここは影の中であった。

「そいつはすばらしい奴《やつ》なんだ。海から飛び出して来てまだ体が濡れたままの、ふしぎな獣みたいな奴なんだ。そいつがママと一緒に寝るところを見たんだよ」

と登は昂奮《こうふん》して昨夜の逐一を話してきかせた。みんなは冷静な面持《おももち》できいていたが、じっと聴きのがさない目つきで登を見戍《みまも》っているのを感じて、登は満足した。

「それが君の英雄かい」と聴きおわった首領は、赤い薄い唇《くちびる》をゆがめて言った。「英雄なんて、そんなものはこの世にいないんだよ」

「でも、あいつはきっとやるよ」

「何を？」

「何かそのうちすばらしいことをやるよ」

「ばかな。そんな男は何もやらないんだよ。君のおふくろの財産を狙《ねら》うのがオチだろう。おふくろは骨までしゃぶられて、御用済み、はいさようなら、それがオチさ」

「それだけでも何かじゃないか。少くとも僕《ぼく》たちにはできない」

「君は人間の考察にまだ甘いところがある」と十三歳の首領は冷たく言った。「僕たちにできないことは、大人たちにはもっとできないのだ。この世界には不可能という巨《おお》きな封印が貼《は》られている。それを最終的に剝《は》がすことができるのは僕たちだけだということを忘れないでもらいたい」

これでみんなは畏敬《いけい》の念に打たれて、黙ってしまった。

「君の親は」と今度は首領は、二号に向って言った。「あいかわらず、君に空気銃を買ってくれないんだね」

「ああ、絶望的だよ」

と二号は膝を抱いて自分をいたわるような口調で答えた。

「危険だからと言うんだね」

「ああ」

「ぷっ」と首領は夏というのに白い頰《ほお》に、深い笑窪《えくぼ》を凹《くぼ》ませた。「彼らは危険の定義がわかっていないんだ。危険とは、実体的な世界がちょっと傷つき、ちょっと血が流れ、新聞が大さわぎで書き立てることだと思っている。それが何だというんだ。本当の危険とは、生きているというそのことの他《ほか》にはありゃしない。生きているということは存在の単なる混乱なんだけど、存在を一瞬毎《ごと》にもともとの無秩序にまで解体し、その不安を餌《えさ》にして、一瞬毎に存在を造り変えようという本当にイカれた仕事なんだからな。こんな危険な仕事はどこにもないよ。存在自体の不安というものはないのに、生きることがそれを作り出すんだ。社会はもともと無意味な、男女混浴のローマ風呂《ぶろ》だしな。学校はその雛型《ひながた》だし……。それで僕たちは、たえず命令されている。盲《めく》らどもが僕たちに命令するんだ。奴らが僕たちの無限の能力をボロボロにしてしまうんだ」

「海はどうなの？」と三号の登は、なお自分の考えを固執して言った。「船はどうなの？　僕はゆうべ、いつか君の言った世界の内的関聯《かんれん》をたしかにキャッチしたよ」

「海は少しは許すべきものだよ」と首領は、倉庫のあいだを吹き抜けてくる潮風を胸深く吸いこんで言った。「たしかに、数少ない許しうるものの中でも、特別に許しうるものだよ。船はどうかな。船なんて自動車とどこがちがうんだ」

「君にはわからないよ」

「へえ」と首領の小さな三日月《みかづき》型の眉《まゆ》のあいだには、矜《ほこ》りを傷つけられた者の我慢ならない表情があらわれた。その描いたような人工的な眉は、彼がいつもいやだというのに、床屋が額と瞼《まぶた》の上とをきれいに剃《そ》りたがるからだった。「へえ、……僕にわからないことがあるなんて、何だって君に、そんなことを想像する権利があるんだね」

「そろそろ午飯《ひるめし》にしよう」

と大人しい五号が提案した。

みんなはそれぞれ膝の上で弁当をひらいた。そのとき弁当の上に今まで気づかなかった影が落ちた。登はおどろいて目をあげた。それは汚れたカーキいろのシャツを着た、老いた倉庫番で、ドラム缶に肱《ひじ》をついてのぞき込んでいた。

「おや、坊ちゃん方、汚ないところへピクニックに来たもんだね」

首領ははなはだ落着いた態度で、優等生らしい清潔な笑顔を向けた。

「ここはいけませんか？　僕たち、船を見に来て、お午をたべるのに、日蔭《ひかげ》を探していたんです」

「いいとも、いいとも。その代り弁当殻《がら》は片附《かたづ》けて行ってくれよ」

「ええ」

みんなは子供らしく無邪気に笑った。

「殻まで喰《た》べちゃうから、何も残らないよなあ」

倉庫番の猫背《ねこぜ》が、蔭と日向《ひなた》の堺《さかい》の引込線の上を遠ざかると、四号が小さな舌打ちをしてこう言った。

「よくある奴だよな。通俗的な子供好きで、すばらしく寛大な気持になってるんだ」

――六人は弁当のサンドウィッチや、小さな魔法瓶《びん》の冷たい紅茶や、いろんな持参のものを、お互いの好き好きに応じて融通し合った。引込線の上を飛び移ってきた数羽の雀《すずめ》が、彼らの円陣のすぐそばまでやってきた。人には負けない無慈悲を誇りにしていたから、誰も雀に飯粒一つわけてはやらなかった。

みんな「いい家」の子だったので、御菜はゆたかに色とりどりで、登は自分のやや簡素なサンドウィッチを恥じた。少年たちは半ズボンやGパンであぐらをかき、首領の細い咽喉《のど》元《もと》は一どきに御飯を詰め込むので、苦しげに動いていた。

ひどく暑かった。すでに日は倉庫の真上にかがやき、浅い庇《ひさし》の蔭が辛うじて彼らを護《まも》っていた。

登は、母がいつもうるさく叱《しか》る、せっかちな咀嚼《そしゃく》をくりかえしながら、それでも焼いた固いパンの耳を、太陽をでも嚥《の》み込むように、まぶしく嚥み込みながら、昨夜見たあの完璧《かんぺき》な絵の図柄《ずがら》を心に呼び返していた。あれはほとんど深夜における絶対の青空の顕現だった。首領は地球上をどこまで行っても何一つ新らしいものは現われないと断言するが、登は熱帯の奥地の冒険なんかをまだ信じていた。彼は又、とある港の喧騒《けんそう》をきわめた極彩色の市場の光景、黒人たちが光りかがやく黒い腕に捧《ささ》げて売る、バナナや鸚鵡《おうむ》の存在を信じていた。

「君は物を喰《く》いながら、何かを夢みているんだな。子供の癖だ」

と首領が冷笑的に言ったので、心を見透かされた登は返事ができなくなった。

『僕らは「感情のないこと」の訓練をしているんだから、怒ったりしちゃ変だ』

と登は考えて諦《あき》らめた。大体、昨夜の情景にしても、彼はすでに、性的な事柄については何もおどろかない修練を積んでいた。そんなことにおどろかずにすむように、首領は今までにも一方ならぬ苦心を払ってきていた。どこで手に入れたのか、彼はあらゆる性的体位や奇怪な前技の写真を持ってきて、みんなに詳しく説明し、そんなことがいかに無意味なつまらないことであるかを、懇《ねんご》ろに教えてくれたのだ。

こういう教授には、大ていクラスの中で、体ばかり一足先に成長した大柄な少年が携わるものだが、首領のような知的選良のやり方は又別だった。彼は自分たちの生殖器は、銀河系宇宙と性交するために備わっているのだと主張していた。数本が力強く濃くなって、白い肌《はだ》の奥深く藍《あい》いろの毛根を宿している自分たちの毛も、その強姦《ごうかん》の際、羞《はじ》らいに充《み》ちた星屑《ほしくず》をくすぐるために生えてきたのだと言っていた。……彼らはこういう神聖な譫言《たわごと》にうつつを抜かし、同年の、性的好奇心でいっぱいな愚かな不潔なみじめったらしい少年たちを軽蔑《けいべつ》していた。

「飯がすんだら」と首領は言った。「家へ来いよな。例の準備はすっかり出来ている」

「猫《ねこ》はいるの？」

「これから探すんだよ。すべてはこれからだ」

＊＊＊

首領の家は登の家の近くにあったので、そこまで又電車に乗って帰らねばならなかったが、彼らはこういう無意味な煩《わずら》わしい遠出が好きだった。

首領の家は両親ともいつも留守で、いつ遊びに行ってもがらんとしていた。首領は本当に一人ぼっちの少年で、十三歳でもう家じゅうにある本を全部読んでしまって退屈していた。彼はもうどんな本だって、表紙を見ただけで中身がわかってしまうと言っていた。

世界の圧倒的な虚《むな》しさに関する彼の考察は、このがらんどうな家のおかげで養われたふしがあった。こんなにどこでも出入り自由で、こんなにどの部屋も冷たく片附いている家はめずらしい。本当をいうと、登はこの家では一人で厠《かわや》へゆくのがこわい位だった。汽笛はこの家のからっぽな部屋から部屋を虚しく流れるのだ。

首領は仲間を父親の書斎へ案内し、モロッコ革の美しいライティング・セットに対《むか》って、いちいち銅版の頭文字の入った便箋《びんせん》に、仔細《しさい》らしくペンをインキ壺《つぼ》に往復させては、いろんな議題を書いて与えることがあった。書き損じた厚い洋紙の便箋は、惜しげもなく丸められて、屑籠《くずかご》に捨てられた。一度登は、

「そんなことをして叱られないの?」

と訊《き》いたことがあったが、無言の冷笑で報いられた。

――しかし彼らは、裏庭の五坪ほどの大きな物置のほうを愛していた。そこへは召使の目に触れずに行くことができ、大工道具や古い酒瓶《さかびん》や古い外国雑誌や不要な家具類が詰っている棚《たな》のほかは、二三の古材木をころがしただけの土間が、湿った暗い土の冷たさを直《じか》に彼らの尻《しり》に伝えた。

猫狩りに一時間も費した末、彼らは声の弱々しい小さな捨猫を見つけてきた。雉子《きじ》毛《げ》でくすんだ目の色をした、掌《てのひら》に乗るほどの仔《こ》猫である。

体中が汗になったので、少年たちは裸になって、物置の一隅《いちぐう》の流し場で、かわるがわる水を浴びた。そのあいだ、かわるがわる一人が猫を預っていた。登は濡《ぬ》れた裸の胸に、仔猫の温かい心臓の鮮やかな鼓動を感じた。それは戸外のきびしい夏の光りの暗い精髄、不遠慮な歓喜に喘《あえ》いでいる精髄を盗み取って来たかのようだった。

「どうして殺《や》るか？」

「そこに材木がある。それにぶつけて殺《や》ればいい。簡単だよ。三号、やれよ」

と首領が命令した。

登の硬い、北極よりも冷たい心の試煉《しれん》の機会。今水を浴びたばかりだのに、もう汗をかいている。彼は感じた、殺意というものは朝の海風のように胸を吹き抜けると。彼は自分の胸を、白いシャツを一ぱい干したがらんどうな鉄骨の物干場のように感じた。シャツが風にひるがえる。そのときもう彼は殺している筈《はず》だ。世間のいやらしい禁止の無限につづく鎖を絶ち切って。

登は猫の首をつかまえて立上った。猫は声もなく、だらりと彼の指から垂れていた。彼は自分の心に憐《あわ》れみが生れるかと点検したが、それは遠くにちらと見えただけで消えたので安心した。急行電車の窓から見える一つ家の窓硝子《まどガラス》の光りが忽《たちま》ち飛び去って消えるように。

首領は前々から、世界の空洞《くうどう》を充たすにはこんな行為が必要なことを主張してきた。ほかのどんなものでも埋められない空洞は、殺すことによって、丁度鏡が一面の亀裂《きれつ》に充たされるような具合に充たされるだろう。彼らは存在に対する実権を握るだろう。

登は思いきり仔猫をふり上げ、材木の上へ叩《たた》きつけた。指の間にはさまっていた温かく柔らかなものが、空気を切って、飛び去るのはすばらしかった。しかし指にはまだ、柔毛《にこげ》の感触がほのかに残っていた。

「まだ死なない。もう一度」

と首領が言った。五人の少年は、物置の薄闇《うすやみ》のあちこちに、裸のまま、動かぬ目を光らせていた。

登がもう一度つかみ上げたものは、それはもう猫ではなかった。輝かしい力が彼の指先にまで充ちていて、彼は今度は自分の力が描く明快な軌跡をつまみ上げ、それを材木に何度となく叩きつけるだけだった。自分がすばらしい大男になったような気がした。二度目にたった一度、仔猫は短かい濁った叫びをあげた。――それはすでに材木から跳ね反《かえ》って、土間の上に、後肢《うしろあし》でゆるく大きく輪を描いて静まった。材木の上に点々と滴《した》たった血が、少年たちを幸福にした。

登は深い井戸のなかを覗《のぞ》き込むように、猫の屍体《したい》の落ちかかってゆく小さな死の穴を覗き込んだ。その顔の近づけ具合に、自分の勇気りんりんたるやさしさ、ほとんど親切と言ってもいいほどの冷静なやさしさを感じた。雉子猫は口と鼻孔から赤黒い血を流し、ひきつった舌は上口蓋《こうがい》にしっかり貼《は》りついていた。

「おい、みんな寄れよ。これからは僕がやる」

首領はいつのまにかはめたゴム手袋に光る鋏《はさみ》を持って猫の屍《しかばね》の上へかがみ込んだ。すばらしい鋏、冷たい知的な威厳を持った鋏、それは物置の薄闇の、家具や古雑誌の堆積《たいせき》の央《なか》に涼しく光り、登はこれほど首領にふさわしい兇器《きょうき》はないと思った。

首領は片手で首をつかむと、鋏の刃先を胸に当てて、咽喉までやわらかに切り上げ、両手で皮を両側へ押しひらいた。皮を剝《む》いた筍《たけのこ》のような、つややかな白い内部があらわれた。それは肌脱ぎになった優雅な首が、猫の仮面をかぶって、横たわっているように見えた。

猫はただ表面だった。この生命はただ猫のふりをしていただけだ。

内部は、……この滑らかな無表情な内部は、登たちとまったく共通ながら、彼らはこの白くつややかで沈静な内皮の存在へ、あたかも水に臨む船のように、自分たちの真黒な、錯雑した、まだ生きている内部が、影を落して臨んでいるのを感じた。ここでこそ、彼らは猫と、正確には猫であったものと、はじめて緊密に結ばれるのだ。

次第に露《あら》わになってゆく猫の内皮の、半透明な真珠母の美しさには、いやらしさがみじんもなかった。肋骨《ろっこつ》が透いて見え、さらに大網膜の下に温かく家庭的に動いている腸が透いて見えた。

「どうだい。あんまり裸かすぎるよね。こんな裸かになってしまっていいものだろうか。とても礼儀知らずみたいじゃないか」

首領がゴム手袋で胴体の皮を左右へ押しのけながら言った。

「ずいぶん露骨だなあ」

と二号がさらに追随して言った。

登は目の前に見えるものが、そんなに露わな姿で世界に接しているのを、昨夜見た男と母の、あれ以上はない露わな姿と比べてみた。でも、これに比べれば、あれはまだ十分に露わではなかった。あれはまだしも皮膚に包まれていた。そしてあのすばらしい汽笛は、汽笛のひろがりが描く広大な世界は、こんなに奥深くまでしみ込んではいなかった筈だ。……皮を剝かれた猫は、透けて見える内臓の動きで、もっとひりと直接に世界の核心に接している筈だ。

今ここではじまっていることは何なのか？　次第に募る異臭に、ハンカチを丸めて鼻につっこみ、口で熱い息をしながら、登は考えていた。

血はほとんど出なかった。首領が鋏で薄皮を切り裂くと、大きな赤黒い肝臓が目に映った。それから彼は白い清潔な小腸をほどいて繰り出し、湯気がゴム手袋にまつわって立った。彼は腸を輪切りにして、そこから檸檬《レモン》いろの汁《しる》を絞り出してみせた。

「フランネルみたいな切り心地だぜ」

登はこれ以上はないほど正確に眺《なが》めながら心はぼんやりと夢みていた。猫の紫いろに白斑《はくはん》の浮いた死んだ瞳《ひとみ》。凝結した血がいっぱい溜《たま》った口。牙《きば》の間にのぞけるひきつった舌。

彼は脂《あぶら》に黄ばんだ鋏が、肋骨を切ってゆく軋《きし》みをきいた。首領がその中を手さぐりして、小さな心嚢《しんのう》を引っぱり出し、そこから可愛《かわい》らしい楕円形《だえんけい》の心臓をつまみ出して、わずかな残んの血を迸《ほとばし》らせるのを詳《つぶ》さに見た。血は彼のゴム手袋の指をすばやく伝わった。

ここで起っていることは何だったろう? 登は何から何まで見ることに完全に耐えたが、半ば夢みている心は、散らかった内臓の温かさが、腹腔《ふくこう》にたまった血が、失われた猫の意識の大きなものうい魂の陶酔のうちに、ひとつひとつ完全なものになるさまを思い描いた。今体側に垂れている肝臓は、やわらかい半島になり、押しつぶされた心臓は、小さな太陽になり、引きずり出されて弛緩《しかん》した輪をえがいている小腸は白い環礁《かんしょう》になり、腹腔の血は、熱帯のなまぬるい海になる筈だった。そのとき猫は、死んでしまったために完全な、一つの世界になるのだった。

『僕は殺したぞ』と登は、ぼんやりと、遠い一つの手が自分に真白な賞状を渡してくれるところを夢みた。『僕はどんなひどいことだってやれるんだ』

首領はぎしぎしと手袋を脱ぎ、白い美しい手で登の肩にさわった。

「よくやった。君はこれでどうやら、いっぱしの、まともな人間になれたんだよ。……それにしても血を見ると、何て気分がせいせいするんだろう！」

第六章

つい今しがたみんなで猫を埋め、首領の家を出て来た出会頭に、竜二に会ったのはまずかった。手こそよく洗え、着ているものや体のどこかに、血がついてはいないか、臭気が移ってはしないか、登は犯行直後に知人に会った犯人の目色を、自分の目が示していはしなかったかと気に病んだ。

第一、ここの小路から登がこの時刻に出て来たことを、母に告げられるとまずいことになる。彼は全然別の友人と鎌倉へ行っていた筈だからだ。

登はこんな動顛《どうてん》から八つ当りをして、すべて竜二が悪かったのだと決めてしまった。仲間は挨拶《あいさつ》もそこそこに四散してしまい、車も人通りもたえた暑い路上に、午後四時の永い影を曳《ひ》いた竜二と登だけが残された。

登は死にたいほど恥かしい思いがしていた。彼はいつか折を見て、竜二をゆるゆると首領に紹介しようと思っていた。完璧《かんぺき》な状況のうちに、この紹介が成功すれば、首領もしぶしぶ竜二が英雄であることを承認し、登も面目を施す筈だった。

それなのに、こんな不幸な思いがけない出会のおかげで、二等航海士はびしょ濡《ぬ》れの半袖《はんそで》シャツの哀れな姿をさらけ出し、しかも登に対して、へつらうように、不必要な笑い方をした。その笑いは全く不必要だった。それは登を子供扱いにして貶《おとし》めるばかりではなく、竜二自身をも、「子供好きの大人」のみっともない戯画に変えてしまうものだった。彼の明るすぎる、子供むきの大仰な笑い、あれは全く不必要な、けしからん誤謬《ごびゅう》であった。

その上に竜二は、言うべからざることまで言ったのだ。

「やあ、奇遇だな。泳ぎはどうだった？」

そして登が、濡れたシャツを見咎《みとが》めて反問したとき、彼は正にこう言うべきだったのだ。

「ああ、こいつかい？　岸壁から身投げした女を救《たす》けて来たのさ。着たまんま泳いだのは、これで三度目だよ」

しかるに竜二はそう言いはしなかった。彼は世にも愚劣なことを言った。

「そこの公園の噴水を浴びて来たんだよ」

しかも不必要に笑いながら！

『この男は僕《ぼく》に好かれたいと思っている。新らしい女の息子の小僧っ子に、好感を抱かせるのは何かと便利なのだ』

と登は余裕のできた心で考えた。

——二人は何となく家のほうへ歩きだしていた。まだ二時間も暇のある竜二は、暇つぶしの相手を見つけ出した気持で、少年の歩くがままについて行った。

「二人とも、どうも変だな」

と歩きながら竜二は言った。こんな敏感な思いやりが登はきらいだった。しかしそのために、却《かえ》って懸案の言葉がすらすらと出た。

「僕とあの道で会ったことをママに言わないでね」

「ああ」

竜二がこういう秘密の保持をたのまれて、気をよくして、すぐ頼母《たのも》しそうに笑って受合ったのも、登には面白《おもしろ》くなかった。竜二はむしろ登を恐喝《きょうかつ》する素振を見せたらよかった。

「僕、海からかえったことになってるんだ。一寸《ちょっと》待ってね」

登は路傍の道路工事の砂の山へ飛んでゆき、運動靴《ぐつ》を脱いで、跣足《はだし》の足から脛《すね》へ砂をまぶした。竜二ははじめてこの取り澄ました知ったかぶりの少年の、動物的な敏捷《びんしょう》さに触れた。登は見られていることを意識して、ますます大袈裟《おおげさ》に、膝頭《ひざがしら》の上まで砂を引っかけ、こびりついた砂が落ちぬようにそっと運動靴を穿《は》いた。

「ほら、雲形定規みたいな形に砂がついたよ」

と彼は汗ばんでいる腿《もも》を示して、しずしずと歩き出した。

「どこへ行くんだい」

「家へかえるのさ。塚崎さんも一緒に来ない？　応接間は冷房があって涼しいぜ」

――彼らは閉め切った客間に冷房をつけ、竜二は大きな花冠のついた籐椅子《とういす》にふかぶかと腰を下ろし、家政婦に足を洗うことを命ぜられてわざとしぶしぶ足を洗ってきた登は、窓ぎわの籐の長椅子に横になった。

冷たいものを運んできた家政婦が又叱《しか》って言った。

「お客様の前でそんなお行儀のわるい恰好《かっこう》をして、ママに言いつけますよ」

登は竜二に目で救いを求めた。

「いいでしょう。今日は泳いできて疲れているらしいから」

「そうですか。でもあんまり……」

家政婦は竜二に好感を持たない気持を、登にぶつけているらしかった。そして不平でいっぱいの尻《しり》を左右へ重たく運んで、のろのろと出て行った。竜二の弁護が、今度は登との間に黙契を育てた。登は黄いろい果汁《かじゅう》を咽喉元《のどもと》へこぼしながら乱雑に飲み、それから竜二のほうへ向いてはじめて目で笑った。

「僕、船のことなら何でも知ってるんだよ」

「君は専門家はだしだな」

「お世辞はいやだ」

と少年は一瞬、母親の絽刺《ろざし》のクッションから頭をもたげて、狂暴な目になった。

「塚崎さんは何時ごろワッチをするの?」

「昼と夜、どっちも十二時から四時までだよ。二等航海士は、だから『泥棒《どろぼう》ワッチ』って言われるんだ」

「泥棒ワッチだって、おもしろいな」

少年は今度は笑って、弓なりに体を反らせた。

「何人でワッチをするの?」

「当直士官一人と操舵手《そうだしゅ》二名だよ」

「時化《しけ》の時って、船はどのくらい傾く？」

「ひどいときは三十度から四十度ぐらい傾くな。四十度の坂って、登ってみろ、塀《へい》へよじのぼるような気がするぜ。すごいよ、そんなときはとにかく……」

竜二は言葉を探して、遠くへ目を向けた。登はその目の中に大洋の嵐《あらし》の波浪を見た。そして軽い船酔いを身内に感じ、恍惚《こうこつ》とした。

「塚崎さんの船は不定期船なんだね」

「ああ」

と竜二はかすかに矜《ほこ》りを傷つけられて、不本意な声で答えた。

「三国間輸送なんかすることあるの？」

「何でも知ってるんだな。オーストラリアからイギリスへ小麦を持って行くこともあるさ」

登の質問は急激で、関心はそれからそれへと飛び移った。

「あのね、フィリッピンの大宗《メイン》カーゴは何だっけ？」

「ラワンだろう」

「マラヤは？」

「鉄鉱石だな。じゃ、キューバの大宗《メイン》カーゴは知ってるか」

「知ってるよ。砂糖に決ってるよ。ばかにするなよ。……ねえ塚崎さん、西印度《インド》諸島へ行ったことある？」

「あるよ。たった一度だが」

「ハイチへ寄った？」

「ああ」

「いいなあ。どんな樹《き》があるの？」

「樹？」

「樹だよ。街路樹だとか……」

「ああ、その樹か。まず椰子《やし》だな。それから山のほうは火焔樹《かえんじゅ》でいっぱいだ。それから合歓《ねむ》の樹。火焔樹が合歓《ねむ》に似てるんだったか、俺《おれ》はよく憶《おぼ》えていない。とにかく焔《ほのお》とそっくりな花だ。夕立が近づいて来て空が真黒になると、その焔がすごい色になるんだ。あんな花を俺はまだ見たことがない」

彼は孔雀《くじゃく》椰子の林に対する理由のわからない愛着を語ろうとした。しかし子供にそんな話をする方途がつかぬままに口をつぐむと、却って、心の中にはペルシャ湾の世界終末的な夕焼けや、アンカー・ダヴィットのかたえに立つときに頰《ほお》を撫《な》でる海軟風や、台風の接近を告げる晴雨計の指度の苛立《いらだ》たしい降下や、……航海のさまざまな事象、海洋が刻々と感情に及ぼす夢魔のような力が呼び起された。

登はというと、さっき嵐の波浪を竜二の目の中にはっきりと見たように、今度は、竜二の心がつぎつぎと喚起する幻影を、つぎつぎとその目に読んだ。未知の風土の幻と、白ペンキ塗りの航海用語に取り囲まれて、登は竜二と共に、遠いメキシコ湾や、印度洋や、ペルシャ湾へ、たちまち運び去られるような気がした。すべては目の前にあらわれたこの本物の、実物の、二等航海士のおかげだった。どうしても登の空想には、こんな本物の媒体が必要だった。それは正に久しく待たれたものだったのだ。

登は幸福のあまり、じっと目を閉じた。

『こいつは眠くなったんだな』

と竜二が思うやいなや、目をひらいた少年はすぐ目近《まぢか》に、実物の二等航海士の存在をもう一度たしかめて狂喜した。

二馬力の冷房がしめやかな音を立てて働らいている部屋は、すっかり涼しくなっていた。竜二のシャツもすでに乾き、彼は太い腕を頭のうしろで組んだ。籐のこまかい細工の綾《あや》の、冷ややかな起伏が指に触れた。

さっき登がちょっと目を閉じた瞬間に、この二等航海士は、登が夢みたような本物の実体から脱け出していた。彼の目はすでに、涼しい仄暗《ほのぐら》い室内を見廻《みまわ》し、ちゃんと炉棚《ろだな》に鎮座している金いろの置時計や、高い天井から下っている切子硝子《きりこガラス》のシャンデリアや、飾棚に危うく立っている腰高の玉の花瓶《ぎょくかびん》や、それらすべて繊細で微動もしないものをふしぎそうに眺《なが》めていた。この部屋が揺れはじめないのは、どんな微妙な摂理に依《よ》るのであろう。きのうまで自分には絶対に縁のなかったこれらの品々と明日は又別れてゆく身ではあるが、これらと自分を結びつけたものが、みんな女との一瞬の目くばせ、肉体の深みから洩《も》れた一つの合図、要するに彼の男の力そのものだと感じることは、海の上の見しらぬ船の出会のように、彼を神秘な気持にさせた。そしてこうした状況を形づくった彼の肉体の、この場所におけるものすごい非現実性に戦慄《せんりつ》した。

『俺が一体或《あ》る夏の午後ここにこうしているということはどういうことなんだ。ゆうべ出来た女の息子と、ここにこうしてぼんやり坐《すわ》っている俺は、一体何者だろう。きのうまでは、「海の男と決めてる俺も……」というあの歌と、あの歌に流す俺の涙と、二百万円の貯金帳とが、俺の現実性をちゃんと保証してくれていたのに』

登はもとより、竜二がこんな空虚に沈んでいることは何も知らなかった。竜二がもう二度と自分のほうを見てくれないことにも気づかなかった。

彼は昨夜からの寝不足と、衝撃の連続に疲れ果て、家政婦には海のおかげだと言い繕った真赤な目を、ようようみひらいている努力も衰えて来て、体ごと揺れているような眠りに落ちかけながら、決して動きもせず揺れもしない退屈で不毛な世界の合間に、昨夜から何度かちらりと姿を現わした、光りかがやく絶対の現実を心に反芻《はんすう》した。それらは平坦《へいたん》な闇《やみ》の織物の中から、すばらしい金無垢《きんむく》の刺繍《ししゅう》を突出させた幾つかのもの、……すなわち、月に照らされた肩をめぐらして、汽笛のほうへ振向いた裸かの二等航海士、……歯をむきだした生《き》まじめな仔猫《こねこ》の死顔とその赤い心臓、……これらのきらびやかな実体だった。それらはいずれも生粋《きっすい》の本物で、……それなら竜二も本物の英雄だった。それはすべて海の上の、あるいは海の内部での出来事だ。……彼は眠りの中へ溺《おぼ》れてゆく自分を感じた。幸福だ、何と言っていいかわからないほど幸福だ、と登は思った。……

——少年は眠ってしまった。

竜二は時計を見て、そろそろ出かけるべき時刻だと思った。キッチンのほうのドアを軽くノックして、家政婦を呼んだ。

「寝てしまいましたよ」

「いつもああなんですよ」

「寝冷えするだろう。毛布か何か……」

「はい。今掛けておきます」

「私はもう出かけますから」

「又夜分にはお帰りでしょ」

阿媽《アマ》上りの家政婦は厚い瞼《まぶた》の下から、笑いをにじませて、竜二をちらと見上げた。

第七章

それが本心から出たものであろうとなかろうと、女という女が船乗りに向って、古代から繰り返してきた同じ言葉、水平線の権威をそのまま認め、あの青い不可解の一線をやみくもに崇拝する言葉、どんな矜《ほこ》り高い女にも、娼婦《しょうふ》のさびしさと空頼《そらだの》みと自由を与える同じ言葉、すなわち、

「明日はもうお別れね」

という言葉を、房子は何とかして言わずにいたいと思った。

他方、房子には、竜二がそれを言わせたがっていることもわかっていた。彼が単純な男の矜りを、別れを嘆く女の涙に賭《か》けていることもわかっていた。それにしても竜

二は何という単純な男だったろう！　昨夜の公園の会話でもわかったことだが、彼がその物思わしげな表情から、どんなに深遠な思想やロマンチックな熱情を語りだすかと想像させるとき、突然、船の厨《くりや》の青い菜っ葉や、ききもしない自分の生い立ちのことなどを語り出し、さんざん言葉をたわめているように見えたあげく、流行歌を歌い出したりしたのである。

しかし房子は、竜二の心が質実で、夢や幻想にとらわれず、造りのしっかりした古い家具のように、想像力よりも耐久力に縁のある、そういう安全な特質を持っているのが好もしかった。あんまり永いあいだ自分を大事に保ち、危険という危険を避《よ》けて通ってきた彼女は、昨夜からの自分の思いがけない危険な振舞にびっくりして、せめて相手から、できるだけ安全性の保証を得たいと思っていた。そう思う房子には、むりにでも相手の質実さを、誇張して考える必要があった。彼女は竜二が少くとも彼女に経済的な迷惑なんかをかける男ではないことを見抜いたのだ。

——馬車道へビーフ・ステーキを喰《た》べに行く道すがら、噴水のある前庭を控え、黄と赤の豆電球を入口の幌《ほろ》につらねた小さな新らしい店を見つけて、二人は入って食前の酒を呑《の》んだ。

房子のたのんだメント・フラッペには、どういうつもりか、柄《え》つきの桜桃《さくらんぼ》が刺してあった。房子は器用に歯でしごいて桜桃を喰べ、柄つきのままの薄桃いろの種子《たね》を、硝子《ガラス》の浅い灰皿《はいざら》に置いた。

前庭の噴水にかかっていた夕映えの名残は、ひろい窓かけのレエスを透かして、客のまばらな室内にもぼんやりとにじんでいた。多分こんな色めいた、しかし稀薄《きはく》な光線のためだったろう。房子の口から出た桜桃の種子は、なめらかで温かく、ほのぼのと乾きはじめ、何とも言いようがないほど桃いろで、……ひどく色情的に、竜二の目には映った。

彼はつと手をのばして、それを口に入れた。房子はおどろいて声をあげたが、やがて笑いだした。房子にとっても、こんなに肉体の睦《むつ》み合いの安らかさが感じられた瞬間はなかった。

二人は食後の散歩に、人通りの少ない常盤《ときわ》町界隈《かいわい》を選び、夏の宵《よい》の身もとろけるようなやさしさの虜《とりこ》になって、黙って指をからめて歩いた。空いているほうの手で、房子は、今日の午後店の暇な時刻を見計らって二十分ほど、美容院へ走って撫《な》でつけてもらった髪にちょっと触れた。いつもは軽く刷《は》くならいの香油を、

「油はなしにして」

と房子が言ったとき、美容師が怪訝《けげん》な顔をしたのを思いだして赧《あか》くなった。房子の髪も体も、夏の夜の街の匂《にお》いの中で、しどけなく解《ほぐ》れて来そうである。房子の指とからめ合っている男の太い指、これが明日は水平線の彼方《かなた》に没する。そんなことが房子には、とても信じられない、壮大なばかばかしい嘘《うそ》のように思われる。

「あなたのおかげで堕落したわ」

ともう閉めている植木会社の金網のところで突然房子は言った。

「何故《なぜ》さ」

と竜二はおどろいて立止った。

房子は即売の熱帯樹や灌木《かんぼく》や薔薇《ばら》をぎっしりと植え、すでに灯《ひ》を消してこんもりと暗いその金網の中をのぞいた。暗くて、繁《しげ》り合った葉が不自然に錯綜《さくそう》していて、急に自分の内部を見せつけられたような不気味な眺《なが》めである。

「何故さ」

ともう一度竜二はきいたが、房子は答えなかった。彼女は自分がちゃんとこの土地に門戸を張って生きてきたのに、まるで港の女のように、男に取り残されるという生活の形を強《し》いられることになった不満を言い立てたい。しかし、そう言うことは、も

う一歩のところで危うくも、

「明日はもうお別れね」

と言ってしまうのと同じことだった。

——竜二は竜二で、船での孤独な生活から、自分にわからないことは強いて詮索《せんさく》しない習慣がついていた。それは、いずれにしても、女の洩《も》らしがちな託ち言《かこごと》で、彼の二度目の「何故」には、なぶるような調子がまじっていた。

明日この女に別れることが辛《つら》く思われれば思われるほど、その情緒の同じ根が、彼の夢みがちなリフレインを、すなわち、

「男は大義へ赴き、女はあとに残される」

という、何の実体もないリフレインを誘い出した。そのくせ航海の行く手に、大義なんかありはしないことを、誰《だれ》よりもよく知っているのは竜二であった。そこには夜を日につぐワッチ、単調きわまる生活、散文的な退屈さ、みじめな虜囚《りょしゅう》の身の上があるばかりだった。

それから幾多の警告の電報、

「最近、伊良湖《いらご》水道南と、来島《くるしま》海峡入口附近の社船の衝突事故、相継ぎ起きた。狭窄《きょうさく》な水路、港の入口附近の運航には特に注意乞《こ》う。当社の現況にかんがみ、海難の絶無

を期して猶《なお》一層の努力乞う。海務部長」

いわゆる海運不況がはじまってから、こういう冗長な電文には、必ず、「当社の現況にかんがみ」という決り文句が入るようになっていた。

来る日も来る日も、天候、風向、風力、気圧、海上、温度、相対湿度、測程儀の示す示度、速力、航程、それから廻転数《かいてんすう》を記入しつづける操舵手《そうだしゅ》の日記。人間の心が誌《しる》されない代りに、日々の海の気まぐれな心が精密に誌されるあの日記。

メス・ルームの汐汲《しおくみ》の人形。五つの丸窓《ポールト》。壁の世界地図。天井から下ったソース入れの鬢《びん》に、あるときは窓の丸い日ざしが迫って来て、急に遠ざかり、又、もう少しでその揺れている焦茶《こげちゃ》いろの液体を舐《な》めようとして、又急に引き離される。

調理室の壁には、

「味噌汁《みそしる》、茄子《なす》豆腐、

丸干大根、

納豆、青葱《あおねぎ》、辛子」

などという朝の献立や、ポタージュからはじまる洋食の中食《ちゅうじき》の献立が、麗々しく紙に書いて貼《は》ってある。

それから、こんがらかったチューブの中で、エンジン・ルームの緑いろに塗ったエンジンは、いつも重症の熱病患者のように、身を慄《ふる》わせて唸《うな》っている。

……明日から、これらのものが、再び竜二のすべてになるのだ。

——彼と房子が、そのとき話していたのは、植木会社の金網の塀《へい》の、丁度くぐり戸のところだった。竜二の肩がこころもちその網戸を押した。すると、鍵《かぎ》がかかっていず、戸は内側へ柔らかくひらいた。

「あら、中へ入れるんだわ」

と房子は子供らしく目を光らせて言った。二人は、番小屋の明りのついた窓を一角にぬすみ見ながら、この足の踏み場のないほど繁った人工の叢林《そうりん》の庭へ忍び入った。

彼らは手をとりあって、薔薇の棘《とげ》を避けながら、足もとの花々を庇《かば》いながら、背丈ほどの叢林を抜け、ユッカ蘭《らん》や芭蕉《ばしょう》や棕梠《しゅろ》・カナリー椰子《やし》・フェニックスなどの椰子類やゴムの木などの熱帯植物ばかりが繁茂している一隅《いちぐう》へ辿《たど》りついた。

そこで見る白いスーツの姿の房子は、熱帯の風物の中ではじめてこの女に会ったような感じを竜二に起させた。尖《とが》った葉に目を突かれぬように用心しいしい、二人はうまい具合に身を倚《よ》せ合った。蚊の低い唸りのなかで、房子の香水の薫《かお》りが立った。竜二にはこれが、時間と場所の錯覚をもたらす世にも悩ましい状況だった。

しかも金網一つを隔てた外には、いくつかの小さな赤いネオンが金魚のようにゆらめき、時折自動車の前燈《ぜんとう》が、この密林の影を薙《な》ぎ倒した。

筋向いの洋酒屋の赤ネオンの点滅が、棕梠の葉かげの女の顔に及んで、白い頰《ほお》をぽうっと赤く染め、赤い唇《くちびる》を黒ずませたりした。竜二は房子を抱いて永い接吻《せっぷん》をした。すると二人ともおのおのの感覚の中に沈潜して、房子は房子で、その接吻から痛切に明日の別れだけを感じとった。男の頰を撫《な》でて剃《そ》り跡の熱い梨子地《なしじ》に触れ、男の荒々しい胸から立つ肉の匂《にお》いを嗅《か》ぎ、房子の心は男の体のすみずみまでが別れを告げているのを感じた。それほど竜二の堅固でしゃにむにの抱き方は、今、房子の存在を確かめたがっていることがありありとわかった。

竜二にとっては、その接吻は死だった。かねて彼の考えていた恋の中の死そのものだった。女の唇のいいしれぬ滑らかさ、目をつぶっていても闇《やみ》の中のその紅《あか》さがわかる口腔《こうこう》の無限の潤《うるお》い、なまあたたかい珊瑚礁《さんごしょう》の海、藻《も》のようにそよいでやまぬ女の舌、……これらの与える暗い恍惚《こうこつ》には、直下《じきげ》の死につながるものがあった。明日は別れることを百も承知で、今はこの女のためなら死んでもいいような心地がした。彼の心の中で死はなまめいていた。

——そのとき、新港埠頭《センター・ピアー》の方角から、遠い汽笛がおぼろげに伝わってきて、あたりに充《み》ちた。それは音のあいまいな霧がひろがるようで、彼が船乗りでなかったら、耳にもとまらなかったにちがいない。

『今ごろ出る貨物船があるんだな。荷役がおわったのは、どこの会社の船だろう』

接吻のさなかに、彼はそう思って、目をさました。するとその汽笛は、彼の裡《うち》に、誰もさだかにはそれと知らない「大義」を呼びさましたように思われた。大義とは？それはただ、熱帯の太陽の別名だったかもしれないのだ。

竜二は唇を離して、ゆっくりとかくしを探った。房子は待っていた。彼がかくしの中で、がさつな紙の音をさせて、やや歪《ゆが》んだ一本の煙草《たばこ》をとり出して口にくわえ、ライターを手にしたとき、房子は怒って、そのライターをとり上げた。竜二は曲った新生をそのほうへ近づけた。

「火なんかつけて上げないわ」

と房子は言った。そして軽い金属音と共に燃え上った焔《ほのお》を、動かない瞳《ひとみ》に宿して、房子はかたわらの棕梠の枯れた花房をそれで焼きつづけた。花には火が移りそうでなかなか移らず、竜二は房子のその念入りな作業を怖《おそ》れた。

そのうちに竜二は、房子の頬に、ライターの焔に照らされて流れている一条の涙を見た。竜二がそれに気づいたと知ったとき、房子はライターの火を消した。彼はもう一度女を抱きしめたが、女の涙をたしかめたことにほっとして、竜二も泣いていた。

＊＊＊

登はいらいらして母の帰宅を待っていた。十時ごろ、電話のベルがひびいた。しばらくして家政婦が彼の部屋へしらせに来た。

「ママは今夜はよそへお泊りですって。あしたの朝は一度お帰りになって着換えをしてから、お店へ出るんだって言ってらしたわ。だから今夜はお一人で勉強をするんですよ。夏休みの宿題をまだ片附《かたづ》けていないでしょう」

彼が物心ついてから母が一人で家をあけたことは一度もなかった。登はこんな成行《なりゆき》自体にはおどろかなかったが、不安と怒りで真赤になった。今夜も亦《また》、抽斗《ひきだし》の奥の覗《のぞ》き穴から、どんな啓示が現われ、どんな奇蹟《きせき》が示されるか、ずっとたのしみにしていたのである。

昼寝をしたために少しも眠くなかった。

机の上には、数日後にはじまる新学期を前に、まだ仕残した宿題が山積していた。明日竜二が発《た》ったら、母はいくらか手つだってくれるだろう。それとも数日はぼうっとしていて、息子の宿題にまで頭が廻《まわ》らぬだろうか。手つだってくれたところで、母にできるのは国語や英語や図工ぐらいで、社会もあやしいものだし、理科や数学にいたっては、てんから無理だ。あんなに数学ができなくて、どうしてお店をやってゆけるのだろう。渋谷支配人にいいようにされてるんじゃないだろうか。

いくら参考書を引っくり返していても、心は少しもそこに止《とど》まらなかった。母と竜二が今夜は確実にここにいないということが、却《かえ》って彼を悩ましくさせていた。

登は立ちつ居つ、ついには窄《せま》い部屋の中を歩きまわった。どうしたら寝られるだろう。母の部屋へ行って、夜の船の檣燈《しょうとう》を見るとしようか。或《あ》る船の赤い檣燈は夜もすがら点滅をつづけ、あるいは昨夜のようにこの時刻にも汽笛が高鳴って、出帆してゆく船があるかもしれない。

そのとき登は母の部屋のドアがあく音をきいた。ひょっとすると母は登をあざむいて、竜二と二人でかえってきたのかもしれない。彼はいそいで例の大抽斗を、音を立てぬようにそっと引出して、抱えて床に置いた。それだけで汗がしとどになった。

登が自分のドアのノックをきいたのはこのときだった。彼はあわててドアへ走り寄った。どうしてもこんな時刻に、由《よし》ありげに抜き出した抽斗を見られてはならなかった。そこで力のありたけでドアを押した。ノブは二三度、卑俗な音を立てて空《むな》しく廻された。

「どうしたの？　入っちゃいけないの？」

と言う声は、しかし家政婦の声である。

「どうしたの？　まあ、いいわ。じゃ、灯《あか》りを消して早くおやすみなさい。もうかれこれ十一時ですよ」

登はなおドアに身を押し当てて頑《かたく》なに黙っていた。

すると意外なことが起った。鍵穴《かぎあな》に鍵がさし込まれたかと思うと、それが乱暴に廻されて、ドアは外から鎖《と》ざされてしまった。家政婦が合鍵を持っていようとは、登のはじめて知ることだった。彼は母がすべての鍵を持って出たと思っていたのだ。

ひどく怒って、額にいっぱい汗をかいて、彼は力まかせにノブをまわした。ドアはもう開《あ》こうとはしなかった。家政婦のスリッパが、階段をきしませて下りてゆく音が遠ざかった。

登のもう一つの痛切な望み、こんな千に一つの機会に家を忍び出て、首領の家へ行って、窓の外から合言葉を使って、首領を起すという望みも絶えてしまった。彼は世界中の人間を皆憎んだ。そして長い日記を書いた。竜二の罪科も、忘れずに書きつけた。

「塚崎竜二の罪科。

第一項、昼間会ったとき、僕《ぼく》にむかって、卑屈な迎合的な笑い方をしたこと。

第二項、濡《ぬ》れたシャツを着ていて、公園の噴水を浴びたなどと、ルンペンのような言訳をしたこと。

第三項、勝手に母と外泊して、僕をひどい孤立的な境遇に置いたこと。」

しかし登は、考え直してみて、この第三項だけは削除した。第一、二項の、美的な、理想的な、又それゆえに客観的な価値判断と、第三項の判定はあきらかに矛盾していた。考えてみれば、第三項のような主観的な問題は、登自身の未成の証拠にこそなれ、決して竜二の罪科にはならなかった。

怒りのまぎれに、登は山ほどの歯磨《はみがき》クリームを刷子《ブラシ》に載せ、歯茎から血の出るほどに口のなかをかきまわし、列《なら》びのわるい歯が薄緑の細泡に包まれて、子供らしい犬歯の白く光る尖《さき》だけをあらわしているのを、鏡の裡《うち》にながめて絶望した。薄荷《はっか》の匂《にお》いが彼の怒りを純粋なものにした。

登はそこらにシャツを脱ぎ飛ばしてパジャマに着かえ、部屋の中を見まわした。証拠物件の抽斗が、まだしまわれずにいる。抜き出したさっきよりも、ずっと重く感じられるそれを持ち上げたとき、登は、思いついて又それを床に置いた。馴《な》れた身のこなしで、するすると抽斗の跡に身をくぐらせた。

もしやあの穴がふさがれたのではないかと思ってぞっとした。穴は見えなかった。しかし指でさぐってみて、たしかに穴はもとのままにあるのを知った。ただ向う側に、穴を一目で示すほどの光りがなかったのだ。

登はじっと穴に目をあてた。さっき母の部屋のドアがあいたのは、家政婦が入って、丁寧に遮光《しゃこう》の窓掛をすっかり閉めに行くためだったとわかった。永く瞳《ひとみ》を凝らすうちに、ニュー・オルリーンズ風のベッドの真鍮《しんちゅう》の、ほんのりとした光りの輪郭は窺《うかが》われた。しかしそれはごく微細な、ほんの黴《かび》のような光りにすぎなかった。

部屋全体は大きな棺の中のように、暗く、黒々と、昼の熱気の名残をこめて、どこもかしこもただ闇の濃淡ばかりで、登がまだ見たこともない、この世のもっとも真暗なものの微粒子がひしめいていた。

第　八　章

ゆうべ二人は山下橋の袂《たもと》にある古い小体《こてい》なホテルに泊った。大きなホテルに泊ることとは、横浜ではかなり顔の売れている房子には憚《はばか》られた。房子がその前をとおったことは数しれぬほどあるが、埃《ほこり》っぽい植込みをめぐらした二階建の趣きのない建物、区役所のような玄関、船会社の大きなカレンダーを壁に貼《は》った殺風景なフロントが、入口の素通しの硝子《ガラス》ごしにのぞけるそんなホテルに、いつか自分が泊ることになろうとは思わなかった。

朝のうちほんの短かい仮睡をとって、二人は出帆まで一旦《いったん》別れた。房子は家へかえって着換えをして店へ出、竜二は、買物に出る一等航海士に代って、出帆直前まで、荷役の監督をせねばならなかった。もともと荷役に大切なロープの保全は、彼の責任に属していた。

出帆は午後六時と決った。碇泊《ていはく》中雨もなかったので、荷役は四昼夜の予定どおり捗《はかど》り、出航する洛陽丸《らくようまる》はブラジルのサントスへ向って荷主次第の気まぐれな旅に出るのだ。

房子は午後三時に店を早退《はやび》けして、もうしばらく日本の女の着物を見ることのない竜二のために、縮緬《ちりめん》の浴衣《ゆかた》を着て、銀の長柄《ながえ》の日傘《ひがさ》を携え、登を連れて、車で家を出た。路上は閑散で、四時十五分すぎごろには、車はすでに埠頭《ふとう》に着いた。

黒タイルの象嵌《ぞうがん》の文字で市営三号と書かれた上屋《うわや》のまわりには、まだ数台のクレイン車やトラックが群がり、洛陽丸のデリック・ブームはまだ不安定に動いていた。房子は、竜二が仕事をすませて下りてくるまで、冷房の車内で待っていようと思った。

しかし登はじっとしていなかった。車から飛び出して、動きに充《み》ちた高島埠頭の、艀《はしけ》だまりや倉庫の裏表をのぞいて歩いた。

上屋の中には汚れた緑の鉄骨の交叉《こうさ》の下に、英字の版を捺《お》し角々に黒い留金をつけた、新らしい白い木箱が山積していた。いつも見る川を辿《たど》って水源に達したときのように、子供たちが鉄道に寄せる夢の到達点を目のあたりに示して、そんな山積する荷の中へ引込線が消えてゆくのを見ると、登は自分が一つの夢の末端に立ったという喜びと一緒に、軽い失望を味わった。

「ママ！　ママ！」

彼は車へ走り寄って、窓硝子をはげしく叩《たた》いた。洛陽丸の船首の揚錨機《ウインドラス》のところに竜二の姿をみとめたからである。

房子は傘を持って車を下りた。そして登と並んで、はるか高い竜二の姿へ手を振った。竜二は汚れたシャツに船員帽を斜めにかぶり、手をあげて二人に応《こた》えたが、又忙しげに姿を消した。そうして竜二が働らいており、もう間もなく出発するということを、登は何ともいえず誇らしく感じた。

再び彼が姿を現わす時を待って、房子も日傘をひろげて外に立ち、岸壁になおつながれている洛陽丸の三本の繋船用太索《ホーサー》が、港の景色をくっきりと大まかに区切っているのを眺《なが》めた。西日に炎《も》え立つこの明るすぎる風景のすみずみまでを、潮風のなかの塩分のような、或《あ》る強い、ひりひりする悲哀が蝕《むしば》んでいた。ときどき起る鉄板を叩く音にも、鋼索を投げ出す音にも、永いうつろな余韻を与えるのは、明るい空気のなかに織り込まれている同じ悲哀の力だった。

コンクリートの地面の反射は、逃げ場のない暑さをこもらせ、多少の海風は役に立たなかった。

母子は岸壁の外れにしゃがみ、強い西日を背に受けながら、黴のような白い斑点《はんてん》のいっぱいある石敷に、あぶくを立てて小さく波を寄せる海水を見つめていた。艀溜り《はしけだま》の舫《もや》い舟《ぶね》のおのおのは、かすかに揺れては躙《にじ》り寄り、又離れていた。それらにひるがえる洗濯《せんたく》物をかすめて鷗《かもめ》が飛び、汚れた水にうかぶ幾多の木片のうちでも、一本の丸太はつややかに光って、水のうねりのままにめぐった。

笹立《ささだ》つ浪《なみ》をじっと見ていると、日を照り返す光る側面と紺いろの側面とが微細に交代して、あんまり同じ綾《あや》を描きつづけるので、その文様だけがこちらの目の中に入ってしまうように感じられる。

登は洛陽丸の船首吃水標《きっすいひょう》の数字が、水に近い60から昇って行って、84と86の間に吃水線をはさんで、ついには錨穴近くの90にまで達するのを、声を出して読んでいた。

「あすこまで水が行っちゃうことがあるんだろうか。そうしたら大変だね」

母の気持をよく察している登は、そうして海に見入っている母の姿を、再び例の鏡の前の一人ぼっちの裸の姿と似たように感じながら、ますます子供らしさを装って、そう言った。しかし母は答えなかった。

港の水域のむこうには、薄鼠《うすねず》いろの煙が棚引《たなび》く中区の街衢《がいく》や、紅白の縞《しま》のマリン・タワーが聳《そび》え立ち、沖は白い檣《ほばしら》の林に占められていた。そのかなたには真向《まっこう》から西日を受けたまばゆい積雲がわだかまっていた。

すると洛陽丸の向う側から、荷役を終った一艘《そう》の達磨船《だるません》が、ポンポン蒸気に曳《ひ》かれて、離れ去ってゆくのが見えた。

——竜二が船から下りてきたのは、五時をやや廻《まわ》ったころであった。そのとき彼の下りてくる舷梯《げんてい》には、すでに吊《つ》り上げるための銀いろの鎖《チェイン》がとりつけられていた。黄いろいヘルメットをかぶった大ぜいの仲仕が、その舷梯を下りてきて、N港湾作業株式会社と書かれたバスに乗って、帰って行ったのはその前だった。船側に停《とま》っていた港湾局の八噸《トン》積のクレイン車が、帰って行ったのもその前だった。荷役は済んだ。竜二が姿を現わしたのは、それから間もなくである。

房子と登は竜二のほうへ、長い影を追って走り出した。竜二は登の麦藁《むぎわら》帽子に手をのせて押しつぶし、帽子のつばが目にかぶさってもがく登を見て笑った。労働が竜二を快活にしていた。

「いよいよお別れだ。船が出るときには僕は船尾《とも》にいます」

と彼は遠い船尾のほうを指さして言った。

「着物で来たのよ。もうしばらくあなたは着物を見ることはないでしょう」

「アメリカ団体旅行の日本人のおばさん以外はね」

二人はおどろくほど話すことがなかった。房子は、これからの自分の確実な孤独について、何か言おうと思って、よした。歯をあてられた林檎《りんご》の白い果肉が、その嚙《か》み跡からたちまち変色するように、別れは三日前にこの船で二人で会ったときからはじまっていた。従ってこの別れの感情には、本当のところ、何一つ目新らしいものはなかった。

登はといえば、登は子供らしさを装いながら、この人物、この状況の完璧《かんぺき》性を見張っていた。見張りが彼の役目だった。与えられた時間はなるたけ短かいほうがよかった。短かければ、完璧性がそこなわれる度合も少ないだろう。

今、竜二は、女と別れて地球の裏側へ旅立ってゆく男として、一人の船員として、二等航海士として、完璧な存在だった。母もそうだった。母も残された女として、歓《よろこ》びの思い出と別れの悲哀をのこりなく孕《はら》んだ美しい帆布として、完璧な存在だった。この二日間に、二人はいろいろと危なっかしい失錯も演じたけれど、今の瞬間は申し分がなかった。登はただ竜二がこの上、何かばかばかしいことを言い出しはせぬかと怖《おそ》れた。彼は麦藁帽子の深いつばの下から、かわるがわる二人の顔を窺《うかが》った。

竜二は女に接吻《せっぷん》したいと思ったが、登を憚って、できなかった。しかし彼は、死んでゆく人のように、みんなに平等にやさしくありたいと望んだ。他人の感情と他人の思い出のほうが、自分の存在よりもずっと重要だと感じることの、この悩ましく甘い自己放棄の裡《うち》に、竜二は一刻も早く姿を消してしまいたかった。

房子は房子で、自分がこれから、待ちくたびれた女になるという予想を、まだ少しも自分に許す気になれなかった。むさぼるように男を見つめ、これで十分だという境界を探していた。男は一つの輪郭を持った、そしてその輪郭から決してはみ出そうとしない、頑固《がんこ》な物体のように見えることが、房子を苛立《いらだ》たせた。もしこれが輪郭のあいまいな、霧のようなものであったらどんなによかったろう。このつまらない頑固な物体は、記憶が消化してしまうには固すぎるのだ。たとえば彼のはっきりしすぎた眉《まゆ》、たとえば彼のしっかりしすぎた肩……。

「手紙下さいね。面白《おもしろ》い切手を貼ってね」

と自分の役割をよく心得ている登が言った。

「ああ。港々から出すよ。そっちからも手紙をくれよな。船乗りには手紙が一番のたのしみなんだ」

彼は出航の準備のためにもう行かねばならぬと言訳を言った。三人はかわるがわる握手をした。竜二は銀いろの舷梯を上ってゆき、その頂きでふりかえって帽子を振った。

日は徐々に倉庫の屋根の上に傾きかけ、西空は炎に包まれ、それが白い船橋の正面をまばゆく照らし、キング・ポストや茸型《きのこがた》通風筒の影を船橋へくっきりと描いた。飛び交わす鷗の翼は暗くて、腹だけが日を受けて鮮やかな卵いろに明るむのを登は見た。

洛陽丸のまわりは、去る車は去って、西日がほしいままに漲《みなぎ》るばかりで、深閑とした。しかし、なお高い手摺《てすり》を拭《ふ》いている水夫や、片目に眼帯をつけペンキの缶《かん》をぶらさげて、とある窓枠《まどわく》にペンキを塗っている水夫の小さな姿が見られた。いつのまにか出帆旗《ブルー・ピータア》を頂きに、青や白や赤の信号旗が、マストから斜めに上げられている。

房子と登はゆっくりと船尾のほうへ歩を移した。

岸壁の倉庫はすでに青緑色の鎧戸《よろいど》をみな下ろし、その長い沈鬱《ちんうつ》な壁面には、禁煙の大きな表示や、白墨でぞんざいに書きとめられたシンガポール、ホンコン、ラゴスなどの港々の名前が読まれた。タイヤや屑箱《くずばこ》や、きちんと並べられた荷運び車が同じように長い影を引いていた。

見上げる船尾にはまだ人影はなかった。排水の水音がしめやかにつづき、暗車《ビウェア・オブ・プロペラ》注意の巨大な注意書が船腹に描かれ、風にはためくモスリン地らしい日の丸の旗は、すぐかたわらの吊錨柱《アンカー・ダヴィット》の影を宿していた。

六時十五分前、最初の汽笛がおどろに鳴りひびいた。登はそれをきいて、一昨夜の幻影が真実であり、自分はあらゆる夢の終点でも起点でもある場所に、今こうして立ち会っているのを知った。竜二の姿がそのとき日章旗のそばに現われた。

「呼んでごらんなさい」

と房子が言った。汽笛が途絶えるのと一緒に登は声を張り上げたが、自分の黄いろい声を憎んだ。竜二は顔を下向けて手を軽く振った。その表情は遠すぎてよく見えなかった。すぐ又彼は、一昨夜月下の汽笛のほうへ鋭く肩を振向けたように、自分の任務のほうへ振向いて、もうこちらを見ようとはしなかった。

房子はふと、船首のほうを眺めやった。舷梯はすでに引上げられ、船と陸とは、完全に絶ち切られていた。緑とクリームに染め分けられたその船腹は、天から突然落ちてきて陸との間を裂く途方もなく巨大な斧《おの》の断面のように見える。

煙突は煙を吐き出した。仄青《ほのあお》い天頂をしたたかに汚すその夥《おびただ》しい煙は、生粋《きっすい》の黒さをしていた。拡声器の声が甲板《かんぱん》を飛び交わした。

「船首《おもて》三杯、錨《いかり》巻く用意をして下さい」

「錨少し張って下さい」

そして又汽笛が小さく鳴った。

「船首《おもて》、流し結構」

「了解」

「錨巻いて下さい」

「了解」

「レッツ・ゴー！　ヘッドライン！　ショアライン！」

房子と登は、タグ・ボートに曳《ひ》かれた洛陽丸が船尾のほうから、少しずつ岸壁を離れるのを見た。岸壁と船との間のかがやく水幅は、扇なりにひろがって、二人の目が船尾船橋に立つ竜二の白い海員帽の、金モールの光輝が遠ざかるのを追ううちに、みるみる洛陽丸は向きを変えて、岸壁とほぼ直角になった。

角度が一瞬々々に変るにつれ、船は複雑な変幻ただならぬ姿を示した。これほど長い岸壁を占めていた船の全長は、タグ・ボートに曳かれてゆく船尾が遠ざかると共に、次第に屛風《びょうぶ》のように折り畳まれて、甲板のあらゆる建造物は、重複し、緊密に押し重なり、しかもあらゆる凹凸《おうとつ》に夕日の光線を丹念に彫り込んで、中世の城のような賑《にぎ》やかな重層感を以《もっ》て聳え立った。

しかしそれもつかのまだった。タグ・ボートは、今度は船首を沖へ向けるために、船尾をこちらへ向って大きく迂回《うかい》して曳きはじめ、あれほど複雑に重なり合った船の全容は、ふたたび解《ほど》けて、部分部分が、船首から順に、それぞれのあるべき形を示しはじめ、一度視界から去った竜二の姿は、もうそれとみとめられるだけの燐寸《マッチ》棒ほどの小ささながら、ふたたび陸地へ向いかがやく夕日へまともに向った船尾の日章旗と共に現われた。

「レッツ・ゴー！　タグ・ボート」

という拡声器の声は、しかし、なお明瞭《めいりょう》に海風に乗ってきこえてきた。タグ・ボートは洛陽丸を離れて去った。

船はそこに停《とま》って三度汽笛を鳴らした。しばらく船上の竜二も、桟橋《さんばし》の房子も登も、同じ膠《にかわ》状の時間に閉じこめられたような、不安な沈黙と静止があった。

ついに洛陽丸は、港全体を押しゆるがし、市内のどの窓辺にも届き、夕食の仕度の厨《くりや》にも、小さなホテルのシーツを代えない寝台にも、留守の間《ま》の子供の机にも、学校にも、テニス・コートにも、墓地にも、いたるところへ押し寄せてそこをしばらく悲哀で充《み》たし、何の関《かか》わりのない人の心をも容赦なく引裂く、あの巨大な出帆の汽笛を鳴りひびかせた。煙は白く、船はまっすぐに沖へ向った。竜二の姿は見失われた。

第二部　冬

第一章

十二月三十日の午前九時、新港埠頭《センター・ピアー》の税関のチェック・ポイントから出てくる竜二を、房子は一人で出迎えた。

新港埠頭《センター・ピアー》はふしぎな抽象的な街だった。清潔すぎる街路、枯れたプラタナスの並木、乏しい人通り、古風な赤煉瓦《あかれんが》の倉庫や、ルネサンスまがいの倉庫会社のビル、これらの間の引込線を、古めかしい汽罐車《きかんしゃ》が黒煙を吐いて通った。その小体《こてい》な踏切にも、何となく本物らしくない、玩具《がんぐ》めいた感じがあった。この街の非現実感は、街のすべての機能が航海にだけ向って働らき、一つ一つの煉瓦までが海にだけ心を奪われ、海がこの街を単純化し抽象化してしまったお返しに、今度は街が、その機能の現実感を失って、ただ夢に気をとられているような姿に化してしまったためにちがいない。

あまつさえ雨が降っていた。倉庫の古い赤煉瓦はあざやかな朱を流した。屋根々々を抜《ぬき》ん出る多くの檣《ほばしら》は濡《ぬ》れていた。

房子は目立たぬように車の中で待っていた。雨の伝う窓ごしに、粗末な木造の小屋の税関から、一人一人船員たちが出てくるのが見えた。

竜二は紺の半外套《はんがいとう》の襟《えり》を立て、船員帽を目深《まぶか》にかぶり、古い旅行鞄《かばん》を下げて、前かがみに雨の中へ歩き出した。房子は気心の知れた老運転手を走らせて彼を呼ばせた。雨に濡れた嵩高《かさだか》な荷を乱暴に放り込むように、竜二は車の中へ転がり込んだ。

「来てくれたんだな。やっぱり来てくれたんだな」

と彼は房子のミンクのコートの肩を鷲《わし》づかみにして、息をはずませて言った。前にもまして日に灼《や》けた頬《ほお》は、雨とも涙ともつかぬものに濡れて歪《ゆが》んでいた。これに引代え、房子の顔は感動のために血の気が引き、ほの暗い車内に窓を穿《うが》ったように白くなった。二人は接吻《せっぷん》しながら泣いた。竜二は女のコートの下へ手を辷《すべ》らせ、今救い上げた体が生きているかどうかを確かめるように、そこかしこへ倉卒《そうそつ》に触り、しなやかな胴を両手で抱きしめて、房子の存在のありたけを心に呼び戻《もど》した。

ここから車は六、七分で房子の家へ着くことは知れていた。山下橋を渡るころになって、ようよう二人は会話らしい会話をした。

「手紙を沢山ありがとう。百回ずつ読んだぜ」

「私もよ。……今度はお正月は家ですごして下さるわね」

「ああ。……登君《のぼるくん》は？」

「お迎えに来たがっていたんだけれど、一寸《ちょっと》風邪を引いて寝ているの。いいえ、大した風邪じゃないのよ、熱も大して……」

彼らは何も考えずに、こんな自明な、陸の人たち同士らしい会話を交わして怪しまなかった。会わずにいるあいだは、こんな会話は困難などころか不可能に思われ、彼らは夏の時間のそのままのつながりを、自然に辿《たど》ることなどはできない筈《はず》だと思われた。既に起った事柄《ことがら》は、あまりにも完全な円環をなして終っていた。もう二度と彼らはその中へ入り込めず、あの輝やく円環から弾《はじ》き出されてしまうだろうと思われていた。四ヶ月前に、部屋の釘《くぎ》に掛けて出た上着の袖《そで》へ、そのまま楽々と、再び手をとおすような具合に、物事が運ぶ筈があろうか。

喜びの涙が不安を取り除き、彼らを一息に万能の人間の心境へ押し上げていた。竜二の心は痺《しび》れたようになって、懐《なつか》しささえ素直に感じなかった。車窓の左右にある山下公園もマリン・タワーも、何度か心に反芻《はんすう》した姿そのままに、そこに自明に存在しているとしか思えなかった。が、雨の繁吹《しぶき》の煙り立つ眺《なが》めが、すべての風景の存在のそうした過度の明白さを和らげて、いくらか記憶の心象に近いものにして、それで一そうそれらの現実感を高めた。船を下りてしばらくは、世界の不安定と動揺を感じるのが常なのに、今日ほど彼が、嵌《は》め絵《え》の人物のように、親しみやすい確乎《かっこ》とした世界に嵌め込まれていると感じたことはなかった。

山下橋を渡って右折した車は、鼠《ねずみ》いろの雨覆《あまおお》いをした艀《はしけ》に埋まっている運河を右に、すぐフランス領事館横の坂を昇りはじめた。空高く、乱れる雲が明るくひらけ、雨は上りかけていた。坂を昇り切る。公園の前をすぎる。谷戸坂通から小路を左へ入って、黒田家の門前に車が止った。門から玄関までの二三歩の甃《いしだたみ》は、したたかに濡れていたが、明るみはじめていた。老運転手は房子に傘《かさ》をさしかけて、玄関のベルを押した。出てきた家政婦に、玄関が暗いから灯《ひ》をつけるように、と房子は言った。竜二は玄関の低い閾《しきい》をまたいで、薄闇《うすやみ》の中へ足をさし入れた。

その一瞬、自分の足が閾をまたぐかまたがぬかに、竜二は微妙な感覚に襲われた。彼は女と共に、もとのままの光り輝く環《わ》の中へ足を踏み入れた筈だった。言うに言えないほどの微妙な差だが、何かしらそれとはちがったものがあった。晩夏の出帆の別れのときにも、それからのたびたびの手紙の中でも、女は未来を誓い合ったり永続を望んだりする言葉を、注意深く避けて通ったけれども、今しがたの抱擁から二人が帰って行こうと望んでいるのは同じ場所であることが明らかだった。彼は、しかし、気がせいていたので、この微妙な感覚の違和を、確かめてみようとはしなかった。こうして竜二は、今や全く別の家へ入って行くことに気づかなかった。

「ひどい雨よ」とつづけて房子は言っていた。「でも、もう上りそう」

そのとき玄関の明りはつき、ヴェネチヤ風の鏡に飾られた窄《せま》い玄関の、琉球《りゅうきゅう》大理石を敷きつめた床《ゆか》が浮び上った。

客間の煖炉《だんろ》には、すでに薪《まき》があかあかと燃え、炉棚《ろだな》には三方を置き、裏白、譲り葉、馬尾藻《ほんだわら》、昆布《こんぶ》などを越度《おちど》なく敷いて、鏡餅《かがみもち》が飾られていた。家政婦はお茶を運んできて、殊勝な挨拶《あいさつ》をした。

「お帰りなさいませ。みなさん、本当にお待ちかねでしたよ」

客間の旧に変ったところは、房子の新らしい手芸品のふえたことと、小さなテニスのトロフィーが飾ってあることだった。

それをじゅんじゅんに房子が説明した。竜二が発《た》ってから、房子はテニスと絽刺《ろざし》に前よりも熱中し、週末はおろか、店の閑《ひま》をぬすんでは妙香寺台下のテニス・クラブへゆき、夜は夜で、桐枠《きりわく》の中の生絽《きろ》に向って絽刺針を動かした。房子の下絵の図案には、船にゆかりのあるものが多くなった。南蛮屏風《びょうぶ》ふうの黒船や、古風な操舵輪《そうだりん》の図柄《ずがら》のクッションは、秋からの新作である。忘年試合の女子ダブルスで、房子はついこの間、このトロフィーを得た。そして竜二にとっては、これらのもののすべてが、留守居の房子の貞潔のしるしであった。

だ」

「でもすばらしいことは何もなかったわ」と房子は言った。「あなたがお留守のあい
全く待たないつもりでああして竜二と別れたのに、竜二が去ると同時に待ちはじめた自分を、腑甲斐《ふがい》なく思ったと房子は話した。彼のことを忘れたつもりで、店の仕事に精を出し、客の応対をし、客が出て行ったあとの店の中の静けさに、中庭《パチオ》の噴泉の音がきこえる。その音に耳をすましているうちに、愕然《がくぜん》とする。その瞬間、すでに房子は待っているのである。……

——以前と比べると、こんな風に、彼女は自分の気持を少しも矯《た》めずに、流暢《りゅうちょう》に語ることができた。再々の手紙の大胆な書きぶりが、彼女にすでに思いがけない新らしい自由を与えていた。

それは竜二も同じで、彼も以前よりもおしゃべりになり快活になった。こんな変化は、ホノルルで彼が房子の最初の手紙をうけとったときからはじまっていた。彼は目立って附合《つきあ》いやすい人間になり、メス・ルームの肩振りにも、喜んで加わるようになった。そして程なく洛陽丸《らくようまる》の士官たちは、彼の恋の細目を知りつくした。

「登を見舞ってやって下さる？　あなたに逢うのがたのしみで、あの子もきっと、ゆうべはろくすっぽ寝ていないわ」

竜二は悠揚《ゆうよう》と立ち上った。彼はもうまちがいなく、みんなから待ちこがれられ、愛されている人間だった。鞄の中から登への土産の包みをとり出すと、彼は房子のあとに従って、晩夏の最初の夜、ほとんど足さえ慄《ふる》えて昇った暗い階段を昇って行った。今度は、すべてを受け容《い》れられた人間の、まことに確乎《かっこ》とした足取で。

登は階段を昇ってくるその跫音《あしおと》を聴いた。待つことで緊張して、ベッドの中で体を固くしながらも、跫音が何かしら、待ちこがれていた跫音とちがうような気がした。

ドアがノックされ、ひろびろとあけられた。登は赤茶いろの小さな鰐《わに》を見た。折から霽《は》れた空の光りが、部屋のなかに水のような光線を充《み》たしていたので、扉框《とびらがまち》のところに泛《うか》んだその鰐の形は、硬《こわ》ばって宙に泳いだ四肢《しし》や、かっとひらいた口や、赤くきらめく眼玉《めだま》が、一瞬、生きているもののように見えた。生きものを紋章に使うことがあるのだろうか、と彼は熱の引ききらぬ混濁した頭で考えた。珊瑚礁《さんごしょう》の海では、環礁のなかは小波《さざなみ》ひとつ立たない池のようで、はるか沖のほうの環礁の外側に大波が寄せては返しているので、その白く砕ける波頭《はとう》は幻のように遠く見えると、いつか竜二が話したことがあったが、きのうに比べて遠ざかった僕《ぼく》の頭痛は、丁度その沖の環礁のむこうに群立つ白い波頭《なみがしら》のようだと登は思った。鰐は彼の頭痛の、彼の遠い権威の紋章だった。事実、病気がこの少年の顔つきを、少しばかりいかめしく見せていた。

「ほら、お土産だぞ」

と扉のかげで鰐を支えて見せていた竜二が全身をあらわした。彼は灰いろの徳利《とっくり》のスウェータアを着て、その顔は遺憾なく灼けていた。

このときを思って、登はかねて、決して愛想《あいそ》笑いをするまいと心に決めていたので、病気を楯《たて》にして、じっと仏頂面《づら》を保っていることに成功した。

「おかしいのね。あんなにたのしみにしていたのに。又熱でも出て来たのかしら」

と母が要らざる口添えをした。登の目にこんなに母が卑小な人間に見えたことはなかった。

「こいつはね」と、竜二は頓着《とんじゃく》なく、枕《まくら》もとへ鰐を置いて言った。「ブラジルのインディオが作った剝製《はくせい》なんだ。インディオって、本物のインディアンだぜ。お祭のときには、奴《やつ》らは頭の羽根飾りの前に、こんな小鰐や水鳥の剝製をつけるんだ。それから額に、小さい丸い鏡を三つくっつける。それが焚火《たきび》の火を反射したら、まるで三日小僧さ。頸飾《くびかざり》は豹《ひょう》の歯だし、腰には豹の毛皮を巻く。背中には矢筒を背負って、手にはきれいな極彩色の弓矢を持っている。……こんな小鰐の剝製だけど、ともかく、ちゃんとしたお祭の礼装の一部なんだ」

「ありがとう」

登はそう一言だけ礼を言って、仔鰐《こ》の背のつつましい隆起と萎《な》えた肢《あし》を撫《な》で、赤い硝子玉《ガラスだま》の眼球のへりに溜《たま》った、ブラジルの田舎町の店《たな》ざらしの土埃《つちぼこり》をたしかめてから、今竜二が言った言葉を反芻した。熱っぽい皺《しわ》だらけの湿ったシーツ。ストーヴでむっとした室内。枕の上に、自分の乾いた唇《くちびる》の皮のむいたのが落ちている。さっきそっとむいていたのだ。そんな小さな剝離のために、自分の唇が赤すぎるように見えはしないかと心配しながら、同時にちらと、思わず例の覗《のぞ》き穴のある抽斗《ひきだし》のほうを見た。見たあとで、しまったと思った。大人たちが登の視線を辿って、そのほうへ不審の目を向けでもしたら！　しかし大丈夫。大人たちは彼の思っているよりずっと鈍感だった。彼らは無神経な愛の中で揺れていた。

登はじっと竜二を見つめた。熱帯の日に灼けた顔は雄々しさを加え、濃い眉《まゆ》と白い歯はいよいよ引立ってみえた。しかし、その最初の長広舌にすら、登の夢想にむりに辻褄《つじつま》を合せ、登のたびたび書いた手紙の感情の誇張におもねったような、不自然なものが感じられた。再び見る竜二には、何となく竜二の贋物《にせもの》めいたところがあった。登は我慢がならなくなって、ついそれを口に出した。

「ふふん、何だか贋物くさいんだな」

が、竜二は人の好い誤解をした。

「おい、冗談言うなよ。小さすぎるからか？　鰐だって餓鬼の時は小さいよ。動物園へ行ってみろ」

「登、失礼なことを言うもんじゃありません。それよりあの切手帳をお目にかけたら？」

登が手をのばすより早く、母は、竜二から来た各地の手紙の切手を、丹念に貼《は》りつらねた机上の帳面を竜二に見せた。

母は椅子《いす》に掛けて、窓の光りのほうへ顔を向けてその頁《ページ》を繰り、竜二は椅子の背に手をかけて上から覗いていた。二人ともきれいな横顔をしているなと登は思った。稀《き》薄《はく》で澄んだ冬の光りが、登の存在をもう忘れているその二つの整った横顔の、鼻筋をすっきりと照らしていた。

「今度はいつ出帆？」

と登が突然訊《き》いた。

母はぎくりとした顔をこちらへ向けたが、その顔が蒼《あお》ざめているのを登は見てとった。房子にとって、それはもっとも訊きたく、かつ、もっとも怖《おそ》れていた質問だったにちがいない。

竜二はわざとらしく窓へ顔を向けたままでいた。少し目を細め、それからゆっくりとこう答えた。

「まだわからん」

登はこの答に衝撃を受けた。房子は黙っていたが、その姿は、いろんな風《ふう》に泡立《あわだ》って来る感情を、小さなコルクの栓《せん》で蓋《ふた》をしている罎《びん》みたいだった。不幸なのか幸福なのかわからないような女の莫迦《ばか》な表情。そのとき登には、母が洗濯《せんたく》女のように見えた。

ややあって、竜二は悠々《ゆうゆう》とこう言った。それは嘘《うそ》であれ本当であれ、他人の運命に与える力を確信している男の、慈悲ぶかい声音《こわね》だった。

「なにしろ荷役が正月にかかるからね」

——母と竜二が部屋を出て行くやいなや、登は怒りに顔を真赤にしながら、咳《せ》き込んで、枕の下から日記帳を引っぱり出した。そして、こう書いた。

「塚崎竜二の罪科。

第三項、『今度はいつ出帆するか』ときいたら、意外にも『まだわからん』と答えたこと」

登は筆を置いてしばらく考えたが、さらに怒りにかられて、こう書きついだ。

「第四項、彼がそもそも、又ここへ帰ってきたこと」

しばらくして彼は自分の怒りを恥じた。「感情のないこと」の訓練はどうしたのだ。何度か自分を鞭《むち》打ち、念入りに自分の心を調べ、もう怒りのかけらも残っていないことを確かめてから、その第三項と第四項を読み返した。そうした上で、やはり登は、そこに何ら修正の必要をみとめなかった。

そのとき登は隣りの部屋の物音をかすかにきいた。母がそこにいるらしい。竜二もそこにいるらしい。……この部屋にも鍵《かぎ》はかかっていない。登の胸は次のことを思って動悸《どうき》がしてきた。鍵にも守られていないこの部屋で、こんな午前の時刻に、どうやって気づかれずに、一刻も早く、本当に一刻も早く、大抽斗をそっと抜き取って、そのあとへ身をひそませることができるかと。

第二章

房子は土産にアルマジロのハンドバッグをもらった。鼠《ねずみ》のような首のついている異様な代物《しろもの》で、留金や縫いもぞんざいだったが、房子は喜んで持ち歩き、店でも自慢をして、渋谷支配人の眉をしかめさせた。

大晦日《おおみそか》はレックスも忙しかったたし、竜二も断わりかねて午後のワッチをつとめ、二人は離れ離れにすごした。そんな半日の離れ居さえ、今度は自然に感じられた。

房子が店からかえったのは夜の十時すぎになった。すると家の中は、竜二が掃除を手つだって、登と家政婦と三人で、例年の大晦日よりもずっと早く片附《かたづ》いていた。竜二は船の大掃除と同様に、てきぱきと指揮を下し、今朝から熱の下った登も、命令されることを喜んでよく働らいた。

竜二はスウェータアの袖《そで》をたくし上げて、タオルの鉢巻《はちまき》をし、これを真似《まね》た登も、タオルの鉢巻をして、いきいきとした頰《ほお》の色を見せていた。房子が帰ってきたとき、二人は二階の掃除をすっかり済ませて、床拭《ゆかふ》きとバケツを手に提げて、下りて来るところだった。房子は愕《おどろ》きと喜びを以《もっ》てこれを眺《なが》めたが、一方、病み上りの登の体を気づかった。

「大丈夫ですよ。働らいて汗をかけば、風邪なんか吹っ飛んでしまう」

こういう竜二の強い言葉は、乱暴な気休めかもしれないけれど、少くともこの家では久しく聞かれなかった「男の言葉」だった。その言葉一つで、古い柱や壁がみっしりと引き締まるのが感じられたほど。

一家は除夜の鐘をききながら、年越蕎麦《そば》を祝い、

「前にいたマックグレガーさんの家じゃあ、お年越しといえばお客を集めて、十二時きっかりに、誰彼《だれかれ》かまわずキスをしたもんですわ。私なんか、髭《ひげ》だらけのアイリッシュのおじさんに、ほっぺたに吸いつかれて……」

という、毎年おなじ家政婦の思い出話をきいた。

寝室に落ちつくと、竜二はすぐ房子を抱いた。夜のひきあけの最初の兆《きざし》をみとめたとき、竜二は突然子供っぽい提案をした。これから隣りの公園で、初日の出を拝もうと言い出したのである。房子ははしゃいで、この寒空に外へ飛び出すことの、気ちがいじみた思いつきの擒《とりこ》になった。

二人はいそいで着られるだけのものを着込み、房子はタイツの上にスラックスを穿《は》き、カシミヤのスウェータアを着た上に、デンマルク製の華麗なスキー用スウェータアを重ねて着た。竜二は半外套《はんがいとう》の袖《そで》で彼女の肩を包み、足音をしのばせて、鍵《かぎ》をあけて戸外へ出た。

熱した体に払暁《ふつぎょう》の大気は快かった。彼らは人気《ひとけ》のない公園の暁闇《ぎょうあん》へ走り出すと、思い切り笑い、糸杉《いとすぎ》の木立を縫って追っかけっこをしたり、口から出る湯気の鮮明な白

さを競って深呼吸をしたりした。夜じゅうの愛撫《あいぶ》に蒸れた口腔《こうこう》に、凛《りん》とした薄氷《うすごおり》が張りつめるような感じがした。

二人が港を見下ろす柵《さく》に倚《よ》ったとき、六時をかなり廻《まわ》っていた。金星は南に傾き、ビルの灯《ひ》や倉庫の軒明りや、沖の赤い檣燈《しょうとう》の点滅はあきらかで、マリン・タワーの旋回燈の赤と緑の光りの帯は、なおくっきりと公園の闇を掃いていたが、家々の輪郭は定《さだ》かになり、東の空には紅紫の色が兆した。

彼らは灌木《かんぼく》の小枝をゆるがす冷たい朝風に乗って、遠く小さく、悲壮な断続的な叫びを伝えてくる今年最初の雞鳴《けいめい》をきいた。

「今年はいい年になりますように」

と房子は口に出して祈った。寒さに頰を寄せているので、竜二はすぐかたわらの口に接吻《せっぷん》してこう言った。

「いい年になるさ。決っているさ」

次第に輪郭のはっきりして来る水面に堺《さかい》を接した、とあるビルの非常階段の赤い灯に、竜二は痛切に陸の生活の手ざわりを思い描いた。今年の五月には彼も三十四歳になる。もう永すぎた夢想は捨てなくてはならぬ。この世には彼のための特別誂《あつら》えの栄光などの存在しないことを知らなくてはならぬ。倉庫の弱い軒明りは、灰青色におぼめく朝の最初の光りに、なおかつ目覚めまいとして逆らっているけれど、竜二はもう醒《さ》めなくてはならぬ。

元旦《がんたん》だというのに、港に瀰漫《びまん》する沈んだ顫音《せんおん》は渝《かわ》らなかった。運河の艀溜《はしけだま》りからほぐれて、乾いた鼓動を立てて、出発する伝馬船《てんません》もあった。

碇泊《ていはく》中の船が落している幾条の灯影《ほかげ》も、次第にまどかにゆたかに見える水面が、葡《ぶ》萄《どう》いろに染まるにつれて淡くなった。六時二十五分。公園の水銀灯が一せいに消えた。

「寒くないか？」

と竜二は何度も訊いた。

「寒さが歯茎にしみるわ。でも大丈夫。もうじきお日様が昇るでしょう」

何度も「寒くはないか」と尋ねながら、竜二は自分の心にも何度となく尋ねていた。本当にお前は捨てるか？　あの大洋の感情、あの常ならぬ動揺がお前の心に絶えず与えていた暗い酔い心地を。別離のすばらしさを。流行歌の甘い涙を。……彼が男であり、世界から隔絶して、ますます男であることを推し進めるような状況を。厚い胸にひそむ死への憧《あこが》れ。彼方《かなた》の光栄と彼方の死。何でもかんでも「彼方」なのであり、是が非でも「彼方」なのだった。それを捨てるか？　暗い波のうねりや、天の雲の辺際の崇高な光りに、いつも直接に接していたために、心の中がねじ曲って、堰《せ》き止められては野放図に昂揚《こうよう》して、一等けだかい感情と一等陋劣《ろうれつ》な感情との弁《わきま》えのつかなくなった、そしてその功罪をすべて海に託《かず》けてきた、そんな晴れやかな自由をお前は捨てるか？

一方、竜二は今度の航海の帰路、つくづく自分が船乗りの生活のみじめさと退屈に飽きはてていることを発見していた。彼はそれを味わいつくし、もう知らない味は何一つ残されていないという確信をも持った。それ見ろ！　栄光はどこにも存在しなかった。世界中のどこにも。北半球にも南半球にも。あの船乗りたちの憧れの星、南十字星《クルセイロ・ド・スル》の空の下にも！

——貯木場の複雑な水面もはっきりと見分けられ、つづく雞鳴につれて、空は羞《はじ》らいの色を含んだが、スモッグに包まれた港の船の姿は、やがて消えた檣燈と共に、却《かえ》って幻のように見えた。空が赤くおぼろに炎《も》え、横雲がなびいて沖を包んでいるのを見るころには、公園の空間は二人の背後にしらじらとひろがり、マリン・タワーの旋回燈の光芒《こうぼう》の裾《すそ》も消えて、赤と緑の点滅の鋭い煌《きら》めきの在処《ありか》を示すだけになった。

ひどく寒かったので、二人は柵《さく》にもたれて抱き合ったまま、足踏みをした。寒気は露《あら》わな顔よりも、足もとから怠りなく上ってきた。

「もうじきだわ」

と俄《にわ》かにさわぐ小鳥たちの囀《さえず》りの中で房子が言った。寒さにそそけ立った彼女の白い顔の、出がけにいそいで刷《は》いた口紅の一点の赤が、今は鮮やかに浮び上るのを竜二は美しいと思った。

貯木場よりずっと右方の、薄墨いろの空のかなりの高みに、ぼんやりと赤い輪郭があらわれたのは、それから間もなかった。忽《たちま》ち陽《ひ》はくっきりと食紅色の円になったが、まだその光りは直視できるほど弱く、紅《あか》い満月のように見えた。

「いい年だわ。二人でこうして初日の出が見られたなんて。それに第一、これは私が生れてはじめて見る初日の出なの」

そう言う房子の声は寒さにひずんでいた。

竜二は冬の甲板で北風に逆らって物を言うような、非常な大声で、断乎《だんこ》として叫んでいるつもりで言った。

「結婚してくれないか」

しかし、それは訊き返された。訊き返されたために竜二は苛立《いらだ》って、言わでもの事まで言ってしまった。

「結婚してくれないか、って言ってるんだ。俺《おれ》はつまらない船乗りかもしれないが、だらしのない生活をして来たわけじゃない。笑われるかもしれないが、貯金だって二百万円持っている。あとで通帳を見せよう。それが俺の全財産だ。君がうんと言っても言わなくても、そいつはみんな君にやるよ」

この素朴《そぼく》な言葉は、竜二が思ったより以上に、洗煉《せんれん》された女の心を搏《う》った。房子は嬉《うれ》しさのあまり泣いていた。

竜二の不安な目に、輝やきを増した太陽は、もう直視できぬものになった。汽笛が鳴りひびき、自動車の音が谺《こだま》し、港のとめどもない音の目ざめは高まって、水平線は霞《かす》んで見えないが、太陽ははじめてその反映を、赤い煙霧の漂うような具合に、直下の水に落した。

「ええ、いいわ。でも、それについて私たちは、もっといろんなことを話し合う必要があると思うわ。登のこと、私の仕事のことなど。……一つだけ条件を出してもいい？　このお話、あなたが又すぐ船に乗るおつもりなら、それだったら、私、難かしいと思うの」

「すぐ船には乗らない。あるいは、もう、……」

と竜二は言い澱《よど》んだ。

＊＊＊

房子はふだん日本間の一つもない家に住んで、洋風の生活をしているのに、元旦だけはしきたりを守って、屠蘇《とそ》を祝い、洋式の食堂で正月料理の膳《ぜん》に就いた。少しも眠らぬまま、若水で顔を洗って、その食堂へ入って行ったとき、竜二はここがまだ日本でなくて、北欧のとある港町の日本領事館にいるような気がした。かつて年の暮にそこへ着いた貨物船の士官たちが、領事館の新年の賀宴に招かれたことがあり、そこでもこうした明るい洋式の食堂の卓上に、屠蘇の銚子《ちょうし》や、蒔絵《まきえ》の台に載った木杯や、色とりどりの口取を入れた重箱が、客を待っていたのである。

きちんとネクタイを締めた登もいて、皆は口々におめでとうを言い合った。屠蘇を祝う段になって、例年一番に盃《さかずき》を受ける登が、そのつもりで手を出して母にたしなめられた。

「おかしいな。塚崎さんが一等小さいので呑《の》むなんて」

登は子供らしい照れ隠しを装ってそう言った。そう言いながら、一等先に盃をうける竜二が、その荒れた大きな手にますます小さく見える梅の杯を包んで口もとへ運ぶのを熱心に見た。蒔絵の梅を透かす朱いろの杯が、ロープを握り馴《な》れた手の指に埋もれたすがたは、おそろしく野卑に見えた。

竜二は盃事がすむと、登がそういう話を催促もしないうちから、カリブ海で会ったハリケーンの話をしだした。

「船も揺れだすと、飯《めし》も焚《た》けんようになるよ。それでもどうにか焚いて、握り飯にするんだ。テーブルに茶碗《ちゃわん》も置けないから、サロンの机を片附けて、床《ゆか》にあぐらをかいて、何とかぱくつくんだ。

しかし今度のカリブ海のハリケーンはひどかったなあ。洛陽丸はもともと外国からの買船で、船齢二十年の老いぼれ船だから、大時化《おおしけ》に会うと、すぐ浸水しやがるんだ。船底のリベット打ちの穴から、シャーシャー入って来たよ。そうなったら、士官も属員もないよな、一緒になって、濡《ぬ》れ鼠《ねずみ》の体で、水をかき出すやら、防水マットを宛《あて》がうやら、セメント・ボックスを組んで大いそぎでセメントを流し込むやら、作業中は、壁に叩《たた》きつけられても、停電して闇《やみ》の中へ放り出されても、おっかないなんて思っている暇がないよ。

そうだなあ。何年乗っていても、やっぱり時化はいやだ。そのたんびに、これで一巻の終りかと思うよ。そのハリケーンのときも、前の日の夕焼けが、あんまり大火事のようで、しかもその赤がどす黒くて、海はぴったり凪《な》いでいて、……何だかへんな予感がしていたんだが……」

房子は両手で耳をふさいで叫んだ。

「おおいやだ！　おおいやだ！　もうそんな話はしないで」

明らかに登のために語られているこんな冒険譚《たん》に、母がそんなに横から耳をふさいで抗議するのは、ずいぶん芝居じみている、と登は思った。それともそれはもともと、母のために語られていたのであろうか？

そう思うと、登は居心地のわるさを感じた。同じ航海の話をするにも、竜二の語調にいつもとちがうものを感じたのである。

それは行商人が、背中から風呂敷《ふろしき》包みを下ろして、目の前に大きく風呂敷をひろげて、色とりどりの商品を汚れた手に取りながら、語りだすあの口調に似ていた。色とりどりの商品、すなわちカリブ海のハリケーンだの、パナマ運河の沿岸の風景だの、ブラジルの田舎町の赤い土埃《つちぼこり》にまみれた祭だの、その空の積乱雲だの、瞬時に町を水びたしにする熱帯の驟雨《しゅうう》だの、暗い空の下にけたたましく啼《な》く七彩の鸚鵡《おうむ》だの……。

第　三　章

洛陽丸は一月五日に出帆した。しかし竜二は乗り組まないで、なおそのまま、黒田家の客になっていた。

レックスは六日に店をひらいた。竜二を置いて洛陽丸が去ったことで心も晴れ晴れとした房子は、午《ひる》ちかく店へ出て、渋谷支配人以下、店員たちの年賀を受けた。店へ出ない間に、英国物の代理店から、数ダースの商品の送状《インヴォイス》が来ていた。

Messrs. Rex & Co., Ltd., Yokohama

Order No. 1062-B.

船の名はエルドラドオ。品物は男物のプルオーヴァーやヴェストが二ダース半、34と38と40のサイズのズボンが一ダース半、総計が八万二千五百円で、一割のコミッションをとられて九万七百五十円。……これを一ト月寝かせておけば、多分五万の利潤は固いだろう。というのは、これらの品の半ばは華客《とくい》からの頼まれ物で、少くとも半ばはすぐはけるのである。いくら寝かせておいても、値が崩れないのは、一流代理店をとおした英国物の強味だ。向うから小売値段を指定して来て、安く売ると取引を停止して来るからである。

房子の事務室へ渋谷支配人がやって来て、こう言った。

「今月二十五日に、ジャクソン商会の春物夏物の見本市があります。招待状が来ております」

「そう。又、東京のデパートの仕入部と張り合うわけね。尤《もっと》もあの人たちは盲《めく》らだから」

「あの人たちは、自分でいいものを着たことがないので、わかっちゃおりませんです」

「本当にそう」

房子はデスク・ダイアリーのその日にしるしをつけた。

「明日は一緒に通産省へ行くんだったわね。お役人は苦手だわ。私はただにこにこしているから、あなた、頼んだわよ」

「よろしゅうございます。古手の属官に、昔の友人がおりますことですし」

「前にそう言っていたわね。助かるわ」

レックスは新らしい客の好みに合わせて、ニューヨークの、メンズ・タウン・アンド・カントリイという紳士物の店と特約して、すでに信用状《エル・シー》を発行してもらっていたが、その輸入許可の申請には、自分で動かなければならなかった。

房子はふと思い出して、机の向うに立っている痩《や》せたお洒落《しゃれ》の老支配人の、駱駝《らくだ》のヴェストの襟元《えりもと》を眺《なが》めた。

「それはそうと、渋谷さん、体はどうなの」

「思わしくありませんのです。神経痛だと思うのですが、その痛みがあちこちに拡《ひろ》がって」

「お医者様に診てもらったの」

「いいえ、丁度お正月ですし」

「だって暮から変だったんじゃないの」

「暮は医者なんぞへ行く暇はありません」

「早く診てもらったほうがいいわ。あなたに倒れられたら、私はお手上げだもの」

老支配人はあいまいに笑って、固く締めたネクタイの結び目に、しみのできた真白な手でさわって、神経質にその結び具合を確かめた。

女店員が、開け放したドアから入って来て、春日依子が来たことを告げた。

「まあ、又ロケかしら」

房子は中庭《パチオ》へ下りて行った。春日依子は附け人《つびと》も伴わずに、一人で、ミンクのコートの背をうつむけて、ショウケースをのぞいていた。

ちょっとした買物、ランコームの口紅やペリカンの婦人用万年筆などの買物をしたのち、房子に午御飯に誘われると、この名高い映画女優は、面《おもて》を輝やかして喜んだ。

房子は西之橋を渡って裏通りにある、ヨットマンたちの集まる小さなフランス料理店、むかしフランス領事館に停年までつとめた食通の老人がやっている「サントオル」という店へ連れて行った。

房子はこの単純な、むしろ無神経な女の、孤独を測る目つきになった。依子は当てにしていた去年の演技賞を、何一つ手に入れることができなかった。今日横浜へやってきたのも、演技賞を取りそこなった女への、世間の目をのがれたかったためにちがいない。取巻きは一杯いるだろうに、彼女がこうして素顔で附合える相手は、大して親しくもない横浜の船来洋品店の女主人しかいないのである。房子はこの食事のあいだ、演技賞のことは口に出すまいと心に決めた。

店の自慢のホーム・ワインで、二人はブイヤベースを喰《た》べた。依子はフランス語のメニューを選ぶことができないので、房子が選んでやったのである。

「ママさんって本当にきれい。私、あなたみたいになりたいわ」

と大柄《おおがら》な美人の依子が言った。こんなに自分の美しさを等閑《なおざり》にしている人はいないと房子は思った。すばらしい乳房を持ち、美しい目と形のよい鼻と、痴呆《ちほう》的な唇《くちびる》を持っているのに、依子は得体の知れぬ劣等感に苛《さい》なまれていた。彼女は演技賞をとれなかったのは、多分自分が男の目に、あんまり美味《おい》しすぎる御馳走《ごちそう》に見えるからだ、と信じて悩んでいた。

房子は自分の前で、この不幸な、非常に有名な、美しい女が、女給仕のさし出すサイン帳に快くサインをしてやりながら、ほのぼのと満ち足りているのを眺めた。依子の御機嫌《ごきげん》の尺度は、サインをしてやるときの態度でよく測られた。今彼女がサインをするときの酔うような鷹揚《おうよう》さは、たのまれれば自分の乳房の片方でも呉《く》れてやりそうなほどだった。

「この世の中で信じられるのはファンだけだわ。たとえあの人たちがどんなに忘れっぽくても」

と依子は食事中に舶来物の細巻の婦人用煙草《たばこ》に火をつけながら、ぞんざいに言った。

「私は信じて下さらないの？」

と房子は意地悪な気持で言った。こんな質問に対する依子の幸福な反応が見えすいていたからだ。

「信じてなきゃ、横浜まで来やしないわ。友達って言ったら、あなただけだもの。本当よ。信じて下さいね。……私、最近、こんなに安らかな気持になったこと、ないんだわ。ママさんのおかげで」

と依子は又しても、房子の一等きらう呼名で呼んだ。

壁に十七世紀のメリー号や、十九世紀のアメリカ号などの、歴史的なヨットの水彩画を掲げた小さな店内には、赤い格子《こうし》の卓布ばかりが鮮やかで、他《ほか》には一組も客がなかった。古い窓枠《まどわく》は風に鳴っていた。窓の外のがらんとした道路を、新聞紙が強い北風にひるがえって飛ぶのが見えた。目を遮《さえぎ》るのは灰色の倉庫の壁ばかりである。

依子はミンク・コートを肩に羽織ったまま食事をすませたが、その胸には金いろの輪つなぎの重々しいネックレスが揺れており、それがあたかも、神輿《みこし》のように威のある胸の七五三縄《しめなわ》を思わせた。沢山喰べて、口さがない浮世からのがれ、自分の野心からものがれて、彼女は辛《つら》い仕事の合間に枯芝の日だまりに腰を下ろす逞《たく》ましい女労働者のように満ち足りていた。

不幸につけ幸福につけ、傍《はた》から見ればいつも理由の薄弱なこの女の、十人の扶養家族を養っている生活力の姿かたちが、こういう瞬間には、まことにありありと目に見えた。依子自身が一等気がついていない彼女の美しさは、その力だった。

房子は、ふと、自分が探していた理想的な相談相手はこの人だという気がした。そこで房子はすらすらと打明けた。喋《しゃべ》るうちに、喋る事柄《ことがら》の倖《しあわ》せに酔って、言わずもがなの細部まで話してしまった。

「まあ、その二百万円の貯金帳と印鑑をあなたにくれたの？」

「ずいぶん辞退したんだけど……」

「辞退なんかすることはないわ。何て男らしい男でしょう。金額そのものはあなたにとってほんの端た金でしょうけど、その気持がうれしいじゃない。今時そんな男がいるんだわね。私に寄ってくる男と来たら、腹に一物《いちもつ》のあるたかり屋ばっかりだっていうのに。あなたったら、本当に恵まれてるわ」

房子は依子の思いがけない事務的な能力におどろいたが、話をききおわると、依子はてきぱきと指示を与えた。第一に、結婚の前提として、秘密探偵《たんてい》社に調査をたのむこと。そのとき調査人の写真と、三万円ほどの金を用意すること。急がせれば、一週間以内に調べがつくこと。丁度、依子の知っている信用できる探偵社があるから、いつでも喜んで紹介すること。

第二に、その心配はないと思うが、船乗りにはともすると悪い病気があるから、彼を伴って房子の信用している病院へゆき、お互いの健康診断書を交換すること。

第三に、子供の問題は、男の子と新らしい父親の間柄であるから、継母とちがって、大した心配は要らぬこと。まして子供が、彼を英雄的に尊敬している様子なら（そして彼が本質的にやさしい男なら）旨《うま》く行くに決っていること。

第四に、男は寸時も遊ばしておいてはいけないこと。将来レックスの社長に仕立てるつもりなら、渋谷支配人は弱って来ている折でもあるし、明日からでも店の仕事を憶《おぼ》えさせ手伝わせること。

第五に、貯金帳の件をとってみても、打算的な男でないことはわかるが、昨年からのひどい海運不況で、船会社の株も軒並に下っている折でもあり、彼のほうでも、ここらで船員稼業《かぎょう》の足を洗いたい気のあったことは確かだから、房子も未亡人だからと言っていたずらに卑屈にならず、あくまで対等の態度を持して、相手になめられないように気をつけること。

依子はざっとこれだけのことを、年上の房子に対して、噛《か》んで含めるように説明した。房子は、今まで莫迦《ばか》だと思っていた女の、こんな理路整然たる話しぶりにおどろいた。

「あなたって何てしっかりしてるんでしょう」

と房子は感に堪えたように言った。

「種明かしをすれば簡単なのよ。私、前に結婚しようと思った人がいるんです。それで家《うち》の会社の製作担当重役に打明けたの。知ってるでしょう、光映の村越さんって言ったら有名なやり手だから。さすがに村越さん、私の仕事や人気や契約のことなんかに一言も触れなかったわ。まず、この上もない感じのいい笑顔を見せて『おめでとう』と言ってから、私が今ママさんに言ったようなことを並べ立てたの。私、面倒くさいから、みんな委《まか》せちゃった。一週間たってわかったことは、その人が、女が三人もいて、隠し児《ご》が二人いて、その上病気持ちで、ぐうたらで、結婚してからは私の家族をみんな追い出して、自分は何もしないで暮そうと思っていたことがわかったの。……どう？　男ってそんなものよ。もちろん例外もありますけどね」

房子はこの瞬間から依子を憎んだが、実はふしぎなことに、彼女はこのとき、この憎しみに、地道で堅気なブウルジョアとしての怒りをも籠《こ》めていた。依子の無意識な当てこすりが、ひとり竜二へ向けられたものではなく、房子のきちんとした氏《うじ》と育ち、堅実で趣味のよい黒田家の家風、そこにはおのずから亡《な》くなった良人《おっと》の名誉も含まれてくる、そういうもの全体に対する侮辱として感じられたのだった。

実際房子の生い立ちがこれほど依子とちがう以上、彼女の逢着《ほうちゃく》する事件は、依子をめぐって起る事件と、同じような起り方をする筈《はず》がなかった。房子は唇を嚙《か》んで、こう思った。

『是が非でもそういうことを、この人にわからせてやる必要があるんだわ。今は仕方のない、店とお客の間柄だけれど』

房子は自分でも気づかずに、去年の晩夏のあのように烈《はげ》しい突発的な熱情とは、まるで矛盾する場所に立って怒っていた。内心、今の房子は、竜二のために怒っているというよりは、良人の死後自分が営んできた母一人子一人の健全な家庭のために怒っていた。依子の当てこすりは、一等房子が怖《おそ》れていること、自分の「無分別」に対する世間の非難の最初の一ト突きのように聞かれた。その無分別を、妥当な「よい結果」が償おうとしているときに、わざわざ依子が不吉なことを言ったのである。……房子は、亡くなった良人のために怒り、黒田家のために怒り、登のために怒り、つまりは不安から生れたあらゆる怒りで蒼《あお》くなった。

『竜二さんがそんな秘密のあるぐうたらな男だったら、こんな莫迦な女の見る目とちがって、私の目がねに叶《かな》う筈がないじゃないの。これでも私は健全な堅実な目を持っているんだわ』

そう思うとき、房子はすでに、去年の夏の自分の不可解な情熱を否定していたのも同じことだが、こんな内心の呟《つぶや》きは急に煮立ち、高まって、危うく声に洩《も》れそうになった。

——悠々《ゆうゆう》と食後の珈琲《コーヒー》を飲みながら、しかし依子は、露ほども房子の揺れ動く心に気づかなかった。

依子は急に左の袖《そで》を浅く折って、白い手頸《てくび》の内側を示した。

「絶対に秘密にして下さいね。ママさんだから打明けるの。これ、その事件のときの傷よ。私、剃刀《かみそり》でここを切って自殺未遂をしたんですの」

「あら、新聞に出なかったじゃない?」

と房子は早急に自分を取戻《とりもど》して、高飛車に言った。

「村越さんが飛びまわってニュースを押えてくれたのよ。でもすごく血が出たわ」

依子は高く手首を掲げて、いとしそうに一寸《ちょっと》唇を触れてから、房子にその手首を委《ゆだ》ねて、よく見せた。傷はよく注意して見なければわからぬほどの、乱雑な幾条の白い痕《あと》になり、はじめから浅い不確かな傷口に決っていて、その傷痕を房子は軽蔑《けいべつ》した。

そこでわざと念入りに、いつまでも見え分《わか》ぬように、ゆっくりと検《あらた》めた。

房子はふたたび、レックスの女主人になって、同情の眉《まゆ》をひそめて言った。

「まあ、お気の毒に。そのときもしもの事が起っていたら、日本中でどれだけ泣く人がいたでしょう。こんなきれいなお体を勿体《もったい》ないわ。もう二度とこんなことをしないって約束してね」

「しないわ、頼まれたって、二度とあんな莫迦なこと。私は今、少くとも日本中の、私が死んだら泣いてくれる人のためにだけ生きているんですもの。ママさんも泣いて下さる?」

「泣くどころじゃないわ。いや、もうそんな話」

房子はたとしえもない甘さを籠《こ》めてそう言った。

本来なら、依子のすすめるそんな有能な探偵社にたのむのは縁起がわるいようなものであるが、房子は今や、意地でも同じ探偵社から反対の結果を得たかった。

「それはそうと、丁度私、うちの支配人と東京へ出る用事が明日あるの。用事をすませてから支配人をまいて、一人で探偵社へ行って来るわ。お名刺に紹介を書いて下さる？」

「お安い御用よ」

依子は鰐革《わにがわ》のハンドバッグから、さっき買ったばかりの婦人用万年筆と、それからさんざん探しまわって、自分の小さな名刺の一枚を取り出した。

⁂

八日ののち、房子は依子のところへ長い電話をかけて、誇りかにこう言った。

「これお礼の電話。本当に感謝するわ。何もかもみんな仰言《おっしゃ》るとおりにしたわ。……ええ、大成功よ。……調書がとても面白《おもしろ》いのよ。三万円なんて安いもんだわ。読んでみましょうか？　あなた今お暇？　じゃ附合《つきあい》だと思って聴いて頂戴《ちょうだい》ね。

特殊調査報告書

御依頼に依《よ》る表記の件、左記の通り調査報告いたします、だって。

記

一、塚崎竜二に関する件、

一、御指定事項。――本人の履歴一切の真偽、女性関係及び同棲《どうせい》の有無、その他。

本人の履歴は、御依頼人の知られた事項と全く異同がなく、母正子は当人の十歳のとき死亡、父始《はじめ》は、東京都葛飾《かつしか》区役所に勤務、その後再婚せずして、児女の養育に専心し、生家は昭和二十年三月の空襲で焼失、妹淑子は同年五月に発疹《はっしん》チフスで死亡、本人は商船高校卒業後、……まあ、こんな調子なのよ。何て下手な文章でしょう。それから先は飛ばして、……女性関係は、少くとも永続して現在に及べるもの皆無、同棲はもちろん、過去にも永続的恋愛関係を結べるものは皆無と認められます、だって。どう？　この表現。……当人はいささか偏屈の傾向あるも、職務にはきわめて熱心、責任感旺盛《おうせい》、身体強健、過去に病歴は認められません。只今《ただいま》までの調査の結果では、当人の近親その他に、精神病その他遺伝的疾患の徴候あるものを認めず、……それから、それから、そう、当人の金銭貸借関係は皆無、会社に対する借財、前借金その他もなく、金銭的に潔癖な人物とみとめられます。性格は孤独を愛し、社交を好まざる如《ごと》く、同僚間との折れ合いは必ずしもよからず、……私とだけ折れ合いがよければいいいんだわ。……ああ、そう？　お客様？　じゃもう切るわ。本当にありがとう。何てあなたって親切な方でしょう。どうしても一言お礼を申上げたかったのよ。じゃ又近いうちにお出《い》でをお待ちしておりますわ。……あの人？　ええ、それも仰言るとおりに、二三日前から店へ見習いに来ているわ。今度いらしたときは御紹介できるわね。ええ、……ええ、……本当にありがとう。さようなら」

第四章

登の中学は十一日にはじまった。その日の授業は午前中におわった。みんなは正月の休みのあいだ会う折がなかった。殊《こと》に首領は、両親の気まぐれによって、関西旅行に連れられていた。久しぶりに顔を合わせた一同は、学校で弁当を喰べてから、人気《ひとけ》のない場所を求めて、山下埠頭《ふとう》の突端へ行った。

「あすこはひどく寒いと思うだろう。みんなそう思うんだ。だがそれはまちがいだよ。あすこには実にいい風除《かぜよ》けがあるんだ。……とにかく、行けばわかる」

と首領が言った。

この日は午後から曇り、寒気が増した。少年たちは山下埠頭の突端へ行く道すがら、海からまともに吹きつけてくる北風に顔をそむけた。

その突端の埋立工事はすでに成ったが、桟橋《さんばし》の一つはなお工事半ばであった。海は鼠《ねずみ》いろに騒立《さわだ》ち、二三の浮標《ブイ》はゆらめいて、たえず波に洗われていた。暗い対岸の工場地帯は、電力会社の五本の煙突ばかり目に著《しる》く、あいまいな屋根々々の線を犯して黄煙が澱《よど》んでいた。左方の出来かけの桟橋に泊っている浚渫船《しゅんせつせん》から、数人の重い懸声が水を伝わってひびいた。港の入口の門柱をなす紅白の低い燈台《とうだい》は、その桟橋の左の外れに、二つほとんど重なって見えていた。

右方の市営五号上屋《うわや》の前の桟橋には、ひどく古びた五、六千トンの貨物船が碇泊《ていはく》しており、船尾の国旗も鼠いろに潮垂《しおた》れていたが、上屋のかなたには外国船が錨《いかり》を下ろしているらしく、白い美しいデリックが屋根ごしに林立して、この暗鬱《あんうつ》なけしきの中に、そこにだけ光りかがやくものが羽搏《はばた》いているように見えた。

首領が言った風除けの意味はすぐにわかった。それは岸壁と倉庫との間の空地に、無秩序に立て並べられた、あるいは銀いろの、あるいは緑いろの、犢《こうし》の一匹も楽に入りそうなコンテナーの聚落《しゅうらく》だった。岩乗《がんじょう》な鉄枠《てつわく》を帯びた大きなベニヤの木箱で、板の部分も鉄を装って同じ銀いろに塗られ、それぞれの輸出物の商店名を描いて、野ざらしになっていた。

六人の少年はこれを見つけると、おのがじしコンテナーの隙間《すきま》に身を忍ばせ、隙間づたいに突然駈《か》け出して鉢合《はちあわ》せをしたり、追ったり追われたりして、子供らしい時をすごした。首領が銀いろのコンテナーの聚落の只中《ただなか》に、一つだけ、鉄枠をのこして二つの壁が破れ去り、中の荷物もきれいに取り去られて、内部の明るいベニヤの色だけをあらわにしているコンテナーを見つけたときには、一同はかなり汗ばんでいた。

首領は百舌《もず》のような声で叫んで、ちりぢりの仲間を呼びあつめた。六人がそのベニヤの床にあるいは坐《すわ》り、あるいはその鉄枠に手を支《か》てて立っていると、このふしぎな乗物がそのままクレーンに吊《つ》り上げられて、曇った冬空へ揚《あが》ってゆくような気がした。

かれらは内側のベニヤの壁にマジック・インキで書かれた楽書を、ひとつひとつ声を出して読んだ。「山下公園で逢《あ》いましょう」「すべてを忘れて無責任になろう！」……それらは連歌の附句《つけく》のように、別の人の書いた次の一句が、前の一句の希望や夢を、丹念に歪《ゆが》め変容させていた。「若者よ、恋をしよう！」「忘れろ、女なんかは」「いつでも夢を！」「黒い心の、黒い傷痕《きずあと》のブルース」……又中には、少年水夫のわないている魂も覗《のぞ》いていた。「I changed green. I'm a new man」……一艘《そう》の貨物船の絵は四つの矢印を放射し、右方の矢は横浜を、左方の矢は紐育《ニューヨーク》を、上方の矢はHeavenを、下方の矢はHellを指し示していた。そしてAll forgetと大書した字は大きな力強い輪で囲まれ、憂鬱な目つきの船員の肖像が、半外套《はんがいとう》の襟《えり》をそば立てて、マドロス・パイプを吹かしていた。これらのすべてに航海の孤独と苛立《いらだ》たしい憧《あこが》れが語られ、自負と遣場《やりば》のない憂愁が刻まれていた。まるで嘘《うそ》のように典型的に。自分で自分を夢みる資格のあることを、悲しげに執拗《しつよう》に誇示して。

「こんなものはみんな嘘《うそ》っ八《ぱち》だ」

と首領は腹立たしげに言った。白い幼ない非力な手で拳《こぶし》を作って、その楽書の壁を叩《たた》いた。彼のその小さな手が、六人すべてにとっての絶望のしるしだった。彼らは嘘からさえ拒まれていた。

かつて首領は、世界には不可能という封印が貼《は》られており、それを最終的に剝《は》がすことができるのは僕《ぼく》たちだけだ、と言ったのだが。

「君の英雄はどうしたんだい、その後。え？　三号。そいつが帰って来たという噂《うわさ》はきいたけど」

首領はみんなの視線を感じて、冷たく、毒々しくそう言った。言いながらそそくさと、外套のポケットから、厚いふかふかした裏地のついた革手袋をとり出してはめ、はめ了《おわ》ったのち、燃えるような朱《あか》い裏地をちらと返して形をつけた。

「帰って来たよ」

と登はぼんやりと答えた。この話題が出るのが本当はいやだったのだ。

「それでそいつは航海中、何かすばらしいことでもやって来たのかい」

「ううん。……そう、カリブ海でハリケーンに会ったって言ってた」

「へえ、頭から水をかぶって、濡《ぬ》れ鼠《ねずみ》になったんだろうな。いつか公園の噴水をかぶって来たときみたいに」

首領のこの言葉にみんなは笑い、笑い出すととめどがなくなった。登はそれを自分に対する嘲笑《ちょうしょう》のように感じたけれど、すぐ取り戻した矜《ほこ》りのおかげで、その後の竜二の毎日を、昆虫《こんちゅう》の生態を報告するように、何ら感情をまじえずに、話してきかせることができた。

竜二は一月七日まで家にぶらぶらしていた。洛陽丸《らくようまる》が一月五日にすでに出帆したことを知ったとき、登は非常な衝撃をうけた。あれほどまで洛陽丸の存在と一つになり、夏の出帆の時など、あれほどまで遠ざかる船の光輝の一部になっていたこの男が、あんな美しい全体から身を切り離し、好んで自分の幻から船と航海の幻を絶ち切ってしまったのだ。

なるほど休みの間、登は竜二につきまとい、さまざまな航海の話をきき、仲間の誰《だれ》もかなわない広汎《こうはん》な知識を得た。しかし登が本当に欲《ほっ》したのはそんな知識ではなく、竜二が話す間《ま》も慌《あわただ》しく再び翔《た》ってゆくときに、あとへ残してゆく青い点滴のほうだった。

海や船や航海の幻は、その青い輝やく一滴の中にしか存在しない。日ましに竜二には忌《いま》わしい陸の日常の匂《にお》いがしみついた。家庭的な匂い、隣り近所の匂い、平和の匂い、魚を焼く匂い、挨拶《あいさつ》の匂い、いつまでもそこにあって微動もしない家具たちの匂い、家計簿の匂い、週末旅行の匂い、……陸の人間が多かれ少なかれ身につけているこれらの屍臭《ししゅう》。

竜二のいろんなまじめな努力がはじまり、陸の教養を身に着けるために、房子のすすめる下らない文学書や美術全集の耽読《たんどく》がはじまり、航海用語の出ていない英会話のテキストの、テレビによる実習がはじまり、店の経営に関する房子のお講義がはじまり、房子がふんだんに店から取り寄せたイギリス物の「趣味のよい」服装を身に着ける努力がはじまり、洋服や外套の誂《あつら》えがはじまり、……ついに一月八日から、竜二は房子と共にレックスへ通うようになった。その日にむりやりに間に合わせた英国物の新調の背広を着て、いそいそと。

「いそいそと」
と登は舌の先に氷を載せたような口調で言った。

「いそいそとね」

と一号がその口真似をした。

きくうちにみんなも笑わなくなった。事態の重大なことがだんだんに呑《の》み込めてきたからだ。彼らはそこに、自分たちの共通の夢の帰結と、おぞましい未来を読んだ。この世界には究極的に何事も起らないのかもしれぬ！

そのとき海面を一艘のランチが、白波を蹴立《けた》てて斜めに横切る姿が、コンテナーの群の細い隙間にちらと見え、そのエンジンの音は遠く尾を引いた。

「三号」と首領はベニヤの壁にものうげに凭《もた》れて、言った。「君はそいつをもう一度英雄にしてやりたいのか」

登は話しおわると急に寒さを感じて、うずくまって、手袋の指で自分の靴《くつ》の尖《さき》をおもちゃにしながら、黙っていた。それから、答にならぬ答を言った。

「でも、あいつは今でも、船員帽だの、半外套だの、汚れた徳利スウェータアだのを、自分の戸棚《とだな》に大事にしまっているよ。まだ捨てる気はないらしいんだよ」

首領はいつものように、相手の返事に頓着《とんじゃく》せずに、冴《さ》えた清らかな声で一方的に告げた。

「そいつをもう一度英雄にしてやれる方法が一つだけある。しかし、今は言えない。

やがて言える時期が来るだろう、それももうすぐ」

首領がそう言いだしたときは、誰もその言葉の先を探ることは許されなかった。そこで首領はやすやすと、自分本位に話題を変えた。

「今度は僕の話をしよう。正月の旅行で、僕は久しぶりに、毎日、朝から晩まで、おやじやおふくろと鼻を突き合わせていた。父親というものは！　考えてもみろよ。あれは本当に反吐《へど》の出るような存在だ。あれは害悪そのもので、人間の醜さをみんな背負っているんだ。

正しい父親なんてものはありえない。なぜって、父親という役割そのものが悪の形だからさ。厳格な父親も、甘い父親も、その中くらいの程のよい父親も、みんな同じくらい悪い。奴《やつ》らは僕たちの人生の行く手に立ちふさがって、自分の劣等感だの、叶《かな》えられなかった望みだの、怨恨《えんこん》だの、理想だの、自分が一生とうとう人には言えなかった負け目《ひめ》だの、罪だの、甘ったるい夢だの、自分がとうとう従う勇気のなかった戒律だの、……そういう莫迦《ばか》々々しいものを何もかも、息子に押しつけてやろうと身構えている。うちのパパみたいな一等無関心な父親だって例外じゃない。ふだんちっとも子供を構ってやれなかった良心の苛責《かしゃく》を、結局子供から理解してもらいたがっている。

このお正月、嵐山《あらしやま》へ行って、渡月橋《とげつきょう》を渡りながら、僕はパパに訊《き》いたもんだ。

『パパ、人生の目的って一体あるんですか』

わかるだろう？　僕は実は、お父さん、あなたは一体何のために生きてるんですか、いっそ早く消えてなくなったほうがお為《ため》でしょう、という意味で言ったんだ。しかしこんな高級なあてこすりの通じる男じゃない。彼はびっくりして、目を丸くして、僕をじろじろ見た。僕はこういう莫迦らしい大人の愕《おどろ》きがしんからきらいだ。とうとう彼はこう答えた。

『坊や、人生の目的というものは、人が与えてくれるもんじゃない。自分の力で作り出すんだよ』

何て莫迦げた月並な教訓だろう。そのとき彼は、父親の言うべき言葉の、いくつかの釦《ボタン》の一つを押したんだ。こういうときの父親の、あらゆる独創性を警戒する目つき、世界を一ぺんに狭くする目つきを見るがいい。父親というのは真実を隠蔽《いんぺい》する機関で、子供に嘘を供給する機関で、それだけならまだしも、一番わるいことは、自分が人知れず真実を代表していると信じていることだ。

父親はこの世界の蠅《はえ》なんだ。あいつらはじっと狙《ねら》っていて、僕たちの腐敗につけ込むんだ。あいつらは僕たちの母親と交《さか》ったことを、世界中にふれ廻《まわ》る汚ならしい蠅だ。

僕たちの絶対の自由と絶対の能力を腐らせるためなら、あいつらは何でもする。あいつらの建てた不潔な町を守るために」

「僕の親爺《おやじ》はまだ空気銃を買ってくれない」

と二号が膝《ひざ》を抱いたまま呟《つぶや》いた。

「永久に買ってくれないさ。しかし君はもうそろそろ、空気銃を買ってくれる親も、買ってくれない親と同じくらい悪い、ということを知らなくちゃいけない」

「僕の親爺はきのうも僕を殴った。お正月になってから三度目だ」

と一号が言った。

「殴るんだって？」

と登は慄然《りつぜん》として訊き返した。

「平手でほっぺたを、あるときは拳骨《げんこ》で」

「どうして君は黙ってるの」

「腕力じゃ敵《かな》わないからだ」

「そんなら、そんなら」と登は昂奮《こうふん》して甲高い声で叫んだ。「トオストに塗って喰《く》わしてやればいいじゃないか、青酸加里かなんかを」

「殴るのは一等わるいことじゃないよ」と首領は、赤い薄い唇《くちびる》のはじを、心もち吊《つ》り上げて言った。「もっとわるいことがいくらもある。君にはわからないんだ。君は倖《しあわ》せ者だよ。父親が死んでから、君は選ばれた者になったんだ。しかし君も、この世の悪は知らなくちゃいけない。でないと、いつまでも力がつかないよ」

「僕の親爺は、いつも酔って帰ってきて、お母さんをいじめるんだ。僕がお母さんを庇《かば》うと、真青な顔をして、にやりと笑って、こんなことを言ったよ。『よせ。お母さんの愉《たの》しみを奪うもんじゃない』って」

と四号が言った。

「僕は知ってるんだ。僕の親爺には妾《めかけ》が三人もいるんだ」

とさらに四号が、

「僕の親爺は、神様ばかりお祈りしている」

と五号が言った。そこで登が、

「どんなことをお祈りしてるの」

「一家安全、天下泰平、商売繁昌《はんじょう》、だとか、そんなことさ。親爺は家《うち》を模範的な家庭だと思っている。困ったことに、おふくろも化かされて、そう思っているのさ、家じゅう清潔で、正直で、善いことだらけなんだ。家では天井の鼠にまで餌《えさ》をやるんだ。盗みなんて悪を働らかないように。……家では、御飯がすむと、神様の恵みを無駄《むだ》にしないように、みんな一せいに、自分のお皿《さら》をべろべろ舐《な》めてきれいにしちゃうんだ」

「それもお父さんの命令でかい」

「親爺は決して命令しないんだよ。自分で最低のことをまずはじめる。みんな結局、その真似をするようになっちゃうんだ。……君は倖せ者だよ。自分の幸運を大切にしなくちゃ」

登はみんなと同じ黴菌《ばいきん》に犯されていないことのもどかしさと一緒に、自分の偶然の幸運の、繊《かぼそ》い硝子細工《ガラスざいく》の特質におののいた。どういう恵みによってか、彼は悪を免《まぬ》かれて生きてきたのだった。その自分の脆《もろ》い、新月のような浄《きよ》らかさ。自分の無垢《むく》が世界へ張りわたした、あの航空網のような複雑な全体的な触手。……それがいつぽきりと折られるだろう。世界はいつ、忽《たち》ちにしてひろがりを失い、登に胸苦しい狭窄衣《きょうさくい》を着せるだろう。その日がもうそこまで来ている。……そう思うと、登にはどんな狂おしい勇気でも湧《わ》いて来そうな気がした。

首領は寒さにひびわれた頰《ほお》を登に向け、なるたけ彼の顔を見ないようにして、きれいに剃《そ》った三日月《みかづき》型の眉《まゆ》をひそめながら、コンテナーの隙間からわずかに覗《のぞ》かれる、灰いろの沖の煙と雲の累積を見つめていた。鋭い小さな光る前歯で、革手袋の朱い裏地を噛《か》んで。

第五章

母の態度が変った。やさしくなり、寸暇を割いて登の面倒を見るようになった。それは明らかに何かの、登にとって受け入れにくい何かの前触《さきぶ》れだ。

ある晩、登がおやすみなさいを言って、部屋へ上って行こうとしたとき、

「鍵《かぎ》、鍵」

と言いながら、母がキイ・ホールダアを持ってついて来た。この「鍵、鍵」に登は異様なものを感じた。そうやってついて来て、登の部屋のドアに外側から鍵をかけるのは毎夜の習慣だから、ある晩はやさしく、ある晩は鬱陶《うっとう》しそうについて来るにしても、口に出して「鍵、鍵」などと言ったことは一度もなかった。

すると海老茶《えびちゃ》の格子縞《こうしじま》のガウンを着て、「商店経営の実際」という本を読んでいた竜二は、いかにも「ふと耳にとめた」という具合に顔をあげて、房子の名を呼んだ。

「なあに」

と房子は階段の半ばで身をひねって答えたが、その声の阿《おもね》るような甘さに登はひや

りとした。

「今夜から鍵をかけるのはやめたらどうかな。登君ももう子供じゃないんだし、していいこととわるいことの区別はつく筈《はず》だ。なあ登君、そうだな？」

声は居間から大きく幅広に昇ってきた。階段の上の暗がりで、登は身じろぎもせず、答えもやらず、追いつめられた小動物のように目を光らせていた。

母は答えない登の無礼も咎《とが》めず、油のような滑りのよいやさしさを自由に保った。

「よかったわね。うれしいでしょう」

と登の同感を強《し》いながら、彼を部屋の中へ導き入れ、明日の忘れ物がないように教科書と時間表を照合し、鉛筆の削《けず》り具合を調べた。数学の宿題は、ちゃんと竜二がやってくれて整っていた。母はそこらをさまよって、万遍なく登の寝仕度を検《あらた》めたが、その姿はあまり軽く、その動きはあまり円滑で、水の中の踊りを見るような気がした。やがて、おやすみを言って、母は出て行った。久しい間親しんだあの鍵の音もなく。

――一人のこされた登は、急に不安になった。彼はお芝居を見抜いていた。しかし見抜いたことが少しも慰めにならなかった。

竜二たちは兎《うさぎ》の罠《わな》をかけた。閉じこめられたものの怒りが、馴《な》れ親しんだ自分の巣の匂《にお》いが、今度はすっかり意味を逆転させて、自分で自分を閉じこめる者の、まわりの世界に対する諦《あき》らめと寛容に変るのを、彼らはたしかに期待している。兎がそれにかかったが最後、兎でなくなるような微妙な罠。

登は鍵のかからない部屋にいる不安のために、パジャマの衿元《えりもと》を合わせて慄《ふる》えていた。あいつらが教育をはじめたのだ。怖《おそ》ろしい破壊的な教育。すなわち彼に、このやがて十四歳になろうとする少年に、「成長」を迫ること。首領の言葉を借りれば、とりも直さず、「腐敗」を迫ること。登は熱ばんだ頭で、一つの不可能な考えを追っていた。何とか僕が室内にいたままで、その同じ僕がドアの外側から、鍵をかけることはできないだろうか？

＊＊＊

又ある日、登が学校からかえると、母と竜二は夜の服装をして待っていて、これから映画へ連れて行ってあげると言った。それは登がかねて見たがっていた七〇ミリの、波瀾《はらん》に富んだ大がかりな映画で、登は大そう喜んだ。

映画が済むと、南京《ナンキン》街へ行って、二階の小座敷のある家で、三人きりで食事をした。登は料理も好きだが、なかんずく、皿を載せてぐるぐる廻る円卓が好きだった。料理が出揃《でそろ》ったところで、竜二は房子に目配せをした。房子はこの瞬間のために酔

い の力を借りる必要があったとみえて、小量の老酒《ラオチュウ》に目もとを赤くしていた。

登は今まで大人たちからこんな手厚い扱いをうけたことはなく、大人たちが自分の前でこんな大袈裟《おおげさ》な逡巡《しゅんじゅん》を示すのを見たこともなかった。これは何か大人たちの儀式らしかった。彼らの言いたいことはもう登にはわかっていて、それは概《おおむ》ね退屈だった。ただ母と竜二が、円卓のむこうにいて、登の心を傷つきやすい、愕《おどろ》きやすい、無知の、ひよわい小鳥のように扱うのが壮観だった。彼らは皿の上に、その繊細な、触っただけで壊れそうな、柔毛《にこげ》を逆立てた小鳥を載せて、どうしたらその小鳥の気を悪くさせずに、その心臓を喰《た》べてしまえるか、と思案しているように見えた。

登は母と竜二の想像の中にいる、可愛《かわい》らしい自分の姿が満更ではなかった。彼は被害者らしく見える必要があった。

「いいこと? ママのこれから言うことをよくきくのよ。これは大事なことなんですからね。あなたにはパパができるの。塚崎さんがあなたのパパになるのよ」

登は表情も動かさずにきいていたので、自分がどんなに呆然《ぼうぜん》自失して見えるかという自信があった。しかし、ここまではまだよかった。それからあとの母の愚かな見当外れは、登の想像の外にあった。

「……亡《な》くなったパパはね、本当にいい方だった。亡くなったとき、あなたはもう八つだったから、パパの思い出は懐《なつか》しいことがいっぱいあると思うのよ。でもね、ママはそれから五年間淋《さび》しい思いをしたし、あなたもそうだったと思うの。ママにもあなたにも、やっぱり新らしいパパが必要だったと思うでしょ。わかってくれるわね。あなたのためにも、どんなにママは、新らしい理想的な、強くてやさしいパパがほしいと思ったか知れないの。亡くなったパパがいい方だっただけに、一そうママは悩んだの。もうあなた大人だからわかるわね。この五年間、あなたとママだけで、どんなに心細い思いをしたかしれないわ」

母は愚かしくも、香港《ホンコン》製のハンケチをあわただしく取り出して泣いた。

「みんなあなたのためなのよ、登、みんなあなたのためなの。塚崎さんくらい、強くてやさしくて、すばらしいパパになれる方は世界中にいないわ。……ね、今日から、塚崎さんをパパと呼ぶんですよ。お式は来月匆々《そうそう》にあげて、そのときは大ぜいのお客様を呼んでパーティーをするのよ」

登が黙っている顔から目を外《そ》らして、竜二はしきりに一人で老酒の杯に氷砂糖を入れてかきまわし、かきまわしては杯を重ねていた。彼はこの少年の前で厚かましく見えることを怖れていた。

登は自分がひどくいたわられると同時に怖れられているのを知った。このやさしい恫喝《どうかつ》に登は酔った。冷たい心のありたけを振り向けるときに、彼の口もとには微笑が泛《うか》んだ。それは宿題をやって来なかった生徒が、絶壁の上から身を躍らす者の自負を以《もっ》て、うっすらと泛べるあの微笑だった。

朱《あか》いデコラの円卓のむこうから、竜二は横目ですばやくこの微笑を捕えた。彼は又しても誤解した。そのとき竜二がすかさず登へ向けた笑顔は、いつか公園で水を浴びてきたずぶ濡《ぬ》れの姿の彼に、登が最初の居たたまれない失望を感じたときと、同じ種類の大仰な笑顔であった。

「よし！ それじゃ俺《おれ》も、これから登君じゃなくて、登と呼ぶぞ。さあ、登、パパと握手しよう」

竜二は卓の上に固い掌をさし出した。登は水をかきわけるように重たく手を出した。どこまで手を出しても、竜二の指先に届かないような気がした。やっと届いた。やっと届いて、その太い指に自分の指が手繰《たぐ》り込まれ、熱いがさがさした握手がはじまったとき、登は旋《つむ》じ風に封じられて、自分がもっとも望まなかった不定形なぬるい世界へ、体ごと巻き込まれるように感じた。

……その晩、母がおやすみを言って、鍵をかけずにドアが閉められると、登は狂おしい気持になった。硬い心、鉄の錨《アンカー》のように硬い心、と彼は何度も口の中で言ってみた。するとどうしても自分の正真正銘の硬い心を、手にとって見たくなった。

母は瓦斯《ガス》ストーヴの元栓《もとせん》を締めて行った。部屋の中には寒気と煖気《だんき》とのゆるやかにもつれ合う襞《ひだ》があった。彼はさっさと歯を磨《みが》いて、パジャマに着かえて、ベッドにもぐり込めばそれでよかった。

しかし、とらえどころのない不本意の重たさが、プルオーヴァーのスウェータアを脱ぐのさえ億劫《おっくう》に思わせた。こんなに彼が、母のもう一度現われるのを、たとえば何か言い忘れたことがあって戻《もど》ってくるのを、待ちこがれたことはなかった。そのくせ今夜ほど彼が母を蔑《さげす》んでいたこともなかったのだ。

次第に募る寒気の中で登は待った。待ちくたびれたあまり、平仄《ひょうそく》の合わない空想をした。母が再び現われて、こんな風に叫ぶという空想。

「みんな嘘《うそ》なのよ。あんたをだまして面白《おもしろ》がったりして御免なさいね。私たちは決して結婚なんかしません。そんなことをしたら、世の中はめちゃくちゃになり、港では十艘《そう》のタンカーが沈没し、陸ではたくさんの汽車が転覆し、街の飾り窓のガラスはみな割れ、薔薇《ばら》という薔薇が石炭みたいに真黒になってしまうものね」

登はどうしても母が来ないので、とうとう母がここへ来ては絶対に困る状況を編み出した。こんな感情は、どっちが原因で、どっちが結果かわからなかった。これほど理不尽に母を待ちこがれる気持は、登自身の傷手《いたで》もさることながら、ただ母に怖ろしい傷手を与えたいためかもしれなかった。

登は自分でもぞっとするような勇気にかられて、手が慄えてきた。部屋に鍵がかけられなくなった晩から、彼はあの大抽斗《おおひきだし》に手を触れたことがなかった。それには理由がある。暮の三十日に竜二が帰った朝、間もなく母の寝室に閉じこもった二人をのぞいたとき、それはもつれ動く姿態の目もあやな連鎖で、登は結局それをおしまいまで見ることに成功しはしたが、鍵もかかっていない午前の自分の部屋で、抽斗の跡へ身をひそめたりする冒険の危険さには、もうこりごりしていたからだ。

しかし今、登は、呪詛《じゅそ》をかけるような気持で、世界の小さな変革を望んだ。自分が天才であり、世界が虚妄《きょもう》にすぎないならば、それを実証する力が自分に備わっていない筈《はず》はない。それには、母や竜二の信じている茶碗《ちゃわん》みたいなつるつるした安穏な世界に、ほんの小さな罅《ひび》を入れればすむのだ。

登はいきなり走り寄って、大抽斗の鐶《かん》に手をかけた。いつもは音《ね》をひそめて引出すのに、思い切り音を立てて引っぱり出し、抽斗を乱暴に床《ゆか》に落した。彼はそのまま、じっと耳をすまして立っていた。これに応ずる物音は家のどこからもきこえて来なかった。あわただしく階段を上ってくる足音もなかった。ただ深閑としていた。きこえるのは、自分の速い動悸《どうき》の音ばかりである。

登は時計を見た。まだ十時だった。そのとき奇異な企《たく》らみが生れた。抽斗の跡の穴の中で、勉強をしていてやれと思ったのである。それはすばらしいアイロニイで、大人の思いつきの卑《いや》しさを嘲笑《ちょうしょう》するのに、これ以上のものは考えられない。

登は英語の単語カードと懐中電燈《でんとう》を持って、抽斗の跡へもぐり込んだ。母は何かふしぎな力に惹《ひ》かれてここへ来るだろう。登の異様な姿を見て、直感的に、彼の目的を察するだろう。彼女は羞恥《しゅうち》と怒りで火のようになるだろう。登を引きずり出し、その頰《ほお》を搏《う》つだろう。そのとき登は、仔羊《こひつじ》のようなあどけない目つきで、単語カードを示してこう言うだろう。

「なぜいけないの。僕、ここで勉強していたんだのに。せまい所のほうが落着くんだよ」

——そこまで考えて、登は埃《ほこり》っぽい空気に噎《む》せながら笑った。

穴ぐらの中に身をかがめると、不安は去り、今までの動揺がおかしくさえ思われ、嘘から出た真《まこと》で、勉強もじっくりと頭に入るような気がした。いずれにせよ、登にとってそこは世界の辺境で、じかに裸の宇宙に接しており、どこまで遁《のが》れてもそれ以上は遁れようのない場所だった。

彼は不自由に腕を折り曲げて、カードの一枚一枚を、懐中電燈で照らしながら読んだ。

abandon……棄《す》てる、見捨てる。

これはもう馴染《なじ》みの言葉だから、彼はよく知っていた。

ability……能力。才能。

それが天才とどうちがうのだろうか。

aboard……船内に。

又しても現われる船。彼は出帆時の甲板を飛び交わす拡声器の声を呼び起した。それからあの絶望の布告のような、金色の巨大な汽笛を。……absence……absolute……

登は懐中電燈の光りをそのままに、しらずしらず眠りに浸《ひた》された。


竜二と房子は、かなり遅くなって寝室に入った。今夜、夕食のときの登に対するあの宣言で、二人は心の重荷も免《まぬ》かれ、すべてがもう一つ新らしい段階に達したように感じた。

しかし、床に入るときになって、房子にはふしぎな羞恥が目ざめた。まじめな事柄《ことがら》について話しすぎ、肉親の感情について論じすぎたあとでは、房子には今までにない深い安堵《あんど》と一緒に、何かは知れぬ神聖なものに対する得体のしれないきまりの悪さが生れた。

竜二の好きな黒のネグリジェで寝台《ねだい》に横たわると、房子は今までは竜二の好みの明るさに委《まか》せていたのに、すっかり明りを消してくれるように彼にたのんだ。そこで竜二は闇《やみ》の中で房子を抱いた。

事が終ってのち、房子は言った。

「真暗闇《まっくらやみ》なら恥かしくないと思ったら反対ね。却《かえ》って、闇全部が目になって、しじゅう誰《だれ》かに見られているような気がする」

竜二はこんな神経質を笑って、部屋を見廻《みまわ》した。窓のカーテンに遮《さえぎ》られて、戸外の灯火は見えない。部屋の一隅《いちぐう》の還流式の瓦斯ストーヴの、焰《ほのお》はなくて、ほのかな青い火明りの反映だけが見える。それが丁度遠い小都会の上の夜空のようである。寝台の真鍮《しんちゅう》の柱のかすかな輝やきが闇の中に慄えている。

竜二はふと、隣室との堺壁《さかいかべ》の腰板のところに目をとめた。古風な造りで、その上辺に波形の木彫の枠《わく》が走っている。その一個所《かしょ》から、闇のなかへ、ぼんやりと小さな光りがにじんでいる。

「あれは何だろう」と竜二は呑気《のんき》に言った。「まだ登君は起きてるのかな。この家《うち》も大分イカれてきたな。あした俺が、何かであの隙間《すきま》を塡《う》めてやろう」

房子は蛇《へび》のように白いあらわな頸《くび》を寝台《ねだい》からもたげて、一点から洩《も》れる光りをじっと見た。彼女はおそろしい速度で了解した。傍《かたわ》らのガウンを摑《つか》むと、起き上りざまそれに腕を通して、物も言わずに、身を躍らして出て行った。竜二はあわてて呼びかけたが、答はなかった。

登の部屋のドアがあく音がした。一寸《ちょっと》した沈黙の間《ま》があった。やがて房子の泣き声らしいものを聞きつけて、竜二も寝台を滑り下りた。しかし自分がすぐにその場へ行ってよいかどうか考えて、しばらく闇の中をうろうろしたのち、フロア・スタンドのあかりをつけ、窓ぎわの長椅子《ながいす》に腰を下ろして、煙草《たばこ》に火をつけた。

登はいきなり烈《はげ》しい力がズボンにかかって、抽斗の穴から引きずり出されるのに目をさました。しばらくは何が起ったのかわからなかった。母のよくしなう細い手が、彼の頰といい鼻といい、唇《くちびる》といい、所きらわず降ってきて、目をあけていられなかった。登は生れてからまだ一度も、母にこうして搏たれたことがなかった。

引きずり出されたときに、母か登かどちらかが、大抽斗につまずいてシャツ類を飛び散らせ、登は片足をそのシャツの中へつっこんだ形で、床《ゆか》に半ば倒れていた。母がこんなに怖《おそ》ろしい力を出すとは信じられなかった。

立ったまま、息を弾ませて、睨《にら》み下ろしている母の姿を、登はやっと仰ぎ見ることができた。

濃紺に銀の孔雀《くじゃく》の羽根を散らした錦織《ブロケード》のガウンは、裾《すそ》が大きくひろがっていたので、母の下半身のふくらみは異様に厖大《ぼうだい》で、威嚇《いかく》するかのように見えた。少しずつせばまり細まってゆく上半身のずっと遠くに、喘《あえ》ぎ、悲しみ、一瞬にしておそろしく年をとり、涙で濡れそぼった顔が小さく聳《そび》え、遠い天井の燈火は、彼女の乱れた髪の尖端《せんたん》に、狂おしい光背を与えていた。

登は一瞬のうちにこれらのものを見てとると、冷えきった後頭部に一つの記憶が生れて、自分はたしかにずっと以前、これと同じ瞬間に立ち会ったことがあるような気がした。それは多分、すでにたびたび見た、夢の中での処罰の情景だったにちがいない。

母は声を立てて泣きはじめ、しかも涙の中からなおも登を睨《にら》み据《す》えて、ききとりにくい声でこう叫んでいた。

「情ない。何て情ない。自分の息子が、何てきたならしい、こんなことを。私はもう死んでしまいたい。何て情ないことをしてくれたの、登」

登は自分が、さっき企らんだように、「英語の勉強をしていたの」と申立てる気を全く失《な》くしているのに愕《おどろ》いた。そんなことはもうどうでもよいことだった。母は決して誤解したわけではなく、今まで彼女が蛭《ひる》のようにきらいだった「物事の真実」に肌《はだ》をすりつけたのだ。その点では今、登も母も、かつてないほどに、同等の、等価の人間だった。それはほとんど共感と言ってもよかった。登は搏たれて熱く燃える頬を押えながら、こんなにまで近づいた人間が、一瞬にして、果てしもなく遠くまで飛び去る状況を、よくよく眺《なが》めておこうと思い立った。母の怒りも悲しみも、真実の発見それ自体によるのでなかったことは明らかで、彼女の身の置き処《ど》のない羞恥も情なさも、みんな或《あ》る種の偏見から来ていることを登は知っていた。母はすぐさまこの真実を解釈し、その世間並の解釈が彼女の激昂《げっこう》の原因である以上、英語の勉強をしていた、なぞという登の洒落《しゃれ》た弁解が一体何の役に立つだろう。

「もう私じゃ手に負えないわ」と、しばらくして、気味のわるいほど静かな声で房子は言った。「こんな怖ろしい子はもう手に負えない。待ってらっしゃい。パパに叱《しか》っていただくから。もう二度とこんな真似《まね》をしないように、うんと手きびしくお仕置をしていただくから」

母は明らかに、こんな言葉で、登が泣いてあやまることを期待していた。

そのとき房子の心には或るゆらめきが生れ、はじめて事態をあとから収拾する気持が起きた。竜二がまだ姿を現わさないことと、登が今にも泣いてあやまるだろうことと、この二つの時間のせり合いを縫い合せ、竜二の目にはすべてをあいまいにして、自分の母親の矜《ほこ》りを守ろうとしたのである。このためには登が一刻も早く泣いて詫《わ》びることが必要であり、しかも父親の叱責《しっせき》を嚇《おど》しの手に使った以上、こんな母子の間の馴れ合いの解決を、母親の口から暗示することはできなかった。房子は黙って待つほかはなかった。

登も黙っていた。彼は一旦《いったん》滑りだした機械がゆきつく究極の地点にしか興味がなかった。あの暗い抽斗の穴の中で、登は自分の世界のひろがりの、海や砂漠《さばく》の辺際にいたのだった。そこからすべてが生じた以上、そこにいたということによって彼が罰せられる以上、なまぬるい人間たちの町へ還《かえ》って来て、なまあたたかい涙の芝生に顔を伏せたりすることはできなかった。彼があの小さな覗《のぞ》き穴から、晩夏の一夜にかつて明瞭《めいりょう》に見てとった輝やきわたる聯関《れんかん》の形、あの汽笛のとどろきに飾られた人間の美しい頂点に誓って、そうすることはできなかった。

そのときドアがためらうように揺れた。竜二の顔がちらと覗いた。

自分も息子も共々に機会を逸したのを知った房子の心には怒りが生れた。竜二は全然姿を現わさないか、それともはじめから彼女について来ていてくれればよかったのだ。こんな拙劣《せつれつ》な彼の現われ方に怒りながら、房子は自分の感情の間尺を合わせようとあせって、前よりも烈しい憤《いきどお》りを登に向けた。

「どうしたんだ、一体」

竜二はゆっくりと部屋へ入って来て、そう言った。

「叱って頂戴《ちょうだい》、パパ。なぐっていただかなければ、この子の悪い気持は直らないわ。この子はこの抽斗の跡へ入り込んで、私たちの寝室を覗いていたんです」

「本当かね、登」

と問いかける竜二の声には怒りがなかった。

登は床に足を投げ出して坐《すわ》ったまま、黙って頷《うなず》いた。

「それで……そうだ……今夜、ちょっとした思いつきでやったことなんだね」

登ははっきりと首を振った。

「じゃ、少くとも一度か二度だね。え？」

登は又首を振った。

「じゃ、ずっとか？」

登の頷くのを見て、房子と竜二は思わず顔を見合わせた。その見交わす視線の稲妻の内に、竜二の夢みてきた陸の生活や、房子の信じ込んでいた健全な家庭が、青々と照らし出され、音を立てて崩壊するさまを、登は快く空想したが、彼はこのときわれにもあらず空想の力を過信するほど、感情に負けていた。なぜなら登は、熱情的に何ものかを待っていたからだ。

「そうか」

と部屋着のポケットにだらしなく両手をつっこんで竜二は言った。その裾《すそ》からのびている二本の毛脛《けずね》が登の目の前に在った。

竜二は今父親の決断を迫られていた。これは彼が陸の生活で生れてはじめて強《し》いられた決断で、海の荒々しさの記憶が、かつては嫌《きら》った彼の陸の観念に不当にやさしさをしみ渡らせ、それが竜二のほとんど本能的な流儀を阻《はば》んだ。殴ることは易しかったが、彼にはむずかしい未来が待っていた。威厳を以《もっ》て愛されること。日々の困難の穏当な救助者になり、日々の収支の帳尻《ちょうじり》を合せ、……彼は女子供のわけのわからない感情のごく大まかな理解者になり、こんなとんでもない事態に際会しても、その依《よ》って来るところを的確につかまえて、決してまちがいのない教育者になり、……要するにこれを大洋の嵐《あらし》みたいに扱わず、地上にはいつも微風が吹いているという風に考えなくてはいけないのだ。彼自身が気づかない海の遠い影響が現われて、彼には感情の崇高さや卑《いや》しさの見分けがつかず、陸の上には、本質的に重要なことは起りえないような気がしていた。彼が現実的な判断を下そうと思えば思うほど、地上で目の前に起る事柄《ことがら》は、一種の幻想の色を帯びて来ていた。

それに第一、房子が息子を殴ってくれという言葉をその通りにとってはならなかった。彼は房子が結局竜二の寛容に感謝することになる成行《なりゆき》がわかっていた。

しかもこれらすべてを糊塗《こと》しつつ、竜二は父親の感情を信じた。彼はこの瞬間、心の中では本当に愛していない、どちらかといえば荷厄介《にやっかい》な、妙に心をひらかない早熟な子供に対して、いそいで義務的な想《おも》いを打ち消しながら、自分が本当に父親としての愛情を注《そそ》いでいるような錯覚にとらわれた。のみならず彼はそんな感情を今はじめて発見したような気持になり、自分の愛情のこんな屈折とぎこちなさに、自ら愕いてさえいたのである。

「そうか」

ともう一度竜二は言った。そして、やおら身を低くして、床《ゆか》の上に胡坐《あぐら》をかいた。

「ママも坐りなさい。俺《おれ》は今考えてみて、罪は登一人じゃないと思ったんだ。俺が入ってきて、君の生活も一変した。これは何も俺がわるいのじゃないが、生活が一変したことはたしかだ。中学生として、生活の変化に好奇心を燃やすのは当然だな。やったことは悪いが、それはたしかに悪いが、その好奇心を今度は勉強にふりむけるんだよ。いいかね。

君が見たものについては何も言うまい。何も訊《き》くまい。君ももう子供じゃないし、われわれは大人同士として、いつか笑って話し合えるようなことなんだ。ママも気を鎮《しず》めなさい。過去のことは忘れて、これからも手を握り合って、愉《たの》しく暮してゆこう。パパは明日あの穴を塡《う》めてしまうよ。そうすれば、みんな、このいやな晩のことはだんだんに忘れてしまうさ。な？　そうだな、登」

登は今にも窒息しそうな気持で竜二の言葉をきいていた。

『この男がこんなことを言うのか。かつてはあんなにすばらしかった、光り輝やいていたこの男が』

一語一語が登には信じられぬ思いだった。母に倣《なら》って、「ああ、何て情ない」と叫びたかった。この男は自分の喋《しゃべ》るべきでない言葉を喋っている。猫撫《ねこな》で声で、世にも下賤《げせん》な言葉を喋っている。これこそは地球の終る日まで、決して彼の口からは洩《も》れる筈《はず》のなかった汚れた言葉、人間が臭い巣の中でぶつぶつ呟《つぶや》く言葉だった。しかも現に、竜二は自分で自分を信じて、進んで引受けた父親の役割に満足して、得々と喋ってい る。

『満足して！』

と登はほとんど嘔吐《おうと》を催おしながら考えた。あしたはこの男の賤《いや》しい手が、日曜大工に凝っている父親の手が、彼自身がかつて或る一瞬にあらわした、この世のものならぬ光輝への小さな一点の通路を、永久にふさいでしまうだろう。

「な？　そうだな、登」

言い終って竜二が肩へ手をかけて来たとき、登は凍え切った小さな肩でその手を振り払おうとして果さなかった。彼はただ思っていた、この世には殴ること以上に悪いことがある、と首領が言っていたのは本当だ、と。

第六章

登が首領にたのんで緊急会議を招集してもらったので、六人は外人墓地下の市営プールに、学校のかえりに集まった。

プールへは、樫《かし》の巨木の繁《しげ》った馬の背中のような丘から下りてゆくことができた。彼らは斜面の途中で立止って、冬の日にきらきらと石英が光っている外人墓地を、常磐樹《ときわぎ》の木の間《こま》から眺《なが》めやった。

ここから見ると、二三段の段丘に立ち並んだ石の十字架や墓石は、みんなこちらへ背を向けている。墓のあいだには蘇鉄《そてつ》の黒っぽい緑がある。温室物の切花が供えられていて、十字架のかげに時ならぬ鮮やかな赤や黄がある。

この丘からは、右方にその異人墓《いじんばか》、正面に谷底の人家の屋根々々の上にマリン・タワーが望まれ、プールは左方の谷間《たにあい》になっている。オフ・シーズンのプールの観覧席は、たびたび彼らのうってつけの議場になった。

六人は巨樹の根が土からあらわれて、太い真黒な血管のように遠くまでうねりひろがっている斜面を、ばらばらに跳び渉《わた》って、谷間のプールへの枯草の小径《こみち》を駈《か》け下りた。プールは多くの常磐樹にかこまれ、剝《は》げかけた青いペンキの底を露《あら》わにして、涸《か》れ果てて静まっていた。水の代りに、隈々《くまぐま》に枯葉が溜《たま》っている。青く塗った鉄の梯子《はしご》が、底よりもずっと高いところで途切れている。西へ傾いた日は、屛風《びょうぶ》なりにこれを囲む崖《がけ》に遮《さえぎ》られ、プールの底のほうはもう暮れかけている。

登はみんなのあとについて駈けながら、さっきちらと見た数多い異人墓のうしろ向きの姿を心に保っていた。うしろ向きの墓や十字架。それらがみんなむこうへ顔を向けているならば、僕《ぼく》たちがいるこのうしろ側は、何と名付けるべき場所なのだろう。

六人は黒ずんだコンクリートの観覧席に、首領を央《なか》にして菱形《ひしがた》に腰かけた。登がまず黙って、鞄《かばん》から一冊の薄いノート・ブックを出して首領に渡した。表紙には毒々しい赤いインキで、「塚崎竜二の罪科」と書いてある。

みんなが首をさし出して、首領と一緒に読んだ。それは登の日記の抜萃《ばっすい》で、昨夜の抽斗《ひきだし》事件の記述を以《もっ》て、第十八項に及んでいた。

「こりゃひどい」と首領は沈痛な声で言った。「第十八項だけで三十五点は入るだろ。合計《トータル》が、……そうだな、第一項を五点としたって、おわりのほうの項ほど点が高くなって、合計《トータル》が百五十点をずっと越えちゃってる。これほどとは思わなかった。こりゃいよいよ考えなくちゃいかんぞ」

その首領の独り言をききながら、登は軽い戦慄《せんりつ》を味わった。そしてこう言った。

「どうしても救えないかしら」

「救いようがないな。可哀《かわい》そうだけど」

そこで六人ともしばらく黙ってしまった。それを勇気の欠如と感じた首領は、乾いた落葉を指で粉々にして、固い葉脈だけを指の中にたわめながら、言い出した。

「僕たち六人は天才だ。そして世界はみんなも知ってるとおり空っぽだ。何度も言ったけど、このことをよく考えてみたことがあるかい。その結果、僕たちにはあらゆることが許されている、と考えるのはまだ浅いんだ。許しているのは、僕たちのほうなんだ。教師や、学校や、父親や、社会や、こういうあらゆる塵芥溜《ごみた》めを。それは僕たちが非力だからじゃない。許すということが僕たちの特権で、少しでも憐《あわ》れみを持っていたら、これほど冷酷にすべてを許すことはできないだろう。つまり僕たちは、いつも、許すべきでないものを許していることになる。許しうるものは実はほんの僅《わず》かだ。たとえば海だとか……」

「船だとか」

と登が言い添えた。

「そうだ。そういうごく少数のものだ。そしてもし、そんなごく少数の許しうるものが反逆を企てたら、僕たちは飼犬に手を嚙《か》まれたも同然なんだ。それは僕らの特権に対する侮辱だものな」

「僕たちは今まで何もしなかった」

と一号が口を挟《はさ》んだ。

「いつまでも何もしないわけじゃない」と首領は清々《すがすが》しい声で機敏に応じた。「ところでこの塚崎竜二という男は、僕たちみんなにとっては大した存在じゃなかったが、三号にとっては、一かどの存在だった。少くとも彼は三号の目に、僕がつねづね言う世界の内的関聯《かんれん》の光輝ある証拠を見せた、という功績がある。だけど、そのあとで彼は三号を手ひどく裏切った。地上で一番わるいもの、つまり父親になった。これはいけない。はじめから何の役にも立たなかったのよりもずっと悪い。

いつも言うように、世界は単純な記号と決定で出来上っている。竜二は自分では知らなかったかもしれないが、その記号の一つだった。少くとも、三号の証言によれば、その記号の一つだったらしいのだ。

僕たちの義務はわかっているね。ころがり落ちた歯車は、又もとのところへ、無理矢理はめ込まなくちゃいけない。そうしなくちゃ世界の秩序が保てない。僕たちは世界が空っぽだということを知ってるんだから、大切なのは、その空っぽの秩序を何とか保って行くことにしかない。僕たちはそのための見張り人だし、そのための執行人なんだからね」

彼は更にあっさりと言った。

「仕方がない。処刑しよう。それが結局やつの身の為《ため》でもあるんだ。……三号。おぼえているかね。僕が山下埠頭《ふとう》で、そいつをもう一度英雄にしてやれる方法が一つだけある。やがてそれを言える時期が来るだろう、と言ったのを」

「おぼえてる」

と登は、小刻みに慄《ふる》えてくる腿《もも》を押えて答えた。

「今その時期が来たんだ」

首領を除く五人は顔を見合わせて、沈黙した。みんな首領の言おうとする事柄《ことがら》の重大さがわかっていたからである。

彼らは夕影の濃くなった空っぽのプールを眺めた。剝げた青地の底を、白い数条のラインが通っている。隅《すみ》にたまった落葉はからからに乾いて重なっている。

それは今怖ろしいほど深い。底のほうの青い稀薄《きはく》な闇《やみ》によってますます深い。そこへ身を投げても、体を支えるものが何もないという実感が、空《から》のプールに不断の緊張を醸《かも》し出させる。あの夏の、泳ぎ手の肉体を受容しながら深々と支える柔らかい水がなくて、こうして水と夏との記念碑のような形で生き永らえている乾き切った場所は、とても危険だ。プールのへりから下りてゆく、そして底よりもずっと高いところで突然絶ち切られる青い鉄梯子……。

本当に、体を支えるものは何もないのだ！

「あしたは学校も二時におわるし、そうしたらここへあの男をおびき出して、みんなで一緒に杉田《すぎた》へ、僕たちのあの乾船渠《かんドック》へ連れて行こう。三号、巧《うま》くおびき出すのは君の役目だぞ。

各自の持参するものを、これから指示するから忘れないように。僕は睡眠薬とメスを持ってゆく。あんな力の強い男は、まず眠らせなくちゃ、とても料理できない。うちにある独乙《ドイツ》製のやつは、定量が一錠から三錠だから、七錠も嚥《の》ませれば、イチコロだろうと思うんだ。こいつは紅茶に溶けやすいように粉にしてくる。

一号は登山用の太さ五ミリの麻縄《あさなわ》、長さ一・八メートルのやつを、一、二、三、四、……と、そうだな、多めに五本ぐらい用意してきてくれ。

二号は魔法瓶《びん》に熱い紅茶を入れて、鞄に隠してくる。

三号は、おびき出してくる仕事があるから、何も要らない。

四号は、砂糖や匙《さじ》や、僕たちの飲む紙コップと、あいつに飲ませるプラスチックの濃い色のコップを持って来る。

五号は、目隠しの布と猿轡《さるぐつわ》用の手拭《てぬぐい》を用意して来てくれ。

それから各自、好みの刃物を持って来てよろしい。ナイフでも錐《きり》でも好きなものを。要領は、前にも猫《ねこ》で練習したから、同じことだよ。何も心配は要らない。猫よりも一寸《ちょっと》大きいだけさ。それに猫よりも、ちょっとばかり臭いだろう」

みんなは押し黙って、空っぽのプールに目を落していた。

「一号、君は怖いのか」

一号は辛うじて首を振った。

「二号、君は？」

二号は急に寒くなったように、外套《がいとう》のポケットに両手を入れた。

「三号、どうした」

登は喘《あえ》いで、口の中が枯草をいっぱい押し込まれたように乾き切って、答えることができなかった。

「ちえっ。そんなこったろうと思った。ふだんは偉そうなことを言っていても、いざとなると、からきし意気地がないんだ。安心させてやろう。そのためにこれを持って来たんだ」

そう言うと、自分の鞄から樺色《かばいろ》の表紙の六法全書を取り出して、目ざす頁《ページ》を器用にめくった。

「いいかい。読むから、よく聴くんだぜ。

刑法第四十一条、十四歳ニ満タザル者ノ行為ハ之《コレ》ヲ罰セズ。

大きな声でもう一度読むよ。十四歳ニ満タザル者ノ行為ハ之ヲ罰セズ」

彼は六法全書のその頁を、五人の少年に廻《まわ》し読みさせながら、言葉を継いだ。

「これが大体、僕たちの父親どもが、彼らの信じている架空の社会が、僕たちのために決めてくれた法律なんだ。この点については、彼らに感謝していいと僕は思うんだ。これは大人たちが僕らに抱いている夢の表現で、同時に彼らの叶《かな》えられぬ夢の表現なんだ。大人たちが自分で自分をがんじがらめにした上で、僕たちには何もできないという油断のおかげで、ここにだけ、ちらと青空の一《ト》かけらを、絶対の自由の一《ト》かけらを覗《のぞ》かせたんだ。それはいわば大人たちの作った童話だけど、ずいぶん危険な童話を作ったもんだな。まあいいさ。今までのところ、何しろ僕たちは、可愛《かわい》い、かよわい、罪を知らない児童なんだからね。

この中で、来月十四歳になるのは、僕と一号と三号だよな。のこりの三人も三月には十四歳になる。考えてもみろよ。僕たち全部にとって、今が最後の機会なんだ」

首領はみんなの顔を窺《うかが》ったが、いくらか張りつめた頬《ほお》が和らいで、恐怖が薄らいでゆくのが見てとれた。一人一人が外側の社会、仮構の社会の、手厚い温かな取扱いにはじめて目ざめ、何よりも確実に敵によって護《まも》られているのを感じたのである。

登は空を見上げた。空の青はうつろうて、暮色がかすかににじんで来ていた。竜二が英雄的な死苦のさなかにこんな聖《きよ》らかな空を見るのだとすれば、目隠しをさせるのは惜しいような気がした。

「これが最後の機会なんだ」と首領は重ねて言った。「このチャンスをのがしたら、僕たちは人間の自由が命ずる最上のこと、世界の虚無を塡《う》めるためにぜひとも必要なことを、自分の命と引換えの覚悟がなければ出来なくなってしまうんだ。死刑執行人の僕たちが命を賭《か》けるなんて全然不合理なことだものな。

今を失ったら、僕たちはもう一生、盗みも殺人も、人間の自由を証明する行為は何一つ出来なくなってしまうんだ。お座なりとおべんちゃらと、蔭口《かげぐち》と服従と、妥協と恐怖の中に、来る日も来る日もびくびくしながら、隣り近所へ目を配って、鼠《ねずみ》の一生を送るようになるんだ。それから結婚して、子供を作って、世の中でいちばん醜悪な父親というものになるんだよ。

血が必要なんだ！　人間の血が！　そうしなくちゃ、この空っぽの世界は蒼《あお》ざめて枯れ果ててしまうんだ。僕たちはあの男の生きのいい血を絞り取って、死にかけている宇宙、死にかけている空、死にかけている森、死にかけている大地に輸血してやらなくちゃいけないいんだ。

今だ！　今だ！　今だ！　あの乾船渠《かんドック》のまわりの、ブルドーザーの造地作業も、もう一ト月で終ってしまう。そうしたら、あそこいらは人で一杯になる。それに僕たちはもうじき十四歳になる」

首領は常磐樹の梢《こずえ》の黒い影に囲まれた、水のような空を見上げて言った。

「あしたはお天気だろう」

第七章

一月二十二日の午前中、房子は竜二と一緒に横浜市長のところへ、媒酌人《ばいしゃくにん》になってくれるように頼みに行った。そして快諾を得た。

二人は市庁のかえるさ、伊勢佐木《いせざき》町のデパートへ寄って、案内状の印刷をたのんだ。披露宴《ひろうえん》のための、ニューグランド・ホテルの予約も、すでにとれていた。

早御午《はやおひる》をすませてから、店へかえった。

午後になると、竜二は今朝から話していた用事で早退《はやび》けをした。高島埠頭《ふとう》に今朝着いた貨物船の、一等航海士が商船高校の同級生で、その時間でなければ会いに行けなかったからである。

それに竜二は、こんなきちんとした英国物の背広姿で、その男に会うことを好まない。挙式まではまだ、こんな環境の変化を旧友に見せびらかすという気にならない。一度家にかえって着更《きが》えをして、船乗りらしい姿に戻《もど》って行きたい、と竜二は言った。

「まさかそのまま船に乗って行方不明というわけじゃないでしょうね」

と房子は冗談を言って、彼を送り出した。

――竜二は昨夜、登が宿題を教えてくれと仔細《しさい》ありげに彼を部屋へ呼んで、次のようなことを頼んだ言葉に逐一忠実に振舞ったのだった。

「ねえ、あした、友だちがみんなでパパの航海の話をききたがってるんだ。二時すぎの放課後に、プールの上の丘でみんな待ってるんだ。とてもききたがっているから、おねがいだから、来て話してやってね。もとの船員らしい恰好《かっこう》で、船員帽をかぶって来てね。でもママには絶対に内緒だよ。ママには、船の友だちに会うとか何とか言って、お店を抜け出して来てね」

それは登がはじめて竜二に甘えて、心をひらいてたのんだ頼み事だったので、竜二は少年の信頼を裏切らないように気をつけた。それは父親の義務だった。あとでわかっても笑い話ですむことだから、竜二は房子に、あんな尤《もっと》もらしい作り事を言って、店を早退けしたのである。

午後二時すぎに、竜二がプールわきの丘の樫《かし》の根方に腰を下ろして待っていると、少年たちが現われた。その中で一きわ利口そうな、三日月型《みかづき》の眉《まゆ》と赤い唇《くちびる》をした少年が、わざわざ来てくれた礼を丁寧に言い、どうせ話をきくならこんなところでなく、僕たちの乾船渠《かんドック》まで一緒に来てほしいと言った。竜二はいずれ港のちかくだろうと思って承知した。少年たちは竜二の船員帽を奪い合い、つぎつぎと冠《かぶ》ってみて、はしゃいだ。

それは冬のさなかの穏やかな日ざしの午後であった。日蔭《ひかげ》は寒かったが、やや薄雲をとおした日光の下では、外套《がいとう》も要らなかった。竜二が半外套を腕にかけ、灰いろの徳利《とっくり》のスウェータアを着て、船員帽をかぶって行くまわりを、登を含む六人の少年たちは、手に手にボストン・バッグを提げ、ひどくはしゃぎながら、後になり先になりして歩いた。みんな今時の少年にしては小柄《こがら》なので、六艘《そう》のタグ・ボートが、一隻《せき》の貨物船の曳航《えいこう》に手こずっているような具合だ、と竜二は思った。そして少年たちのはしゃぎ方に、一種の熱狂的な不安がこもっているのには気づかなかった。

三日月の眉の少年が、これから市電に乗ってゆくのだと竜二に告げた。彼はおどろいたが、言われるままについて行った。この年頃《としごろ》の少年たちが、物語の背景を大切にすることを、よく承知していたからだ。彼らはついに、横浜南郊の磯子《いそご》区の、終点の杉田に来るまで、電車を下りようとしなかった。

「一体どこへ行くんだ」

と竜二は何度も面白《おもしろ》そうに訊《き》いた。ここまで附合《つきあ》う気になった以上、どんな目に会っても、不快な顔を見せてはならなかった。

彼はたえず、気取《けど》られぬように登を注視していた。登がこれほど日頃の鋭利な、たえず詰問《きつもん》するような目つきを失って、愉《たの》しげに仲間に融《と》け入っているところを、竜二ははじめて見た。こうやって見ると、登と他の少年たちとの境界はあいまいになり、丁度電車の窓からさし入る冬の日ざしの中で、埃《ほこり》の微粒子が虹色《にじいろ》に舞い立っているのを見るように、しばしば他《ほか》の子を登と見あやまり、混同した。これは、あんな盗み見の奇癖のある、他の誰《だれ》ともちがった孤独な少年の上には、起るとも思えぬことであった。

自分が半日を割いて、わざわざ元の身なりをして、登とその仲間に附合ってやるのは、これだけでも、いいことだとわかる、と竜二は思った。父親としての道徳的な、また教育的な見地から、そう思った。大ていの雑誌や本にはそう書いてある。今日のこの遠出を、彼は登のほうからわざわざ手をさしのべてくれた、願ってもない地固めの機会だ、と考えていた。こうして、もとは他人であった親と子が、血縁も及ばない、やさしい深い信頼の中へ融け入るのだ。思えば登の年齢は、もし竜二が二十歳のときに生れた子だとすれば、すこしもふしぎはないのである。

終点の杉田で降りてから、少年たちが竜二を曳《ひ》いて、どんどん山のほうの坂道へ向うので、竜二は又面白そうにこう訊いた。

「おい、乾船渠《かんドック》が山にあるのか」

「そうさ。だって東京じゃ、地下鉄が頭の上を走ってるもの」

「こいつは一本参ったな」

と竜二が参ってみせると、少年たちは図に乗っていつまでも笑った。

道は青砥《あおと》の山ぞいに金沢区へ入って行った。午後の冬空を煩瑣《はんさ》な碍子《がいし》と電線の模様で区切る発電所の前をとおって、富岡隧道《トンネル》をくぐり抜けると、右方には山ぞいに京浜急行の線路が走り、左方には丘いっぱいに新らしい明るい分譲地が展《ひら》けていた。

「もうじきだよ。その分譲地の間を上ってゆくの。ここらはもと米軍用地だったんだよ」

とわずかな間に、言葉までぞんざいになったリーダア格の少年が、説明して先に立った。

斜面の分譲地は整地も済み、土留《どどめ》の石垣《いしがき》も道もととのい、すでに建ちかけている家も二三に止《とど》まらなかった。竜二をとりまく六人は、その間の坂道をまっすぐに登った。

丘の頂きの近くになると、急に道が消えて、いくつかの段をなした、未整理の草地がはじまっていた。それは実に奇術のようで、丘の下から見たところでは、そんなにまっすぐな規矩《きく》の正しい道が、或《あ》る一点から、急に草深い荒地へ消えてゆくとは信じられなかった。

ふしぎなほど、どこにも人影がない。丘の頂きの向う側から、ブルドーザーの唸《うな》りらしいものがひびいてくる。

ずっと眼下の富岡隧道《トンネル》の道からは自動車の往来の音が昇ってくる。こんな人影のない広闊《こうかつ》な景色を、ただ谺《こだま》し合う機械音だけが埋めているので、音そのものが却《かえ》って明るい寂莫《せきばく》を深めている。

枯れた草地のところどころには杭《くい》が打たれ、その杭も半ば朽ちている。草地を渡る。落葉に充《み》ちた小径《こみち》が丘の尾根に通じている。右方に、鉄条網にかこまれた錆《さ》びたタンクが草に埋もれ、英字を書いたブリキ板の一つ一つの釘《くぎ》の凹《くぼ》みから赤く錆びだした立札が傾いていた。竜二は立止ってその立札を読んだ。
U. S. FORCES INSTALLATION
UNAUTHORIZED ENTRY IS PROHIBITED AND

IS PUNISHABLE UNDER JAPANESE LAW……

「パニッシャブルってなあに？」

と例のリーダア格の少年がきいた。竜二は何となくこの少年を好かなかった。そう訊くときの少年の一瞬の目の光りの揺れ動きが、いかにも少年がちゃんと知っていて訊いているような感じを与えたからだ。しかし竜二はやさしさを装ってこう答えた。

「罰せられる、ってことさ」

「そう？　もう今は、米軍用地じゃないから、何をしたっていいんだね。あ！」と少年は言うそばから、その寸前まで興味を持っていた事柄を、手にしていた風船を離して空へ置きざりにするように、忽《たちま》ち忘れ去ってしまうように見えた。「ここがもう頂上なんだよ」

竜二は小径の登り坂の尽きたところに、俄《にわ》かにひろがる広大な眺《なが》めに目をみはった。

「ほう！　すばらしい場所を見つけたもんだなあ」

眺めは東北の海に面していた。足下の左のほうには、崖《がけ》に巨大な赤土の斜面が削《けず》られ、ブルドーザーの数台が動き、ダムプ・トラックが土を運んでいる。そのトラックもここからは小さく見えるが、唸りはあたりの空気を間断なく皺《しわ》立《だ》たせている。さらに下方には、工業試験所や飛行機会社の規則正しい灰色の屋根の列や、中央事務所のコンクリートの前庭の、車廻《くるままわ》しの小さな松が日を浴びている。

工場をとりまく鄙《ひな》びた町の家並《やなみ》も見える。弱い日ざしの微妙な影が、却って屋根々々の高低を緻密《ちみつ》に染め分け、工場の多くの棟《むね》の影の整列を正している。そして稀《うす》い煙の漂う風景のそこかしこに、貝殻《かいがら》のように光るのは、ゆききの自動車の前窓だった。

景色は海へ近づくに従って、遠近を押しちぢめられ、独特の、錆びた、悲しげな、錯綜《さくそう》した感じを深めた。赤錆びた機械類が、野ざらしになって捨てられている向うに、朱いろの起重機がゆるゆると頭を擡《もた》げていた。そのむこうはもう海で、防波堤の石積みの白さが際立《きわだ》ち、埋立工事の進んでいる突端に、剥《は》げた緑いろの浚渫船《しゅんせつせん》が泊って、黒煙をあげていた。

海は竜二に、いかにも久々に見るような思いを起させた。房子の寝室からはいつも海が見えるのに、竜二はこのところ、窓へ倚《よ》ってみることもしなかった。沖には真珠いろの雲が浮び、その投影は、まだ春の遠い茄子《なす》紫の海面に、そこだけ仄白《ほのじろ》い却って寒々しい色を与えていた。他には雲はなかった。午後三時をまわった空は、裾《すそ》のほうほど色褪《あ》せた、洗いざらしの、不本意な青の一いろだった。

海は、しかし、汚れた岸から沖へ向って、代赭《たいしゃ》の濃淡の巨大な網のような汚水をひろげていた。岸ちかくには船の影は乏しかった。沖を数隻《すうせき》の貨物船が動いていた。いずれも小さな、遠目にもいずれも古びた、三千噸《トン》程度の船ばかりが。

「俺《おれ》の乗っていたのは、あんな小さな奴《やつ》じゃなかったぞ」

と竜二は言った。

「一万トンだものね」

と、ずっと言葉寡《すく》なになっていた登が応じた。

「こっちへ来いよ」

リーダア格の少年が、竜二の腕の外套を曳いていった。

一行は、又落葉に埋もれた小径を少し下りた。ここらあたりは、奇蹟《きせき》のように取り残された一劃《いっかく》で、周囲の破壊の中から、むかしの山頂の面影《おもかげ》を、ここだけがそのままに止《とど》めていた。

それは西側を木深い山頂に守られ、東の海風を冬木の一叢《ひとむら》で遮《さえぎ》った幾つかの複雑な斜面の連なりで、手入れのわるい冬菜の畑を控えていた。小径の周辺の灌木《かんぼく》には、枯れた蔓草《つるくさ》がまつわった末に、一顆《いっか》の朱《あか》い烏瓜《からすうり》が干《ひ》からびていたりした。西からの日ざしが、ここへ下りるやいなや阻《はば》まれて、わずかに枯笹《かれざさ》の葉末によろぼうているのが見られた。

竜二は自分の稚《おさ》ない頃にも憶《おぼ》えのあることだが、少年たちがこんな稀有《けう》の隠れ場所を発見して自分のものにする、その年頃独特の能力におどろいた。

「誰がこんなところを見つけたんだ」

「僕《ぼく》だよ。だって家が杉田なんだもの。このへんから学校へ通ってるんだもの。僕が見つけてみんなに教えたんだ」

と、まだ竜二がほとんど口をきいたことのない一人が言った。

「乾船渠《かんドック》ってどこだい？」

「ここだよ」

山頂の低い崖のかげの、小体《こてい》な洞穴《ほらあな》の前に立ってリーダア格の少年が、微笑しながら洞穴を指さしていた。その微笑は、繊細な硝子《ガラス》細工のように、ひどく脆《もろ》くて危険なものに竜二には見えた。どこからそんな印象が来るのかわからなかった。少年は竜二から、実に巧みに、すりぬける小魚のようにその長い睫《まつげ》の視線を外《そ》らして、説明をつづけた。

「ここが僕たちの乾ドック。山の上の乾ドック。ここでイカれた船を直したり、一度バラバラにして造り直したりするんだ」

「ふうん。こんなところまで船を曳き上げるのは大変だな」

「簡単だよ。わけないよ」

と少年は再び、その過度に美しい微笑を泛《うか》べた。

草のわずかにしみついたような緑のある、洞穴の前の空地に七人は腰を下ろした。日蔭に入るとひどく寒かった。海からの微風も刺すように感じられた。竜二は半外套を着込んで、胡坐《あぐら》をかいた。落着くやいなや、ブルドーザーやダムプ・トラックの響きが、又事々しく耳についた。

「君らの中で、巨《おお》きな船に乗ったことのある奴はいるか」

と竜二が努めて快活に言った。

少年たちは顔を見合わせて答えなかった。

「船の話といえば、まず船酔いだな」と竜二は反響のない聴衆に向って喋《しゃべ》りだした。

「船乗りになって、大抵のやつはこれにやられる。一航《ひと》海だけで、あまりの苦しさに、船乗りをやめてしまう奴もあるくらいだ。巨きい船ほどローリングとピッチングが交錯して、それに船独特のペンキや油や炊事の匂《にお》いがこもっていて……」

船酔いの話が気に入られぬと知ると、竜二は仕方なく歌を歌った。

「こんな歌を知ってるか？――

汽笛鳴らして　テープを切って

船は離れる　岸壁を
海の男と　きめてる俺も
遠くなってく　港の街に
そっとそっと　手を振りゃ　じいんと来る」
少年たちは体をつつき合って、笑い出した。登は恥かしさに堪えられず、つと立って、竜二の頭から船員帽をつまみ上げると、話に背を向けて、それをおもちゃにしていた。
その擬宝珠《ぎぼし》形の大きな徽章《きしょう》には、細緻《さいち》な金糸の鎖を巻きつけた錨《いかり》を央《なか》に、金の縫取の月桂樹《ローレル》の葉がそこばくの銀糸の実さえつけて、左右から重々しく相擁していた。金のモールが徽章の上下に、のびやかに繋索《けいさく》のようにまつわっていた。そしてその黒い庇《ひさし》は、午後の空を映して憂《うれ》わしい光沢を放っていた。
たしかにかつて、他ならぬこの帽子が、夏の夕陽《ゆうひ》にかがやく海の上を遠ざかったのだった！　それは別離と未知の、輝やかしいしるしになった。それは遠ざかることによって、存在の縛しめを免《まぬ》かれ、誇らしげに永遠へ向ってかざされる松明《たいまつ》になったのだ。
「最初の航海は香港《ホンコン》行だった……」

と竜二が話しだしたとき、みんなはだんだんと身を入れて聴きだすように思われた。

彼は初航海のさまざまな経験、その失敗談、その困惑、その憧《あこが》れ、その心細さなどについて語った。それから世界各地の航海のこぼれ話。スエズ運河の入口のスエズ港に錨泊《びょうはく》したとき、誰も気がつかぬ間に、繋船用太索《ホーサー》が一本盗まれていたこと。アレキサンドリアでは、日本語のわかるワッチマンが、沖売りと結託して、船員たちに種々の下らない品物を売りつけること。（その品物の細目については、竜二は教育上、差控えた。）又、オーストラリヤのニュー・キャッスルで石炭を積み、すぐシドニーへ向うわずか一ワッチの航海のあいだには、次の荷役にそなえる後片附《あとかたづけ》の忙しさが想像のほかであること。不定期船は多くこのように、原材料や原石ばかり運んでいるので、南米航路で美しいユナイテッド・フルーツの船に出会うと、海上はるか、ハッチ一杯に積んだ南の果物の馥郁《ふくいく》たる匂いが、漂って来るように思われること。……

——話半ばに、竜二は、リーダア格の少年が、いつのまにか今まではめていた革手袋を脱いで、肱《ひじ》まであるゴムの手袋をきしきしと指にはめているのを見た。少年は、冷たいゴムがおのおのの指の股《また》に貼《は》りつくように、神経質に何度も指をきつく交叉《こうさ》させていた。

竜二は見咎《みとが》めはしなかった。教室で、頭のよすぎる退屈した少年が、大した意味もなくて示す奇矯《ききょう》な行動。

それよりも竜二は、話すほどに、自分の思い出に触発されて、ここからはただ煮詰められた青の一線だけになってみえる海のほうへ顔を向けた。

今し小さな貨物船が、黒煙を棚引《たなび》かせて、水平線上を遠ざかりつつあった。自分はあれに乗っていることもできたのだ、と竜二は考えた。

こうして少年たちと話すうちに、彼は徐々に登の心の中に描かれた自分の像を理解するまでになっていた。『俺は永遠に遠ざかりゆく者でもありえたのだ』すっかり倦《あ》き果てていたくせに、その放棄したものの大きさに、又しても少しずつ目ざめた。

あの海の潮《うしお》の暗い情念、沖から寄せる海嘯《つなみ》の叫び声、高まって高まって砕ける波の挫折《ざせつ》……暗い沖からいつも彼を呼んでいた未知の栄光は、死と、又、女とまざり合って、彼の運命を別誂《べつあつら》えのものに仕立てていた筈《はず》だった。世界の闇《やみ》の奥底に一点の光りがあって、それが彼のためにだけ用意されており、彼を照らすためにだけ近づいてくることを、二十歳の彼は頑《かたく》なに信じていた。

夢想の中では、栄光と死と女は、つねに三位《さんみ》一体だった。しかし女が獲《え》られると、あとの二つは沖の彼方《かなた》へ遠ざかり、あの鯨のような悲しげな咆哮《ほうこう》で、彼の名を呼ぶことはなくなった。自分が拒んだものを、竜二は今や、それから拒まれているかのように感じた。

今までだって、炉のように燃えさかる世界は彼のものではなかったが、それでも熱帯のなつかしい椰子《やし》の下では、太陽が脇腹《わきばら》に貼りついて、鋭い歯でそこを噛《か》み砕くのを感じたものだ。今は燠《おき》だけが残っている。平和な、動揺のない生活がはじまるのだ。彼はもう危険な死からさえ拒まれている。栄光はむろんのこと。感情の悪酔。身をつらぬくような悲哀。晴れやかな別離。南の太陽の別名である大義の呼び声。女たちのけなげな涙。いつも胸をさいなむ暗い憧れ。自分を男らしさの極致へ追いつめてきたあの重い甘美な力。……そういうものはすべて終ったのだ。

背後で、リーダアの少年の高く澄んだ声が呼んでいた。

「紅茶を呑《の》まない？」

「ああ」

と竜二は自分の想念にとらわれて、ふりむきもせずに答えた。

彼はかつて寄港した島々の姿を心に浮べた。南太平洋の仏領マカテア。さてはニュー・カレドニヤ。マラヤ附近の島々。西印度《インド》諸島の国々。灼《や》けるような憂愁と倦怠《けんたい》とに湧《わ》き立ち、禿鷹《はげたか》と鸚鵡《おうむ》にあふれ、そしてどこにも椰子！　帝王椰子。孔雀《くじゃく》椰子。死が海の輝やきの中から、入道雲のようにひろがり押し寄せて来ていた。彼はもはや自分にとって永久に機会の失われた、荘厳な、万人の目の前の、壮烈無比な死を恍惚《こうこつ》として夢みた。世界がそもそも、このような光輝にあふれた死のために準備されていたものならば、世界は同時に、そのために滅んでもふしぎはない。

血のように生あたたかい環礁《かんしょう》のなかの潮。真鍮《しんちゅう》の喇叭《らっぱ》の響きのように鳴りわたる熱帯の太陽。五色の海。鮫《さめ》。……

竜二はもう少しのところで後悔しそうになっていた。

「はい、紅茶」

とうしろに立ったまま登が、竜二の頬《ほお》のわきへ、褐色《かっしょく》のプラスチックのコップをさし出した。竜二はぼんやりとそれを受けとった。登の手が、おそらく寒さのために、心もち慄《ふる》えているのを彼はみとめた。

竜二はなお、夢想に涵《ひた》りながら、熱からぬ紅茶を、ぞんざいに一息に飲んだ。飲んでから、ひどく苦かったような気がした。誰《だれ》も知るように、栄光の味は苦い。

本篇中の「マドロス稼業はやめられぬ」の歌詞は、矢野亮氏の作詩による。

解説

田中美代子

「首領」は、「世界は単純な記号と決定で出来上っている」という。その「単純な記号と決定」とは何を意味するのだろうか。

人はよく、小説の形式は自由だ、自由だというけれども、それはまさに小説が世界の「単純な記号と決定」をとりおとしてしまったことからはじまるのではないだろうか。とすれば、失格した物語作者——現代の小説家としての作者が、その物語の失地回復作業にのりだしたとしても不思議はないのである。

この物語は、私たちがいつか、どこかで読んだ大衆小説か何かの筋書きを想起させるだろう。作者は、ことさらに流行歌の一節などを挿入《そうにゅう》し、港町、水夫、女、別れなどの常套《じょうとう》的イメージを強調する。物語の原型は、まず大衆の夢想のエキス、人々の最大公約数的な夢の結晶である〝マドロスもの〟のうちに設定されるわけである。

海の男、竜二の愛唱する、輝かしくもアイロニカルな流行歌謡のしらべをきくがいい。竜二の抱《いだ》く憧《あこが》れについて、「こういうパセティックな夢は、おそらく流行歌の誇張」と、作者は韜晦《とうかい》しているが、そこにひそむ抒情《じょじょう》の真実に、最も共感しているのは、作者自身にちがいない。夢みがちな読者は、だから作者とともに、流行歌などを軽蔑《けいべつ》する世の分別顔の大人たちやら、高尚《こうしょう》なインテリやらの貧寒とした想像力をわらってやればよいのである。さて、以上がテーマの第一である。

第二のテーマは、第一のテーマをとりまく少年の一団である。彼らは第一のテーマを見守る視線として作用する。『午後の曳航《えいこう》』はつまり二重構造をもった、物語の物語とも称すべきものであろう。

何故《なぜ》なら第一のテーマである大衆小説のヴァリエーションは危機に瀕《ひん》しているからだ。それは永遠の涙の別れで幕切れとならずに、その先がある。つまり、誠実な水夫は無事に帰還して女と結婚する運びとなる。それこそおなじみのメロドラマには決してつけ加えられることのなかった幸福と、平和と日常生活の惰性である。悲劇は崩壊して、そのつづきに永い退屈なホーム・ドラマの季節がやってくる、というわけだ。

輝かしい海の男は、やがて「海老茶《えびちゃ》の格子縞《こうしじま》のガウンを着て、『商店経営の実際』という本を読」む「父親」になるだろう。ここで子供たちから目のかたきにされている「父親」とは、「大義」のために「死と栄光」に向って出発することを放棄した、いわば去勢された男の代表者にほかならない。そのような男たちは、日々を生きのびようとする故《ゆえ》なき執念によって、地上に栄えるありとあらゆる悪徳と汚穢《おわい》とを一身に体現するに到《いた》るのだ。時間は彼を容赦しない。それにしても女の存在が、男にとって、つねに幸福のために仕掛けられた罠《わな》であるとは皮肉なことだ。

作者の醒《さ》めた苦い認識によって、夢想と現実との誤差が、つねにはじきだされる。竜二は、女を口説くのに、様々な詩的な言葉で胸をいっぱいにしながら、自分の貧しい生れつきや、船の厨《くりや》の野菜の印象について語ることがせい一杯で、あげくのはては、流行歌をうたいだすことくらいしかできない。彼は憧れの正体を、どう表現すべきかと思案する。そしてそれを、海とよんでみたり、大義とよんでみたり、熱帯の太陽とよんでみたりする。しかし、その実態はとらえがたい。

夢想家は、ついに〝夢想の生活〟とは〝夢想〟するためにあって〝生活〟するためにはない、ということを悟るにいたって、むしろすすんで罠におちこむほかに手はない。

「一方、竜二は今度の航海の帰路、つくづく自分が船乗りの生活のみじめさと退屈に飽きはてていることを発見していた。彼はそれを味わいつくし、もう知らない味は何一つ残されていないという確信をも持った。それ見ろ！　栄光はどこにも存在しなかった。世界中のどこにも。北半球にも南半球にも。あの船乗りたちの憧れの星、南十字星《クルセイロ・ド・スル》の空の下にも！」

しかしこの失格しつつある夢想家は、思いもかけぬ逆転劇によって、救出される。第二主題は、その手なおしの物語だ。

少年たちは、陸に上る二等航海士のうちに、「自分たちの共通の夢の帰結と、おぞましい未来」を予感する。そこで彼らは共謀して、ほかならぬ〝自分たちの未来の姿〟を死刑に処するのである。

この父と子とは、いうまでもなく作者の二つの顔であろう。子は父に睡眠薬をのませ、決して醒めぬ深い眠りの海に誘ってゆく。

いかにも〝恐るべき子供たち〟である。しかし、「お座なりとおべんちゃらと、蔭《かげ》口《ぐち》と服従と、妥協と恐怖の中に、来る日も来る日もびくびくしながら、隣り近所へ目を配って、鼠《ねずみ》の一生を送」っている人々は知らないのだ、つね日ごろ自分たちが少年の夢と純潔とを絞殺《こうさつ》している殺人者であるということを。少年たちは、加害者ではないだろう。凶行は、この世で最も見捨てられた哀切な小児の魂の絶望的な抵抗であろう。

「登は鍵《かぎ》のかからない部屋にいる不安のために、パジャマの衿元《えりもと》を合わせて慄《ふる》えていた。あいつらが教育をはじめたのだ。怖《おそ》ろしい破壊的な教育。すなわち彼に、このやがて十四歳になろうとする少年に、『成長』を迫ること。首領の言葉を借りれば、とりも直さず、『腐敗』を迫ること。登は熱ばんだ頭で、一つの不可能な考えを追っていた。何とか僕が室内にいたままで、その同じ僕がドアの外側から、鍵をかけることはできないだろうか？」

社会はふつう、自分に不都合な原理を認めもせず、許してもおかない。しかし、子供の世界こそ、人々に忘れられた危険な領域だ。

読者は、仲間を集めて高遠な哲学を披瀝《ひれき》する十三歳の少年など現実に存在しないことを知っている。しかしこの少年たちのリアリティは、作者の中で扼殺《やくさつ》された子供の亡霊によって支えられているのである。作者は、危機がせまると合図して象をよぶタ－ザンや、ランプをこするアラジンの期待をもって、少年の一団によびかけるかのようだ。彼らは〝子供の本質〟を十全に発揮してその秘密の王国を拡大させ、野蛮と無慈悲と猫《ねこ》かぶりと狡猾《こうかつ》とをもって、大人の世界に反撃するのである。それは作者が、社会と時代と自然とに復讐《ふくしゅう》する、悪意にみちた儀式なのだ。「世界の内的関聯《かんれん》」を把《は》握《あく》し、「雑駁《ざっぱく》な現実の材料置場を、忽然《こつぜん》として、一つの宮殿に変える力」を持つ子供は、脈絡の失われた現実を前にして、そこに統一的な世界像を復原する力なのである。「世界の単純な記号と決定」とは、その宮殿の扉《とびら》をひらく鍵なのではないだろうか。

青春の動乱と、それにうちつづく平和の時代と、成長の腐敗と、破壊された物語のアナロジー。メロドラマと童話とが手をたずさえて、近代小説の狂態を弾劾《だんがい》する。近代小説の無原則性は、人々が現実の混迷のうちに、生の象徴的な形式としての物語を読みとる眼《め》、「世界の内的関聯」を見とる眼を失ったということなのではないだろうか。そして、人々のリアリズム文学に対する、癒《いや》しがたい迷妄《めいもう》！　しかし、人がそれほどリアリズムに固執するなら、いかなる小説も現実のリアルには及ばないだろう。

私たちは危険を漉しとった文学の安全柵の中で現実を眺めてくらすくらいなら、それこそ現実にじかに参与したらいいのである。そして現代の小説好きの読者は、どんな小説でもひとしなみに翻訳小説を読むように読む。即《すなわ》ち、文章をとびこして思想や内容を読もうとする。奇妙な矛盾ではないか。

文体は、それ自身、現実を蚕食してやまない、危険な視線そのものでなければならないのだ。この物語は、そのような視線の孤独によって形成されている。そして作者の赤裸々な心の自叙伝は、そこにしかないのである。

以上のように、簡単な象徴と骨組みに分解されてしまう小説に、頭のよい読者は、不満を洩《も》らすかもしれない。しかしそういう人々は知らないのだ。有毒な現実を、清潔な記号と図式に解体させる視線以外に、この世界には語るべきものなどありはしないのだということを。

なおこの作品は昭和三十八年九月、長編書下し作品として、講談社から出版されたものである。

（昭和四十三年七月、文芸評論家）

解説

久間十義

歳《とし》をとって「いや増す愉《たの》しみ」があるとすれば、そのひとつは以前読んだ本をもう一度読み返す愉しみではないのか？　今回『午後の曳航』を読み直して、私は断然この感を強くしている。

私が『午後の曳航』を読むのは三度目になる。最初は二十代の初め。二度目が四十代で、これは早稲田大学で教えていたときに学生諸君と一緒に読んだ。そして今回、三度目の私は六十代の半ば過ぎである。要するに二十年の歳月を隔ててこの小説を読んだわけで、その都度抱く感想はずいぶん違う。作品そのものが変わることはないのだから、これは私（とたぶん私をとりまく世の中）の受け取り方が変わったということだろう。

二十代で初めて読んだときは、私はまだ小説を書いていなかった。したがって書き手としての視点はなく、享受者《きょうじゅしゃ》としてひたすら表面の筋を追ったように記憶している。つまり、少年と寡婦《かふ》の母、そして母と結ばれる船乗り、の三者が織りなす物語を与えられて、それ以上のことはあまり考えずに読み進んだ。この小説が出版されたのは昭和三十八（一九六三）年であるが、その当時の状況や、それぞれの作中人物たちが担《にな》う観念についても、ほとんど顧慮しなかった。

二十歳過ぎなのだから、もう少し要領のいい読み方があったのかも知れない。でも実際は、自分を天才であると信じ「世界はいくつかの単純な記号と決定で出来上っている」と主張する十三歳の少年に、私は自らを同一化させた。この観点からは、初めは英雄であった船乗りが陸に上がり、卑小な罪をいくつも犯して、ついには処罰されるべき大人に成り下がり、実際に少年とその仲間によって処刑される――、といった悲劇的な進行は、ほとんど完璧《かんぺき》なものと感じられた。二十代の私はただこの古典的（と当時の私には感じられた）物語を、固唾《かたず》を嚥《の》んでたどり、満足しながら読了したのである。

当然にも作家に特徴的な文彩にはほとんど注意を払わなかった。むしろ面倒くさい形容は邪魔、とばかりに切り捨てたのではないか？　後にいくつか三島作品を読んだとき、建てつけが人工的で、書き割り風に感じたり、登場人物の二元的振り分けに非常にスタティックな印象を持ったりしたが、これが三島文学の魅力なのか弱点なのか、よくはわからぬままに長い時間が過ぎた。ご明察の通り、私は三島文学のよい読者ではなかったのだ。

二度目の四十代では、私は曲がりなりにも小説を書いていた。しかも学生諸君と一緒に読むのだから、多少は先生風も吹かさねばならず、書くという観点からもっぱらこの小説を読み込もうとした。作家（と彼が作り出した作中人物）の想念が現実化するのはひとえに文章の力によるが、今更ながらに三島由紀夫の比喩《ひゆ》や文章の精緻《せいち》さに舌を巻いたのはこのときだった。

例えば少年が覗《のぞ》き穴から母の部屋と母の姿態を眺めて、つぶやくこんな一節――。

「友だちの言うように、あれは可哀《かわい》そうな空家《あきや》なんだろう。あれが空家であることと、彼自身の世界の空虚とは、どんな関係があるのだろう」

こんなため息が出るような抽象と短絡の一節の後に、先の「世界はいくつかの単純な記号と決定で出来上っている」という定言的な文章が続くのである。三島由紀夫は戦後を空虚そのものとして生きたとよく耳にするが、「彼自身の世界の空虚」とは、作中の少年のものなのか、それとも作家自身のものなのか？　深読みしたくなった私は、あのとき、さて、どんなふうに学生諸君に話したのだったか……。

先生風を吹かせるといえば、作品中に溢《あふ》れる海や、その海の彼方《かなた》へ向かうロマン派的な観念！　私はこれを力みかえって説明したが、例えば可口可楽《コカコーラ》のネオン輝く香港《ホンコン》で、舫《もや》い舟の蛋民《たんみん》部落に女を買いに行くシーンや、西印度《インド》諸島の夕立が近づく真黒な空の下で、燃えるように色づく火焔樹《かえんじゅ》の花々。船が着岸すると、土人子《どじんこ》たちがナイロン靴下や時計との交換のため、手に手に携えてくるバナナ、パパイヤ、パイナップル、極彩色の小鳥や小猿などなど……。こうしたボードレールもかくや、と思われる作家の異国趣味（エキゾチズム）に、私は自分でも驚くほどあてられた。

授業をするとは自分を無理強いして勉強することでもある。当時、試みに三島の文芸評論をひもといて、外国作品や作者に触れた箇所で、まるでフランス文学史の正確な記述に遭遇したような驚きを覚えたことも忘れられない。三島のW・ヴォリンガー『抽象と感情移入』への傾倒ぶり、「少々無邪気すぎる借用・応用」を指摘する向きもあったが、当時の私には三島由紀夫の秀才振りと血肉化されたロマン派的教養に、ただただ脱帽し、嘆息した思いしかない。

こう書けば、二度目の読書はいい事尽《ず》くめである。しかし問題は実はそれで終わらなかった。学生諸君にはどんなふうに説明したか忘れたが、三島の観念（想念）や文学的趣味と、当時私がかく信じ、かく思う文学や現実とには、はなはだしい乖離《かいり》があったからである。これは悩ましかった。つまり、三島が書いていることはなるほど、頭では理解できる。でも、なかなか気持ちの上ではこれを丸呑《まるの》みにはできない。彼のロマン主義だって今（当時）の日本人の感覚からしたら、どこか黴臭《かびくさ》い戦前的なものではないのか？　夜郎自大と言えばそれまでだが、私が大いに困惑したのもまた事実だった。

そういえば同じ時期にやはり学生諸君と『英霊の聲』を読んだが、このときの印象も同様だった。『英霊の聲』はご存知のように、降霊会（帰神《かむがかり》の会）で二・二六事件の反乱将校の霊と南海に散った特攻隊の霊が降りる、という筋立ての夢幻小説である。致命的なことに私は、終末部での「などてすめろぎは人間《ひと》となりたまいし。／などてすめろぎは人間となりたまいし。／などてすめろぎは人間となりたまいし」というリフレインを頭では理解できても、その感情を共有できないのだ。何といえばいいか、私は私の感じる現実が三島の抱える現実とまったく交差しないことを、どこか他人事《ひとごと》のような白々しさで認めざるを得なかった。

白状すれば、三島由紀夫の思想や観念のあり方については、私には元々よくわからないものだった。彼が市ヶ谷の旧大本営に楯《たて》の会とともに乗り込み、割腹自殺したのは一九七〇年。私が高校二年生のときだった。当時は六八、九年の大学紛争の余韻がまだ色濃くわだかまり、私が通っていた地方の高校も6・15を期して生徒たちがストに突入。その後、学校側のロックアウトがあり、ようやく秋になって日常が戻ってきたとき、三島のあの事件が起こった。

新聞の一面に載った三島の生首写真は強烈に記憶に残っている。同級生の中にはショックを受けて学校に出てこずに、街中を放浪する者もいたが、そのしばらく後に、高橋和巳が全共闘に殉ずるような壮絶な癌《がん》死を遂げたときは、教師の方から授業のカットが提案された。事ほど左様に世の中は今と違って、ずっと政治が露出していた。

三島の死は当時、いろいろに言及された。例えば彼は「戦後徐々に狂っていった」だの「戦後を虚妄と断じて、戦前に帰った」だの。楯の会を率いて行われた自衛隊への体験入隊や、昭和三十（一九五五）年からのボディビル修業、そして映画出演や「薔薇刑」で被写体になるなどの肉体誇示。大向こう受けを狙《ねら》うような派手なパフォーマンスが、三島という人間を考える私たちの目や耳を幻惑させていた。結果、私は彼の一種の冗談とも思われる奇行とその後の自決を、ロマンティッシュ・アイロニーと無理にも思い定めて、納得しようとしたし、またしてきたのだった。

三島由紀夫の文章については、これは一言するまでもないことだが、想念が現実を変える、膨らんだ幻想や妄想が現実を超えるということが、よくよく実感される体のものだ。まず初めに観念があり、その観念によって現実はつくられる。ちょっと長くなるが、『太陽と鉄』の有名な白蟻《しろあり》の一節を引用する。

「つらつら自分の幼時を思いめぐらすと、私にとっては、言葉の記憶は肉体の記憶よりもはるかに遠くまで遡《さかのぼ》る。世のつねの人にとっては、肉体が先に訪れ、それから言葉が訪れるのであろうに、私にとっては、まず言葉が訪れて、ずっとあとから、甚だ気の進まぬ様子で、そのときすでに観念的な姿をしていたところの肉体が訪れたが、その肉体は云《い》うまでもなく、すでに言葉に蝕《むしば》まれていた。

まず白木の柱があり、それから白蟻が来てこれを蝕む。しかるに私の場合は、まず白蟻がおり、やがて半ば蝕まれた白木の柱が徐々に姿を現わしたのであった」

ここで三島が語っているのは、自己の発端が観念（言葉）だったということだ。彼には肉体（自然）や唯物《ゆいぶつ》的な自己（とそれを取り巻く現実）に先立って、最初に観念があった。

いささか唐突だが、この白蟻に絡《から》んで思い出すエピソードがある。三島由紀夫の取材旅行にドナルド・キーンが同行したとき、三島が松の木を指差して居合わせた植木屋に「あれは何の木か」と聞いたという話だ。植木屋は「雌松です」と答えたが、三島は「雌松ばかりで雄松がないのに、どうして子松ができるの」とさらに聞いたという。雌松は赤松、雄松が黒松を指すと知らないことから、三島は自然を知らない、ということになった。

思うに三島は自然を知らなかったのではない。自然に先立って言葉（観念）があり、その言葉がつくりだす世界や妄想が、彼の親しく知る自然だった。例えば『午後の曳航』の可口可楽のネオン輝く香港、舫い舟の蛋民部落、西印度諸島の夕立が近づく真黒な空……を思い出してほしい。色づく火焔樹の花々、着岸するとナイロン靴下や時計との交換のため、土人子たちが手に手に携えてくるバナナ、パパイヤ、パイナップル、極彩色の小鳥や小猿……。三島が苦もなく繰り出すロマン派的エキゾチズムの世界は、彼にとって現実の世界よりも現実的な、実際にある自然よりももっと自然な世界である。

そしてこの言葉の先行する世界は、想念の世界、妄念の世界であって、現実の傍らにあるもう一つの現実に直結する。つまり三島にとって私たちが棲《す》む現実とはもう一つの想念であり、観念(想念)こそが現実なのだ。

こうした事情については、しかし、何度も述べたように、わかってはいても同じようには感じられない。例えば過激な行動に傾斜した三島が語る日本的霊性や、輪廻《りんね》転生、唯識論については、その知識を深めようとすればするほど、私はこれについていけない自分を発見して、勉強不足や能力不足を恥じた。今風に言えば三島由紀夫は世にも稀《まれ》なヴァーチャル・リアリティの使い手だが、そのヴァーチャルなリアリティはついに私の棲まうリアリティを脅《おびや》かしたり、その綻《ほころ》びに気づかせるまでには至らないようだった。

この思い込みが変わるのは、しかし意外とあっけなかった。ばかばかしいことに私が三島に感じた乖離感は、あるとき気づけば雲散霧消していたからである。まったく狐《きつね》につままれたような感覚だった。理解は出来ても共感できない。——この思いがある朝、目覚めると、まったく違った了解というか、ほとんど想定外の詰み筋で、詰んでいたのである。

まあ、あまり大げさに告げても恥ずかしいだけだから、かい摘《つま》むが、私はあるときから私を取り巻くリアリティというものに不信を抱き始めたのである。戦後生まれの私が物心がつくときに、そのようなもの、そうあるべきものとして教わった世界観がほとんど通用しないがらくたであると、あるときから感じ始めたと言うべきか。振り返ってみれば、三島由紀夫が自決した七〇年から時は移り、彼が「日本はなくなって、その代わりに、無機的な、からっぽな、ニュートラルな、中間色の、富裕な、抜目がない、或《あ》る経済的大国が極東の一角に残るのであろう」と予言したバブル経済が訪れ、崩壊し、そしてその後に「失われた三十年」と呼ばれる時間を経て、いま私たちはここに居る。

いつの間にか強大化した軍事大国の中国に経済を半ば依存し、南京《ナンキン》事件などの歴史改竄《かいざん》を強いられ、いまだに米国の核の傘の下にいると信じながら、北朝鮮による核の脅しや拉致《らち》被害に心を痛め、韓国による慰安婦や強制労働問題のでっち上げ等に眉《まゆ》をひそめつつ、私たちはいまここに居る。静かに進行する実質賃金の低下と高齢化と人口減少と、実質移民ともみなされる外国人労働者の増大に、一喜一憂して暮らしているのである。「平和を愛する諸国民の公正と信義に信頼して、われらの安全と生存を保持しようと決意した」ことの帰結が、ここにはある。

戦後の明るさや新しさを信じた世代はどこに行ったのか？　などとカマトトぶるの

はやめよう。事態を冷静に受け入れれば、私があるとき信じ、三島のリアリティとは相容《あいい》れないと頭から断じたリアリティは、いつの間にか失われていた。三島の想念が映し出すヴァーチャルなリアリティを、所詮《しょせん》ヴァーチャルに過ぎないと冷笑した私のリアリティが、実はヴァーチャルそのものだったのだ。私は戦後（思想）という母胞（マトリックス）の中で夢を見ていた一人に過ぎなかった。というか、私という存在の思考（もし思考していたとすればだが）そのものが、戦後というヴァーチャル・リアリティの作り出す幻影に過ぎなかったのではないのか？

私は少々言い過ぎたかもしれない。しかし、この自覚は三度目の読書において明瞭《めいりょう》だった。『午後の曳航』の文章の一つ一つが、いまや理解は出来ても共感できないものではなく、よくよく懐《なつ》かしげなディテールとなって私の目に映ったからである。私はいったいこれまで、何を読んでいたのか？

この事実を、江藤淳《えとうじゅん》のいう「閉ざされた言語空間」に結びつけて説明するのは、いささか牽強付会《けんきょうふかい》の感を免れぬかも知れない。戦後、私たちの脳裏に植えつけられたウォー・ギルト・インフォメーション・プログラムに関しては、江藤淳がかつてこれを指摘し、占領軍によるプレスコードという「見えない自己検閲」について注意を喚起してきた。これを知ったとき、迂闊《うかつ》なことに私はそれはGHQの占領期における出来事であって、現在はすでに違うと思い込んだ。さすがに私たちの世代にその種のコードが内面化されてなどいるはずもない、と安易に考えたのである。

それが間違いだったと気づいたのは、やはり戦後がいつの間にか変質し、私たちがそこで生き、生かされているリアリティの実態が折にふれ実感されるようになってきたからである。ここに至って、ようやく私には三島の言っていることが実感として了解され始めたと言うべきか。

いずれにしろ、『午後の曳航』が提示する作中人物と、それを創《つく》り出した作者の観念(想念)の物語は、六十代半ばとなったいま、二十代のひたすら筋を追って幸せだった記憶や、四十代のあれこれ気張って分析し理解しようとした記憶とも違っている。それはどこか真《ま》っ直《す》ぐに心の中に入り込んでくる物語として、私に感得されている。こういって良ければ、私は『午後の曳航』を三度目で、ようやく余計なことを考えずに堪能《たんのう》したのかも知れない。

もちろんこの読みが誤読ということだって充分考えられる。だが間違っていても、それはそれでいいと思う今の自分がいる。そんな私にとって、少年と母、船乗り、の三者の物語は、いつもの三島作品らしくどこか作り物じみた手触りを感じさせなくもなく進行する。作中の三人はそれぞれに皮相なのである。少年は押し寄せる言葉の連関に飲み込まれ、遊戯と区別のつかない危険な観念の子供劇を無自覚に演じている。母は俗物と軽蔑《けいべつ》する女優にママさん呼ばわりされながらも、船乗りの身上調査を薦められてこれを行い、結果に安堵《あんど》して、これを吹聴《ふいちょう》しようとする。彼女はもちろん、女優以上に自分が俗物であることを認めようとはすまい。そして船乗りは、海の彼方にあるはずの自らの栄光を夢見ながら、その実、通俗なマドロス演歌に涙を流す。良い父親たらんとして少年（たち）と秘密を分かちあって、努めて快活に、愚直に海と海の勲《いさお》しを語ろうとする。

この『午後の曳航』に先立つ四年前、三島由紀夫は「戦後」といわれた時代への総決算の小説『鏡子の家』を上梓《じょうし》した。一と月で十五万部も売れたにもかかわらず、批評家からは失敗作とみなされたこの小説で、彼は「戦後は終った」と信じた時代の、感情と心理の典型的な例を描こうとしたという。登場人物の図式的な役割は、間違いなく作家が意図したものだった。

そして、そのさいの人物造形の筆捌《ふでさば》きは『午後の曳航』の作中人物たちにも当然反映されているはずで、小説は俗っぽく読み込もうとすれば、それなりに俗っぽく読み込める体裁になっている。言いすぎと誹《そし》られるかもしれないが、古典悲劇的と二十代の私の目に映った『午後の曳航』は、意地悪く言えばサガンの『悲しみよ こんにちは』の男女を取り違えた変形バージョンであり、観念を弄《もてあそ》ぶ少年たちは、コクトーの『恐るべき子供たち』の幻想遊戯の三島バージョンであるとも言える。

もちろん作中の少年、母、船乗りを、それぞれ戦争で父（故国）を喪《な》くし空虚な戦後を生きざるを得なくなった皇国少年。夫を大陸（または南海）で喪くして戦後を生きる崩壊した母。戦争で死んだはずなのにおめおめと生き残り、それでも戦後という無機的で空っぽな幸せを愚直に生きようとする父親。——と、かぎりなく皮相に受け取って、「戦後は終った」と信じた時代の、感情と心理の典型的な物語を、そこに読み込むことも可能だろう。つまり国体（天皇）がもうひとつの国体（憲法九条）にとって代わった時代の、もうひとつの古典家庭悲劇。たぶんこれもよし、そしてそれもまたよし、なのである。

さて、これ以上の贅言《ぜいげん》は私にとって恥の上塗りになる。最後に、作中の少年たちに導かれ、海の勲しを語る船乗りの描写が、次第に高まり縺《もつ》れあうオーケストレーションのように圧巻であることと、毒杯を一息に飲んだ彼の「誰も知るように、栄光の味は苦い」という、締めの一節の素晴らしさについて言い添える。じっさい、あの一節を記したときの三島の得意は、いかばかりだったろう。さあどうだ、と最後の決め科白《ぜりふ》を差し出した作家は、はたしてほくそ笑んだのだろうか、それとも例の〝豪傑笑い〟を笑ったのだろうか？　これについては、四度目の読書のための宿題にしたい。

（令和二年九月、作家）

この作品は昭和三十八年九月講談社より刊行された。